大家小书

中国古典诗歌讲稿

浦江清 著
浦汉明 彭书麟 整理

北京出版集团公司
北京出版社

图书在版编目（CIP）数据

中国古典诗歌讲稿 / 浦江清著；浦汉明，彭书麟整理．— 北京：北京出版社，2016. 7
（大家小书）
ISBN 978-7-200-11989-3

Ⅰ．①中… Ⅱ．①浦… ②浦… ③彭… Ⅲ．①古典诗歌—诗歌研究—中国 Ⅳ．①I207. 22

中国版本图书馆CIP数据核字（2016）第064877号

总策划：安　东　高立志　　责任编辑：陶宇辰　张　娟

· 大家小书 ·

中国古典诗歌讲稿

ZHONGGUO GUDIAN SHIGE JIANGGAO

浦江清　著　浦汉明　彭书麟　整理

*

北京出版集团公司 出版
北京出版社

（北京北三环中路6号　邮政编码：100120）

网　址：www.bph.com.cn

北京出版集团公司总发行

新华书店经销

北京华联印刷有限公司印刷

*

880毫米×1230毫米　32开本　12.125印张　200千字

2016年7月第1版　2023年2月第4次印刷

ISBN 978-7-200-11989-3

定价：39.80元

质量监督电话：010-58572393

序　言

袁行霈

“大家小书”，是一个很俏皮的名称。此所谓“大家”，包括两方面的含义：一、书的作者是大家；二、书是写给大家看的，是大家的读物。所谓“小书”者，只是就其篇幅而言，篇幅显得小一些罢了。若论学术性则不但不轻，有些倒是相当重。其实，篇幅大小也是相对的，一部书十万字，在今天的印刷条件下，似乎算小书，若在老子、孔子的时代，又何尝就小呢？

编辑这套丛书，有一个用意就是节省读者的时间，让读者在较短的时间内获得较多的知识。在信息爆炸的时代，人们要学的东西太多了。补习，遂成为经常的需要。如果不善于补习，东抓一把，西抓一把，今天补这，明天补那，效果未必很好。如果把读书当成吃补药，还会失去读书时应有的那份从容和快乐。这套丛书每本的篇幅都小，读者即使细细地阅读慢慢地体味，也花不了多少时间，可以充分享受读书的乐趣。如果把它们当成补药来吃也行，剂量小，吃起来方便，消化起来也容易。

我们还有一个用意，就是想做一点文化积累的工作。把那些经过时间考验的、读者认同的著作，搜集到一起印刷出版，使之不至于泯没。有些书曾经畅销一时，但现在已经不容易得到；有些书当时或许没有引起很多人注意，但时间证明它们价值不菲。这两类书都需要挖掘出来，让它们重现光芒。科技类的图书偏重实用，一过时就不会有太多读者了，除了研究科技史的人还要用到之外。人文科学则不然，有许多书是常读常新的。然而，这套丛书也不都是旧书的重版，我们也想请一些著名的学者新写一些学术性和普及性兼备的小书，以满足读者日益增长的需求。

“大家小书”的开本不大，读者可以揣进衣兜里，随时随地掏出来读上几页。在路边等人的时候，在排队买戏票的时候，在车上、在公园里，都可以读。这样的读者多了，会为社会增添一些文化的色彩和学习的气氛，岂不是一件好事吗？

“大家小书”出版在即，出版社同志命我撰序说明原委。既然这套丛书标示书之小，序言当然也应以短小为宜。该说的都说了，就此搁笔吧。

目　录

第一编　体制源流

第二编　作家评析

第三编 作品讲解

第一编 体制源流

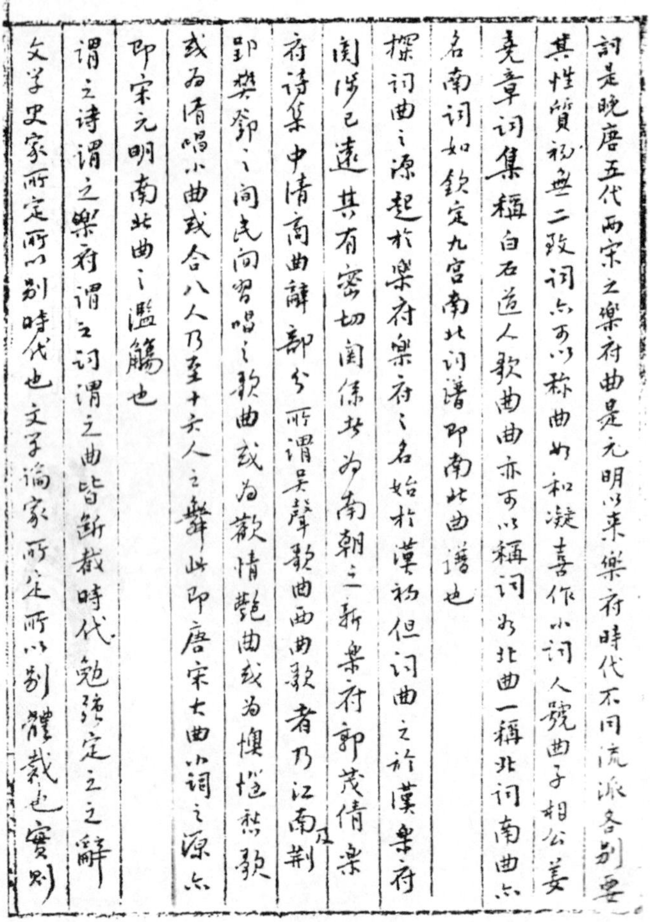
詞是晚唐五代兩宋之樂府曲是元明以來樂府時代不同流派各別要
其性質初無二致词亦可以称曲如和凝嘗作小词人號曲子相公姜
堯章词集稱白石道人歌曲曲亦可以稱词如北曲一稱北词南曲亦
名南词如欽定九宮南北词譜即南北曲譜也
探词曲之源起於樂府樂府之名始於漢初但词曲之於漢樂府
關係已遠其有密切關係者為南朝之新樂府郭茂倩樂
府诗集中清商曲辭部分所謂吳聲歌曲西曲歌者乃江南及荊
郢樊鄧之間民間習唱之歌曲或為歡情艷曲或為懊惱愁歌
或為清唱小曲或合八人乃至十六人之舞此即唐宋大曲小詞之源亦
即宋元明南北曲之濫觴也
謂之诗謂之樂府謂之词謂之曲皆斷截時代勉強定立之辭
文学史家所定所以别時代也文学論家所定所以别體裁也實則

浦江清先生手迹

《诗经》与语言

语言是人类交通情意的工具，由于口腔唇舌的运用，发出各种不同的声音，来表达意念。语言本身就是“言志”的，说出心中所要说的话。人类最初是有了痛苦、欢乐、惊奇、欲望，发出一些呼喊的声音，指物的名词，指动作的动词，摹拟自然物、动物的象声词，描摹物态的形容词、状词。积言成句于是发展成说话，发展成散文。但是积言成句的那种过程，靠了歌唱艺术的帮助是不少的。所以，原始人类在说话没有连串的时候，已经先有集体歌谣。（当然是极简单的，或者只有一两个言词的复沓，夹杂些声音助词）《诗经》中的以、于、之、兮、猗、只、言、薄言等等，都是助词，粘合着实词，以完成一个节奏的单位。由于诗歌的发展，语言也有大的进步。第一，词汇的增加。如《诗经》的调换字面。（同义字便于记忆、记诵）第二，句法的形成，节奏的语言的完成。节奏的语

言不但是诗歌体的特征，并且散文也用到。所谓语言的美妙化。（所以《周易》《尚书》、先秦诸子文章多四言句法）

《诗经》的语言要素有四：（1）有节奏的语言（这时代是四言句法）；（2）复沓，此由于乐舞；（3）叶韵（音乐性的）。叶韵是中国诗的特点。西洋古代诗歌不叶韵，中世纪才有，有人认为从东方传过去的；（4）比兴，此由于原始社会中人类用以交通情意的“乐语”。比兴是象征语。

孔子曰：“不学《诗》，无以言。”《诗》三百篇是春秋时代学习语言的课本，并且是学习“雅言”的课本。诗歌是精妙的语言，有节奏，有情趣，多比兴、暗示、联想的作用。后代无论哪一国的文学，以诗歌为最好的文学；学习哪一种语言，必须要学习用这一种语言所写成的诗歌，方始可以说“到家”，方始可以说能够了解这种语言的美妙。

古代的文体可以分为三类：（1）记事；（2）记言；（3）诗歌。甲骨卜辞是记事体的雏形，是文言的源始。铜器铭文夹杂记言与记事。《尚书》也夹杂记言与记事，而以记言为主要部分。《诗经》既非记言，亦非记事，是乐歌及徒歌。诗歌本身是一种语言，是语言的另外一个方向的发展，不是普通口头的白话，主要要有节奏和复沓。这节奏和复沓是从乐舞来的。舞蹈自然有节奏和复沓。没有文词的音乐也有节奏与复沓。原先音乐与歌辞配合在一起，到后来歌辞独立，于是成其为“诗”。在《诗经》时代，音乐与言辞还是配合在一起的。虽然我们不能说所有三百篇都是乐歌的言辞，但是每篇都是可以入乐的，所以《墨子·公孟篇》有“诵诗三百，弦诗三百，歌诗三百，舞诗三百”的话。除了“诵”，“歌”和“弦”皆合乐之意。孔子也曾把《诗三百》，一一弦歌之。孔子常教弟子学习《诗》，所谓弦诵不辍。从乐舞出来的诗歌，是语言的另一个不同方向，与会话演说语言发展为散文，是两条路。一条适宜于叙事说理，另一条适宜于抒情。

最朴素、简单的诗，例如《诗经·周南·芣苢》：

采采芣苢，薄言采之。

……

采采芣苢，薄言捋之。

采采芣苢，薄言袺之。

采采芣苢，薄言襭之。

这是一首女子采芣苢的诗。芣苢，草名，旧说女子采此草以疗夫之恶疾。闻一多说芣苢是宜子之草。女子采之，希望可以生小孩的，并且是一群女子集体采芣苢的合唱。

再如《诗经·周南·桃夭》：

桃之夭夭，灼灼其华。之子于归，宜其室家。

桃之夭夭，有蕡其实。之子于归，宜其家室。

桃之夭夭，其叶蓁蓁。之子于归，宜其家人。

这一首诗，简单朴素同前诗。开始由桃花起兴，有比兴的技巧。诗的复沓从舞蹈音乐来，而调换字面，表现聪明言语之才，包含有词汇学习的意义。所以孔子说“不学诗，无以言”。

春秋时代，士大夫均学习诗，即是学习语言，学习文学。并且各地方言，在诗歌里都有表现。诗如果作为知识分子统一的教材，有统一语言的力量。正如Homeros（荷马）的诗篇，成为希腊人共同的教本。

论形式，《风》诗近于原始的，而《雅》《颂》则是后来的，复沓少。但论制作的时代，《颂》最早，《雅》次之，《风》最晚。《风》诗多在东周时，其原始乃因《风》诗多出于民间形式之故。

三百篇大半可以入乐，除《周颂》外多数均用韵。今古音韵不同，于是推源诗中之协韵而产生音韵学。国学之科目其起源皆在经学。《诗经》之与音韵学有大关系，此音韵学史上大事也。明代陈第作《毛诗古音考》始以科学方法研究古音，其后顾亭林、孔广森继之而有《诗本音》《诗声类》之作，及“先秦古韵”，视《诗经》为唯一材料。照音韵学家研究，古代韵比现代宽，只有九部或十一部、十三部，于是丁以此（竹筠）作《毛诗正韵》，巧立名目，不特句末有韵，重字即为重韵，乃至隔三四句、一二章尚可为韵，立“经韵”“纬韵”之说，几于无字不韵，亦可笑已。不过《诗经》用韵自较后来韵文为多，不特句末为韵，即句腹间亦有韵。

《诗经》虽有列国之风，其中语言似乎很统一，为诸夏的语言，皆雅言。朱东润《诗大小雅说臆》谓雅=夏。大小雅为大夏小夏。周是地名，夏是民族名。周人为夏民族。列国之诗，惟陈、齐、郐、秦为异姓。齐为周臣之国，姬姜旧好，周人联盟以东者。陈之先为周陶正，周妻以之女大姬，其后屡与诸夏之盟，久视为同族。郐则郑之故地，苏氏谓郐诗皆为郑作，如邶、鄘之于卫。秦之先本非周族，及周室东迁，西周之地析入于秦，其民实为周之余民。季札聘鲁，“为之歌《秦》。曰：‘此之谓夏声。……此周之旧乎？’”。《商颂》虽为宋国宗庙之诗，然“正考父校商之名颂十二篇于周太师”，则亦近于周乐。疑是商后摹仿《周颂》而作者。总之，《诗》三百篇皆诸夏之乐，中国之音，周之士人通用之语言也。其真出于各地域方言者少，而为雅音者多。孔子曰“不学诗，无以言”，另有一种意义，即学习士夫通用的语言。诸夏与夷狄为对。《诗经》中无夷狄之乐，亦无夷狄之音。

（据文学史讲稿整理）

楚辞产生的时代、特点及与《诗经》之不同

战国之世，诸子并起。散文的发达，登峰造极。封建社会，已开始崩溃，礼乐废失，各国互相征伐。政治着重了军事外交。学术文学由王宫以及各国的大夫世家，转到私人手里，聚徒讲学读书，渐渐普遍于士夫。用于诸侯，则为卿相，不用则失意著书。儒家拥护礼乐的传统，习诗，习礼，订乐，修史，谈仁义。道家探自然的本源，主清静无为，自然逍遥，齐生死大小得丧祸福，攻击礼教，灭弃智慧，倡出世的哲学。墨家提倡节用爱人，反侵略，重防御。名家分析名理，精论辩。法家论法治。阴阳家说阴阳。纵横家驰骋外交。其时书策众多，刻意诵读，以干利禄，求用世，探真理。从春秋到战国，由诗教入于论辩，哲学发达，而诗乐废失了。

独有楚国屈原、宋玉等偏有长诗的创造，吐万丈光芒，光辉灿烂，以补这一时代的缺憾。在诗史上，由《诗经》

时代，转入“楚辞”时代，为一大转变。以后汉代的词赋大盛，不过是“楚辞”的继承者而已。

然而屈原这一派文学，也像诸子一样，是师徒相继，自成一家之言的。那些作家都是失意的，是失意的文人。“楚辞”中牢骚最多，多说穷愁，如《离骚》《九辩》可为代表。《诗经》中也有不少贤士在下位的牢骚语，“楚辞”中特别扩大。而且到“楚辞”文学起来，楚国也快要到亡国的时候了。《哀郢》一篇特别述国破家亡流离转徙之苦，是为现实派的诗歌。李白《古风》云：“大雅久不作，吾衰竟谁陈。王风委蔓草，战国多荆榛。龙虎相啖食，兵戈逮狂秦。正声何微茫，哀怨起骚人。”正说明了这一段史实。

屈原（约公元前339—前280）是楚怀王顷襄王时代的人。宋玉、唐勒、景差等皆楚人，而是同于屈原的词赋家，据说是他的学生，但也未必是嫡亲的师徒。他们的作品，到西汉时称为“楚辞”，称为“赋”。《汉书·朱买臣传》，“会邑子严助贵幸，荐买臣，召见，说《春秋》，言‘楚词’，帝甚悦之”。又《汉书·王褒传》，“宣帝时，修武帝故事，讲论六艺群书，博尽奇异之好。征能为‘楚辞’九江被公，召见，诵读”。可见武、宣之世，已有“楚辞”的名称，而且看作一门学问。当时楚辞专家很多，多数是南方人，或者北人而曾学南派学者的。“楚辞”里面有些特殊的语言，是楚国人的，也充满了南方的道家神仙思想，也有楚国的风俗习尚，例如巫风淫祀，同周人的诗书礼乐大不相同。西汉帝王文人喜欢“楚辞”，一半是儒学以外好奇的癖尚，以为文学消遣，一半是原来的家乡诗歌调。

我所谓“楚辞”，系包括楚民族诗歌之全体，不单指王逸《楚辞章句》内屈宋之作，而王逸书中屈宋以后之著作，如贾谊、庄忌、淮南小山、东方朔、王褒、刘向、王逸等两汉人之拟作则皆不包括在内。“楚辞”之名虽始见于《汉书》之《朱买臣传》《王褒传》，但今日所传此总集乃是后汉王逸所定，最早为刘向所编，题“汉护左都水使者光禄大夫臣刘向集，后汉校书郎臣王逸章句”。王逸《离骚·后序》云：刘向典校经书分为十六卷，今本十七卷，逸以己作《九思》附益之也。

屈原为“楚辞”之大作家，亦为中国文学史大诗人之一。但非凭空出此大诗人，渊源所自，楚民族在屈原以前已有与屈作同体裁之诗歌。《吕氏春秋·音初篇》：“女乃作歌，歌曰‘候人兮猗！’实始作为南音。”“兮”为楚民族诗歌之特征。《诗经》中《周南》《召南》乃是楚风。《周南》的《螽斯》中的“螽斯羽，诜诜兮。宜尔子孙，振振兮”，《周南·麟之趾》中的“麟之趾，振振公子，于嗟麟兮”，《召南·摽有梅》中的“摽有梅，其实七兮。求我庶士，迨其吉兮”。此外，《论语·微子》中楚狂接舆之歌：“凤兮凤兮！何德之衰？”《孟子·离娄上》中孺子沧浪之曲：“沧浪之水清兮，可以濯我缨；沧浪之水浊兮，可以濯我足。”皆楚辞也。刘向《说苑》中有一首《越人歌》，翻为楚辞最美：“今夕何夕兮，搴洲中流。今日何日兮，与王子同舟。”

楚辞也称为赋，《汉书·艺文志》录：

> 屈原赋二十五篇，注云“楚怀王大夫”。
> 唐勒赋四篇，注云“楚人”。
> 宋玉赋十六篇，注云“楚人，与唐勒并时，在屈原后”。

不言及景差，今刘向、王逸所编《楚辞·大招》序云“屈原之所作也，或曰景差，疑不能明”。

所谓“赋”者，本是诗六义之一。赋，布也。《诗经·大雅·烝民》“明命使赋”，马瑞辰《通释》：“即谓使仲山甫布其明命。”赋，读为敷、布。赋，敷也，见《管子·山权数》注。铺也，《楚辞·悲回风》：“窃赋诗之所明。”“赋之言铺，直铺陈今之政教善恶。”班固《两都赋·序》：“赋者古诗之流也。”《文选·三都赋序》：“古人称不歌曰颂，谓之赋。”故曰：不歌而诵为之赋，又曰：直陈其事谓之赋。楚辞多长篇未必可入乐，其中惟有《九歌》确是入乐的诗歌，其余皆赋之属，是诵读的韵文。如《惜诵》中有“惜诵以致愍兮，发愤以抒情”，《九辩》中有“然中路而迷惑兮，自压按而学诵”。《抽思》中有“道思作颂，聊以自救兮”的诗句，颂=诵，《诗经》中有“吉父作颂”“家父作诵”。亦谓之赋，前引《悲回风》中有“介眇志之所惑兮，窃赋诗之所明”。《招魂》中有“人有所极，同心赋些”。吉父、家父作诵是作诗以入乐，楚辞作者不求入乐，而自为诗歌。在春秋之世，盟会燕享赋诗，是大夫的交际，赋现成的诗，以表达情意，断章取义，重在比兴。楚辞家作赋，不用在交际上，也不是用现成的诗篇，乃是个人创作，并且是独白。此其不同者也。

楚国文化落后，语言与中原也不同。楚辞从巫歌出来，是从本地的巫乐巫词发展出来的，作者如屈原、宋玉则为文人，他们也接近过北方文化，受了些《诗经》影响的。至于芳草美人，上天下地，光怪陆离，那些确乎是楚辞的特色。

所谓“辞”，辭（《说文》辛部），辞令，言辞，文辞。太史公《报任少卿书》“其次不辱辞令”，《史记·屈原列传》“娴于辞令，入则与王图议国事，以出号令；出则接遇宾客，应对诸侯”。屈原善辞令，曾使齐国（见《史记·楚世家》），乃是很会说话的人，他能融合本国的语言与当时周、鲁、齐的雅言文化语言于一炉，以创造楚国的文学语言，也是从言辞到文辞。

《礼记·曲礼》“不辞费”，释文“言而不行为辞费”。辞=言，又《荀子·正名篇》“辞合于说”，注曰“成文为辞”。《孟子·万章》“不以文害辞”，注曰“辞，诗人所歌咏之辞”。《诗经·大雅·板》“辞之辑矣”，笺：“辞，辞气，谓政教也。”《周礼·大行人》“协辞命”，注曰“故书协辞命作叶词命”，辞=词。

再说“词”，（《说文》司部），詞，意内而言外也。惟段注《说文》谓“詞与辛部之辞其义迥别。辞者，说也。从𤔔辛。𤔔辛，犹理辜。谓文辞足以排难解纷也。然则辞谓篇章也。詞者，意内而言外，从司言，此谓摹绘物状及发声助语之文字也，积文字而为篇章，积詞而为辞。孟子曰‘不以文害辞’，不以詞害辞也。孔子曰‘言以足志’，詞之谓也；‘文以足言’，辞之谓也。《大行人》‘故书叶詞命’，郑司农云‘詞当为辞，此二篆之不可掍一也’。”按段氏意，言词为词，篇章为辞。词=word，辞=composition。

故楚辞为楚国文人的composition。辞不一定为韵文。例如《晏子春秋》称晏子为“齐之习辞者”，只是善于辞令之意，也未必定能诵诗赋诗之人。《左传》中常见，使某人为之辞，辞人，善于言语，善为说辞，善用典故，善排比，论理，皆为辞。至于赋，限于韵语。赋是诗之一体。

楚辞中自称其文为：

（1）诵。《惜诵》“惜诵以致愍兮，发愤以抒情”。

（2）颂。《抽思》“道思作颂，聊以自救兮”。再如《橘颂》。

（3）辞。《离骚》“就重华而陈词”，“跪敷衽以陈辞兮”。《抽思》“兹历情以陈辞兮，荪详聋而不闻”。“憍吾以其美好兮，敖朕辞而不听。”

（4）赋诗。《悲回风》“介眇志之所惑兮，窃赋诗之所明”。（“之所明”犹以明之也）

（5）赋。《招魂》“人有所极，同心赋些”。

（6）歌。《九歌》“疏缓节兮安歌”，《抽思》中之“少歌”。

（7）辩。《九辩》《离骚》“启九辩与九歌兮”。

（8）骚。《离骚》。

（9）劳商。《大招》“楚劳商只”。

（10）招。《招魂》《大招》。

（11）章。《九章》。

（12）问。《天问》。

称为“楚辞”者，谓楚国之辞章。辞令与篇章两个意义的合一。惟屈宋诸篇并非应对诸侯，只是抒情的，或应用于礼仪巫俗的诗歌，中间有铺陈和讽谏两种意义。混称为辞，析言之则为赋，为诵，为歌。

汉人或称楚辞，或曰赋。前引《汉书·朱买臣传》《汉书·王褒传》已足见武、宣之世“楚辞”已成为专名。而武帝时，淮南王为《离骚》作传。

楚辞，亦称为骚。《昭明文选》别立“骚体”之称。刘勰《文心雕龙》有“辨骚”。宋晁补之重编楚辞，以屈原所作皆称为骚。余人皆曰楚辞。

楚辞亦称为赋。刘歆《七略》、班固《汉书·艺文志》称屈原赋二十五篇，统称曰赋。太史公《史记·屈原贾生列传》“乃作《怀沙》之赋”，《汉书·贾谊传》“屈原，楚贤臣也，被谗放逐，作《离骚赋》”。又《史记·屈原贾生列传》“屈原既死之后，楚有宋玉、唐勒、景差之徒者，皆好‘辞’而以‘赋’见称”。班固《离骚赞序》云：“离，犹遭也，骚，忧也，明已遭忧，作‘辞’也。”又云：“原死之后，秦果灭楚，其‘辞’为众贤所悲悼。”游国恩《楚辞概论》谓“可知楚国韵文本名曰辞，但实际上与汉人的赋无异”。

所以，楚人或者统称为辞，而汉人则或称为楚辞，或目之为赋。至南朝时又称之为骚。辞的范围最广，乃是语言文学的总称，不限于韵文。比诗歌的意义还要广。楚辞的辞是狭义的，赋呢，比诗歌狭。如《离骚》《招魂》《九辩》《九章》固可称为赋，《九歌》明明是乐章，近于诗和颂，不见得能称为赋。骚字包含有忧愁牢骚之意，称《离骚》《九章》《九辩》很好，难以称《九歌》。是别于《卜居》《渔父》等散文，亦别于《高唐》《神女》《两都》之类文赋的。以屈原所作均称为骚，余者为楚辞，亦为缠夹。在无办法之中，照老办法，一概称为楚辞。照新文学定义，应称为楚国的诗歌。

当时何以不称楚诗而曰楚辞，此因战国秦汉时人心目中所谓诗，乃是“三百篇”式的诗，不是长篇巨制的。而且楚辞中有问答、陈辞、铺叙，皆与“三百篇”性质不同也。

屈宋所赋，用韵语，反复驰骋于言辞，较之《诗经》的诗，实已散文化了。《诗经》中诗是反复回旋的，楚辞有些奔放直下的。

《诗经》与楚辞的不同点：

（1）《诗经》除二《南》外，皆是中原诗歌；楚辞是南方诗歌。

（2）《诗经》以四言为体；楚辞音节曼衍。

（3）《诗经》有美有刺；楚辞讽刺哀怨，偏激愤世。

（4）《诗经》质实，缺乏想象；楚辞想象丰富，并有神仙思想。《诗经》是人世间的；楚辞不少超世间的成分。

（5）《诗经》的《雅》《颂》赞美祖先功德、伟人功业；楚辞的《九歌》歌咏天地山川自然之神，并且拟人化。言人神之际，几同希腊文学。

（6）《诗经》用比、兴语开端；楚辞直陈开端。

（7）楚辞用“兮”“些”“只”为语词；《诗经》不完全用此。

（8）《诗经》是中原语言；楚辞中充满楚国方言。

（9）《诗经》只少数诗篇有作者主名；楚辞每篇有作者主名，虽不尽能确言之。是个人作家兴起。

话虽如此，楚辞尚是从文学公有到私家创作文学的过渡。今楚辞作品，尚疑是楚国文人的一大集团，不能每篇考明，何者为屈原作，何者为宋玉作。正如庄子、孟子、墨子之书，不能确知哪几篇是庄子、孟子、墨子的亲笔，哪几篇是其弟子之作。战国时代的文学，性质相同，皆一家之言，非一人之作。至荀子、韩非方始纯粹些。

（据文学史讲稿整理）

词曲探源

词是晚唐、五代、两宋之乐府，曲是元、明以来之乐府。时代不同，流派各别，要其性质，初无二致。词亦可以称曲，如和凝喜作小词，人号曲子相公；姜尧章词集称《白石道人歌曲》。曲亦可以称词，北曲一称北词，南曲亦名南词，如《钦定九宫南北词谱》，即南北曲谱也。

探词曲之源，起于乐府。乐府之名，始于汉初，但词曲之于汉乐府，关涉已远，其有密切关系者，为南朝之新乐府。郭茂倩《乐府诗集》中清商曲辞部分，所谓吴声歌曲、西曲歌者，乃江南及荆、郢、樊、邓之间民间习唱之歌曲，或为欢情艳曲，或为懊恼愁歌，或为清唱小曲，或以合八人乃至十六人之舞。此即唐、宋大曲、小词之源。亦即宋、元、明南北曲之滥觞也。

谓之诗，谓之乐府，谓之词，谓之曲，皆断截时代，勉强定之之辞。文学史家所定，所以别时代也；文学论家所定，所以别体裁也；实则诗歌只是一种。其属于音乐之部分，名曰谱，所以定高低节奏也，即今之工尺是也；其属于文辞之部分，古人名之曰诗，后人名之曰词曲也。三百篇皆合乐，本是乐歌，谓之诗可，谓之词曲乐府皆无不可。但到秦汉，周乐已亡，汉初别立乐府，采可歌之曲而歌之，皆赵、代、秦、楚之讴，非古乐也。郊祀歌、铙歌，实皆合乐之诗，而当时及后世不称诗而曰乐府者，因此时三百篇已不可歌，诗已成不能歌而但可讽诵之篇章之名。风雅之士，如韦孟作《讽谏诗》，是则追摹昔贤，但备讽诵，非关音乐。此时可歌之诗，皆别称歌、行、曲、辞，统名乐府矣。迄于东晋、宋、齐，迁国江左，汉魏之音又亡，南国之新声竞起，此时之歌曲，如《子夜歌》《懊侬曲》《襄阳乐》《估客乐》《乌栖曲》。曰曲、曰歌、曰乐，都不名诗，示皆可歌者也。虽其音节、句法、情调、内容，已与汉魏迥异，但后世亦名乐府，不置新名，文学史家因称之曰南朝新乐府。此时南朝风雅之士，有学汉魏之乐府体而但备吟咏，不施箫管者，实皆诗篇也，但亦蒙乐府之名。故至南朝，其称乐府者，亦有一半不可歌矣。至于唐代，则有乐府称大曲者，往往有谱无词，其有词者，皆真正可歌之乐府也。科举以诗取士。诗者，文士所必学，所必能。但无论为古风雅颂，为汉魏六朝，皆逞才拟古，但见词采，不关音乐，但备讽咏，不关琵琶鼓笛。无论名为歌行、词曲，皆可作如是观。即李白、王维诗，亦多半不曾唱过。李白之诗篇入乐，明白见于史策者，曰《清平调》数章，王维但《渭城》一曲。其余如绝句可歌，见诸旗亭故事，元白之诗传唱宫禁，如此，则唐人之诗有可歌者，有不可歌者，浑称诗词乐曲、乐府歌行也。

词起于中晚唐，李白《忆秦娥》《菩萨蛮》二阕，学者致疑。《菩萨蛮》者，《杜阳杂编》云：大中（宣宗年号）初女蛮国贡双龙犀明霞锦，其国人危髻金冠，缨络被体，故谓之《菩萨蛮》。当时倡优遂歌菩萨蛮曲，文士亦往往效其词。《南部新书》亦载此事;又《北梦琐言》云，宣宗爱唱菩萨蛮词，令狐丞相假飞卿所撰密进之，戒以勿泄，而遽言于人，由是疏之。菩萨曲即起于宣宗时。《宋史·乐志》载，宋队舞有菩萨蛮队，舞者衣绯生色窄（一作穿）砌衣，卷云冠（陈旸《乐书》绯生色作绛缯）。中唐人作小曲者，有张志和《渔歌子》，戴叔伦《转应曲》，刘禹锡《忆江南》《潇湘神》，白居易《花非花》《长相思》《忆江南》，或从五七六言脱胎而出，或采民间小曲，此为长短句之开始，亦即词之祖也。

朱熹云："古乐府只是诗中间却添许多泛声，后来怕失了那泛声，逐一声添个实字，遂成长短句。"（《语类》百四十）此说非也。南朝乐府，已有三五言句法，懊侬曲、读曲歌等皆是，此即长短句，并非中唐人填实了泛声。唐人以律绝为歌曲，唱时情形，今已不明，或和泛声。又如上去等字，必不止一音，如今工尺谱，遇上去字必用二三音谱之，是朱子误认作泛声耳。迄于宋代，歌曲之谱已完全适合长短句法，故五七言绝句，如要歌唱，必添泛声。《苕溪渔隐》云：唐初歌词多是五言诗或七言诗，初无长短句，自中叶以后至五代，渐变成长短句，及本朝，则尽为此体，今所存者，止《瑞鹧鸪》《小秦王》二阕，是七言八句诗并七言绝句而已。《瑞鹧鸪》犹依字可歌，若《小秦王》必须杂以虚声乃可歌耳。其词曰："碧山影里小红旗，侬是江南踏浪儿，拍手欲嘲山简醉，齐声争唱浪婆词。西兴渡口帆初落，渔浦山头日未欹，侬送潮回歌底曲，樽前还唱使君诗。"此《瑞鹧鸪》也。"济南春好雪初晴，行到龙山马足轻。使君莫忘霅溪女，时作阳关肠断声。"此《小秦王》也。皆东坡所作。（转录《词苑丛谈》卷一）朱子见南宋时歌七言诗必须杂以虚声，故发此论耳。

中晚唐、五代词，皆是乐府，皆可歌。《南唐书》记元宗尝作《浣溪沙》二阕，付王感化歌之。即“菡萏香消翠叶残”，“手卷真珠上玉钩”是也。直至五代，盛行者皆为小令。至北宋柳耆卿辈变旧声而为新声，音律以繁，中长调起，此时对花间诸曲，锡以小令之名矣。至徽宗时，立大晟府，凡词皆可定谱。《词苑丛谈》卷一云，政和中一中贵人使越州回，得词于古碑阴，无名无谱，不知何人作也，录以进御，命大晟府填腔。因词中语，赐名《鱼游春水》。词云：“秦楼东风里，燕子还来寻旧垒。余寒犹峭，红日薄侵罗绮。嫩草方抽碧玉茵，媚柳轻拂黄金缕。莺啭上林，鱼游春水。几曲阑干遍倚，又是一番新桃李。佳人应怪归迟，梅妆泪洗，凤箫声绝沉孤雁，望断清波无双鲤。云山万重，寸心千里。”

晚唐诗有近词者，如韩偓《玉合》诗云：“罗囊绣，两凤凰；玉合雕，双鸂鶒；中有兰膏渍红豆，每回拈著长相忆。长相忆，经几春；人怅望，香氤氲；开缄不见新书迹，带粉犹残旧泪痕。”又《金陵诗》云：“风雨萧萧，石头城下木兰桡。烟月迢迢，金陵渡口去来潮。自古风流皆暗销，才鬼妖魂谁与招。彩笺丽句徒已矣，罗袜金莲何寂寥。”但不能即谓之词。一、不付歌唱，且本无歌调也；二、无后人拟作，未成为一种词体。

晚唐薛能《舞者》诗：“绿毛钗动小相思，一唱南轩日午时。慢鞚轻裾行欲近，待调诸曲起来迟。筵停匕箸无非听，吻带宫商尽是词。为问倾城年几许，更胜琼树是琼枝。”此言当时舞女所唱之曲，亦名词也。

（《文学遗产》一八三期，一九五七年）

词曲探源续录[①]

薛能柳枝词

薛能又有《折杨柳十首》，序云："此曲盛传，为词者甚众，文人才子各炫其能，莫不'条似舞腰，叶如眉翠'，出口皆然，颇为陈熟。能专于诗律，不爱随人。搜难抉新，誓脱常态，虽欲弗伐，知音其舍诸。"诗云，"华清高树出离宫，南陌柔条带暖风。谁见轻阴是良夜，瀑泉声畔月明中"；"洛杨晴影覆江船，羌笛秋声湿塞烟。闲想习池公宴罢，水蒲风絮夕阳天"；"嫩绿轻悬似缀旒，路人遥见隔宫楼。谁能更近丹墀种，解播皇风入九州"；"暖风晴日断浮埃，废路新

① 编者注：为探究词曲源流，作者搜集了大量资料。前一部分，已于一九五七年以《词曲探源》为题发表。本文根据其余部分中一些条目摘抄整理而成，故题为《词曲探源续录》。

条发钓台。处处轻阴可惆怅，后人攀处古人栽”；“潭上江边袅袅垂，日高风静絮相随。青楼一树无人见，正是女郎眠觉时”；“汴水高悬百万条，风清两岸一时摇。隋家力尽虚栽得，无限春风属圣朝”；“和风烟树九重城，夹路春阴十万营。惟向边头不堪望，一株憔悴少人行”；“窗外齐垂旭日初，楼边轻暖好风徐。游人莫道栽无益，桃李清阴却不如”；“众木犹寒独早青，御沟桥畔曲江亭。陶家旧日应如此，一院春条绿绕厅”；“帐偃缨垂细复繁，令人心想石家园。风条月影皆堪重，何事侯门爱树萱”。

薛能又有《柳枝四首》，又有《柳枝词五首》。《柳枝词》序云：“乾符五年，许州刺史薛能于郡阁与幕中酣饮酩酊，因令部伎少女作《杨柳枝》健舞，复歌其词。无可听者，自以五绝为杨柳新声。”“朝阳晴照绿杨烟，一别通波十七年。应有旧枝无处觅，万枝风里卓旌旃”；“晴垂芳态吐牙新，雨摆轻条湿面春。别有出墙高数尺，不知摇动是何人”；“暖梳簪朵事登楼，因挂垂杨立地愁。牵断绿丝攀不得，半空悬着玉搔头”；“西园高树后庭根，处处寻芳有折痕。终忆旧游桃叶舍，一株斜映竹篱门”；“刘白苏台总近时，当初章句是谁推。纤腰舞尽春杨柳，未有侬家一首诗”。（自注：刘白二尚书继为苏州刺史，皆赋杨柳枝词，世多传唱。虽有才语，但文字太僻，宫商不高如可者岂斯人徒欤！洋洋乎唐风，其令虚爱。）

裴诚俚词

裴诚，闻喜人，晋公度之从子。官历职方郎中、太子中允。《全唐诗》录诗五首，皆俚词，殆录自小说也。《南歌子词三首》云，“不是厨中弗，争知螽里心。井边银钏落，展转恨还深”；“不信长相忆，抬头问取天。风吹荷叶动，无夜不摇莲”；“簳蜡为红烛，情知不自由。细丝斜结网，争奈眼相钩”。《新添声杨柳枝词》云，“思量大是恶姻缘，只得相看不得怜。愿作琵琶槽那畔，得他长抱在胸前”；“独房莲子没人看，偷折莲时命也拚。若有所由来借问，但道偷莲是下官”。虽俚谐有吴歌味。

西塞山

张志和《渔歌子》“西塞山前白鹭飞”，“西塞山”论者不一。或谓在湖州，或谓在武昌。余谓言湖州者是也。皮日休有《西塞山泊渔家》诗云：“白纶巾下发如丝，静倚枫根坐钓矶。中妇桑村挑叶去，小儿沙市买蓑归。雨来莼菜流船滑，春后鲈鱼坠钓肥。西塞山前终日客，隔波相羡尽依依。”云莼菜、鲈鱼，总之不离太湖边也。

缠头

杨汝士《贺筵占赠营妓》（《全唐诗》本原注云，“《北里志》：汝士镇东川，其子知温及第，开家宴相贺。营妓咸集，命人与红绫一匹”。）诗云：“郎君得意及青春，蜀国将军又不贫。一曲高歌红（一作绫）一匹，两头娘子谢夫人。”一曲赏一绫，即所谓“缠头”也。僧唱佛事亦得缠头。向觉明《唐宋俗讲考》谓僧唱〔红绫〕等曲子，非也。此亦缠头之类，或为人唱寿被、寿鞋耳。

词作妇人语

“晏叔原见蒲传正云，先公平日小词虽多，未尝作妇人语。传正曰：‘绿杨芳草长亭路，年少抛人容易去’岂非妇人语乎？晏曰：公谓‘年少’为何语？传正曰，岂不谓其所欢乎？晏曰：因公之言，遂晓乐天诗两句云‘欲留年少待富

贵，富贵不来年少去’。传正笑而悟。”（《词苑丛谈》卷三）

按：此可证当时作词必须作妇人语也。北宋犹然，况晚唐五代耶！温、韦、李氏父子词多半宫词、酒令、闺怨体，其有寄慨者偶然也。

宋人以词为乐府

宋人以词为乐府，而古乐府曰诗。此因惟词可歌，而古乐府皆已不可歌也。王灼云：“士大夫又分诗与乐府作两科。古诗或名曰乐府，谓诗之可歌也，故乐府中有歌、有谣、有吟、有引、有行、有曲。今人于古乐府，特指为诗之流，而以词就音，始名乐府，非古也。”（《碧鸡漫志》卷一）

按：当时宋人之词尚未明定为“词”，亦曰“乐府”。

选词以配乐

元稹《乐府古题序》云：“（诗、行、咏、吟、题、怨、叹、章、篇）皆属事而作，虽题号不同，而悉谓之为诗可也。后之审乐者，往往采取其词，度为歌曲。盖选词以配乐，非由乐以定词也。”元稹，唐人，所见甚是。

王灼曰："元微之序《乐府古题》云，（操、引、谣、讴、歌、曲、词、调）八名起于郊祭、军宾、吉凶、苦乐之际。在音声者，因声以度词，审调以节唱。句度长短之数，声韵平上之差，莫不由之准度。而又别其在琴瑟者为操、引；采民甿者为讴、谣；备曲度者，总谓之歌、曲、词、调。斯皆由乐以定词，非选词以配乐也。（诗、行、咏、吟、题、怨、叹、章、篇）九名皆属事而作，虽题号不同，而悉谓之为诗可也。后之审乐者，往往取其词，度为歌曲，盖选词以配乐，非由乐以定词也。微之分诗与乐府作两科。固不知事始，又不知后世俗变。凡十七名皆诗也。诗即可歌，可被之管弦也。元以八名者近乐府，故谓由乐以定词；九名者本诸诗，故谓选词以配乐。今《乐府古题》具在，当时或由乐定词，或选词配乐，初无常法，习俗之变，安能齐一？"

按：唐诗之付歌曲者，亦多选词以配乐者也。

北宋词之体制

王灼云："万俟雅言初自集分两体，曰'雅词'、曰'侧艳'，目之曰'胜萱丽藻'。后召试入宫，以侧艳体无赖太甚，削去之。再编成集分五体，曰'应制'、曰'风月脂粉'、曰'雪月风花'、曰'脂粉才情'、曰'杂类'。周美成目之曰'大声'。"此可见北宋词之体制焉。

诗词无一定界限

温飞卿《春晓曲》"油壁""流苏"之篇，《花间集》不收，而《草堂》载之，知诗与词无一定界限也。

田曹小令

王灼曰："今有过钧容班教坊者，问曰：'某宜何歌？'必曰：'汝宜唱田中行、曹元宠小令'。"

按：田、曹小令，当时通行俚俗之曲，今皆不传。

按：《漫志》卷二云，田中行极能写人意中事，杂以鄙俚，曲尽要妙，当在万俟雅言之右，然庄语辄不佳。尝执一扇，书句其上云"玉蝴蝶恋花心动"，语人曰，此联三曲名也。（北里间横行者也）

又按：《漫志》卷二云，政和间，曹组元宠每出长短句，脍炙人口，作《红窗迥》及杂曲数首，解闻者绝倒，滑稽无赖之魁也。

“有厚入无间”

蒋敦复论词有“有厚入无间”之语，以为独得不传之秘。其词话王韬序之。敦复，宝山人，字纯甫，号剑人。主南唐北宋者。

晁无咎论词

晁无咎论词有云：“晏元献不蹈袭人语而风调闲雅，如‘舞低杨柳楼心月，歌罢桃花扇影风’。知此人不住三家村也。”无咎，北宋人，而误以小山词为珠玉词。又，“杨柳楼心”往往亦作“杨叶楼心”。又，晁氏论词见《复斋漫录》，颇可疑。

小令侑酒

晏叔原《鹧鸪天》：“小令尊前见玉箫，银灯一曲太妖娆。歌中醉倒谁能恨，唱罢归来酒未消。　春悄悄，夜迢迢，碧云天共楚宫遥。梦魂惯得无拘检，又踏杨花过谢桥。”

云“小令尊前”，盖当时所谓小令皆所以侑酒者耳。

东坡非不能歌

陆游云，世言东坡不能歌，故所作乐府多不协。晁以道谓绍圣初与东坡别于汴上，东坡酒酣自歌《古阳关》，则公非不能歌，但豪放不喜剪裁以就声律耳。

东坡未尝不学柳七

东坡虽鄙柳七，但未尝不学之也。《碧鸡漫志》云：“今少年妄谓东坡移诗律作长短句，十有八九不学柳耆卿则学曹元宠。虽可笑亦毋庸笑也。”又东坡与鲜于子骏书云：“近颇作小词，虽无柳七郎风味，亦自成一家。”（此意得自宛敏灏）

“多情应笑我”

东坡词“多情应笑我、早生华发”，“多情”必指当时同游之声伎而言。柳耆卿《玉女摇仙佩》：“拟把名花比，恐旁人笑我、误何容易。细思算，奇葩艳卉惟是、深红浅白而已，争如这多情占得、人间千娇百媚。”遥想公瑾当年，小乔初嫁，雄姿英发，今日白发红颜，亦不妨老学风流也。

唐宋度曲亦多用笛

宋翔凤《乐府余论》云：“北宋所作多筝琶，故啴缓繁促而易流，南渡以后，半归琴笛，故涤荡沉渺而不杂。”

按：自唐至宋，度曲亦多用笛，例证多不胜举。北宋熙宁间，秘书监刘几字伯寿最好音乐。乐工花日新颇能为新声，时与之游。《后山谈丛》云：“秘书监刘几好音，与国工花日新游。其弟卫卿谏不用，乃戒门下勿通。监约鸣管以自通。卿又使他工横吹于门以误之，数奏而不出。卿告之，监曰，非也。语次而工至，横管一鸣，监笑曰，此是也。乃走出。”足见其时横管已为最主要之乐器，乐工挟以自随者也。

营妓

唐宋人屡言营妓，或言营籍妓。《全唐诗》卷二十八（石印本）引抒情诗云：歙州刺史李曜罢歙州，与吴圆交代，有酒录事名媚川，明慧，曜颇留意，托圆令存邮，有诗云：“经年理郡少欢娱，为习干戈间饮徒。今日临行尽交割，分明收取媚川珠。”吴圆答诗云：“曳履优容日日欢，须言达德倍汍澜。韶光今已输先手，领得嫔珠掌上看。”注云，韶光，营籍妓名。

苏幕遮

〔苏幕遮〕源于公孙大娘浑脱舞。吕元泰上书：比见坊邑，相率为浑脱队，骏马戎服，名曰“苏幕遮”。（参考杜甫、李白诗注及《历代诗话》）

霓裳散序

白居易《池上篇》自序：“酒酣琴罢，又命乐童登中岛亭合奏〔霓裳散序〕。”名“散序”，殆北宋慢词之滥觞欤。

（据笔记摘抄并加大小标题）

“词曲选”引言

关于词学

词学包括：

一、词史　此为文学史或诗歌史之一部分。论词之起源。或者追溯到南朝乐府，如梁武帝《江南弄》、沈约《六忆诗》等，取其长短句并且有一定的格式者。但真正的词起于唐代。尤其是中唐以后。乃是唐代教坊的小曲。其目见于崔令钦《教坊记》者也很详备了。唐代韵文，主要是诗赋，尤其是诗最发达。但也是到了唐代，诗和乐府分家得很远。南北朝时，诗篇以入乐者为多，或虽不入乐而用乐府题目或内容者多。到了唐代，诗乐分途，玄宗以后，乐府诗更少，杜、韩一派以文为诗。其时诗惟五七言绝句入乐（也有律诗偶尔入乐者），古诗全不入乐。其时民间小曲，边疆乐歌侵入，教坊歌伎习唱，随时有新声加入，汇流而称为小曲。其文词被于歌曲者，即名为词。《全唐诗》附有词一册。至于两宋，词为最盛。并且有长调兴起。凡两宋时代之歌曲，几全用长短句，故称为词。词的名称，在唐宋时尚不确定，或称乐府，或称小曲，或称大曲，或称歌。到了后来，以“乐府”称汉魏以来迄于唐之歌曲，以元明以后之新声歌曲称为“曲”，于是专以唐代新声及两宋歌曲称为“词”。实则词只是文辞的意义，其音乐部分，整个东西应该称为歌曲也。可惜词到了元以后也不能歌唱了，只有文词方面供后人欣赏及拟作。所以“词”是文学史上的名称，是中国文学中的一门，也是中国诗的一门。词又称为诗余，这是不很科学的。有人认为词从诗体中变出，此说不可靠。诗变不出词。诗的本身从乐府来，词也从乐府来，他们共同的来源都是民间的歌曲。乐曲、俚调、外国乐歌、边疆乐歌。不过从汉魏晋南北朝乐府出来的成为古诗或近体诗，从唐宋乐府出来的成为词。

词史的书参考各本文学史的词及唐宋一段文学史。专书有刘毓盘的《词史》、王易《词曲史》等。

二、词律　词称诗余，大概会做诗的人，以余力填词，也有专成词家的。词和诗不同，在于格律。不但有长短句的格式，并且格律很严，平仄四声，都有讲究，因为原先是入乐的，后来虽未必付歌唱，却要合律以求工。词谱书如《白香词谱》，便于初学。万树《词律》最为详备。还有专研究清真词律等类书。在词学里面，也有研究乐律宫调问题的。

三、词集　总集有《花间集》《尊前集》《草堂诗余》等。别集宋元以后有千家之多，主要有《彊村丛书》《宋六十名家词》《全宋词》等。元明清人词集，汇刻的丛书较少，因不太重要之故。今敦煌所出词，也有人收集。

四、词的批评　有徐釚《词苑丛谈》、陈廷焯《白雨斋词话》、王静安《人间词话》等，《词话丛编》收集不少。另有吴梅《词学概论》。

五、词的掌故　例如张宗棣《词林纪事》之类。

普通学生习读，偏于欣赏方面。选本：（1）张惠言《词选》；（2）《艺蘅馆词选》（梁令娴）（中华版）；（3）《唐宋名家词选》（龙沐勋）（开明版）；（4）刘麟生《词絜》。这些都可用。另有俞平伯《读词偶得》、浦江清《词的讲解》（《国文月刊》）。

词

词是唐代的小曲。唐代大曲，都用诗体，如〔甘州词〕〔凉州词〕等均用五七绝。虽然也可称词，但后来词专指长短句而言，则出于唐代的小曲。

唐代大曲小曲见于崔令钦《教坊记》者共有三百二十四曲名，内中大曲数目甚少，小曲有二百七十八曲。其性质不能尽知，中间也恐有只是乐曲不配合诗词者。但后世著名的词牌有〔抛球乐〕〔清平乐〕〔浣溪沙〕〔浪淘沙〕〔望江南〕〔河渎神〕〔醉花阴〕〔归国谣〕〔定风波〕〔木兰花〕〔菩萨蛮〕〔临江仙〕〔虞美人〕〔凤归云〕〔感庭秋〕〔荷叶杯〕〔西江月〕〔拜新月〕〔鹊踏枝〕〔曲玉管〕〔倾杯乐〕〔谒金门〕〔巫山一段云〕〔相见欢〕〔苏幕遮〕〔诉衷情〕〔洞仙歌〕〔梦江南〕〔三台〕〔醉公子〕〔拂霓裳〕〔兰陵王〕〔南歌子〕〔酒泉子〕等。

此类小曲，从其名称看，有边疆乐曲，如〔甘州子〕〔镇西乐〕〔柘枝引〕〔苏幕遮〕〔胡渭州〕〔西河狮子〕〔西河剑器〕〔定西番〕〔菩萨蛮〕等。有外国音乐，如〔赞普子〕〔穆护子〕〔南天竺〕〔女王国〕等。其出于中原民间的，如

〔杨柳枝〕（洛下新声，此却是七言诗体，但亦在《教坊记》小曲内）〔临江仙〕〔虞美人〕〔南歌子〕〔南乡子〕等。题材为庆祝者，如〔还京乐〕〔贺圣朝〕〔千秋乐〕〔破南蛮〕等。闺情者如〔想夫怜〕〔恨无媒〕〔长相思〕〔柳青娘〕〔玉搔头〕〔宫人怨〕〔灯下见〕〔相见欢〕等。为节令者如〔泛龙舟〕〔七夕子〕〔上元子〕等。佛曲者如〔毗沙子〕〔多利子〕〔菩萨蛮〕（？）〔望月波罗门〕等。而且大半是舞曲，其知为舞曲者，如〔剑器子〕〔破阵子〕〔狮子〕〔带竿子〕〔西河狮子〕〔西河剑器〕等。如〔柘枝引〕必与柘枝舞有关，〔缭踏歌〕必是踏歌。〔后庭花〕〔拂霓裳〕等亦必是舞曲。至于此类小曲。歌唱者主要当为女伎，如教坊伎、官伎。士大夫民众，亦多习之以为娱乐。演奏地点为宫苑、宫廷、王府、贵人之家、旗亭、驿站以及一切宴席。长安、洛阳、扬州、金陵几个都会。此类小曲后来称为小令。单支，或有双调。均非慢词，虽有较长者，亦非慢词也。

此种情形如今日各地民间歌曲《四季相思》《孟姜女》，及边疆民歌如新疆民歌《沙里红巴哀》以及《蒙古牧歌》之类。唐代为胡汉东西南北歌曲之大汇合。

词有专集，据说是从温庭筠开始，有《握兰》《金荃》两集，今佚。而选集以五代赵崇祚《花间集》为最古。黄升《花

庵词选》案语中尚引到唐吕鹏《遏云集》，今佚。（见《词林纪事》李白条下）

《花间集》录皇甫松《采莲子》两首云：“菡萏香连十顷陂（举棹），小姑贪戏采莲迟（年少）。晚来弄水船头湿（举棹），更脱红裙裹鸭儿（年少）。”“船动湖光滟滟秋（举棹），贪看年少信船流（年少）。无端隔水抛莲子（举棹），遥被人知半日羞（年少）。”此以“举棹”及“年少”作为和声，十足民歌风味，颇有天趣。乃文人拟民间歌曲之作也。〔采莲子〕或者也是舞曲，作采莲舞时歌之。

凡词流传至今皆文人精美之作。真正民间流传之俚曲，以不被人所重，淘汰尽矣。惟敦煌所出词，保存一部分。

康熙间万树（红友）《词律》中有异名而同调者，亦有同名而异调者，据《词律拾遗》之作者徐本立诚庵云：“《词律》凡六百六十调，一千一百八十余体。今补一百六十五调，为体一百七十九，暨补体三百十六，都凡四百九十五体。合之原书共八百二十五调，一千六百七十余体。”当然尚有遗漏。

曲

所谓“曲”：

《国语·周》上：“使公卿至于列士献诗，瞽献曲，史献书。”韦昭注云：曲，乐曲也。

《说文》：“曲，象器曲受物之形。”，段注：象圜其中受物之形。

《广雅·释诂》：“曲，折也。”

《礼记·乐记》：“歌者上如抗，下如队（坠）；曲如折，止如槁木。”

许之衡云：古之歌即曲也，《尔雅》曰：“声比于琴瑟曰歌，独歌曰谣。”独歌谓无丝竹和之，声比于琴瑟，则应弦合节，一如今之唱曲矣。

《文选》宋玉《对楚王问》：“客有歌于郢中者，其始曰《下里巴人》，国中属而和者数千人；其为《阳阿》《薤露》，国中属而和者数百人；其为《阳春》《白雪》，国中属而和者不过数十人；引商刻羽，杂以流徵，国中属而和者不过数人而已。是其曲弥高，其和弥寡。”

段注《说文》：凡委曲之称，不直曰曲。《诗》曰“予发曲局”，又曰“乱我心曲”，《笺》云：心曲，心之委曲也。又乐章为曲，谓音宛曲而成章也。

《诗经·魏风·园有桃》：“心之忧矣，我歌且谣。”《毛传》：“曲合乐曰歌，徒歌曰谣。”《韩诗》：“有章曲曰歌，无章曲曰谣。”按，曲合乐者，合于乐器也。《诗经·大雅·行苇》：“或歌或咢。”《毛传》：“歌者，比于琴瑟也，徒击鼓曰咢。”按：即曲合乐曰歌也。

而“诗”则所指不同。《诗经·小雅·巷伯》：“寺人孟子，作为此诗。凡百君子，敬而听之。”谓作为此歌之词也。故诗词皆指文章而言，歌曲皆指合乐而言。

词曲之相同点：

（1）皆为乐府歌曲。教坊伎伶所习。曲调之来源，或为民间，或为外来，或出乐工所制造。

（2）均有宫调，均有牌子。牌子同者，体制相同。

（3）唐宋时代，称词为曲，如晁无咎评东坡词是曲子中缚不住者，又姜白石词称《白石道人歌曲》。而元明人称曲亦谓词。元明之间人所作《菉斐轩词韵》实为北曲而设。又李玄玉（一笠庵）《北词广正谱》、沈自晋《南词新谱》、吕士雄《南词定律》、吴梅之《南北词简谱》，皆曲律之书也。

（4）词称诗余，曲亦词余。

（5）有些牌子，词曲相同，如北曲之〔干荷叶〕。南曲之〔虞美人〕〔谒金门〕〔一剪梅〕等。《董西厢诸宫调》以及南曲散曲套数中同宋词体制者不少。

（6）词有犯调，曲也有集曲。犯调如〔玲珑四犯〕〔凄凉犯〕〔六丑〕等。集曲则南曲最多，北曲有带过曲。

词曲相异者：

（1）兴盛之时代不同。词盛于晚唐五代两宋，曲盛于元明清。

（2）词贵婉约，曲贵奔放。

（3）词中多比兴，曲主直叙。

（4）词文章内容婉曲，而声调简单。曲则北曲繁音促节，南曲冗曼细腻，曲折愈多。

（5）词有双叠、三叠、四叠者，曲则小令几乎都是单支。

（6）词是一曲，曲则可联成套数。词之大曲虽也联成一套，但中间的遍是重复的，或者两体相缠间的。曲之套数取宫调相同之曲牌数个合成，都不重复。

（7）词不大有衬字，曲则剧曲中衬字最多。

（8）词韵曲韵不同，词平入独押，上去合用。曲则入声派入三声，又可四声通押。同时南曲中又严到阴阳上去，都有讲究。

词境、曲境之不同：

词境：意境，静境，画境。

曲境：人情，动境，戏剧性。

如关汉卿〔双调〕《大德歌》：“风飘飘，雨潇潇，便做陈抟睡不着。懊恼伤怀抱，扑簌簌泪点抛。秋蝉儿噪罢寒蛩儿叫，淅零零细雨打芭蕉。”可与温庭筠《更漏子》“梧桐树，三更雨。不道离情正苦。一叶叶，一声声。空阶滴到明”，李清照《声声慢》“梧桐更兼细雨，到黄昏，点点滴滴”，冯延巳《归国谣》“何处笛。终夜梦魂情脉脉，竹风檐雨寒窗滴”相比。

又如马致远〔越调·天净沙〕《秋思》，周德清谓为“秋思之祖”。《曲藻》：“通首是景中的雅语。”王国维《人间词话》：“寥寥数语，深得唐人绝句妙境。有元一代词家，皆不能办此也。”《宋元戏曲史》以此为“元曲小令之表率”。任讷则谓此曲凝重犹近诗余。“此词前三句以九事设境，全属静词，末二句亦是含蓄幽渺之趣，词境多而曲境少。”（《作词十法疏证》）

（据讲稿整理并加标题）

元代的散曲

元曲兼指剧曲和散曲，剧曲属戏剧，散曲则是词以后兴起的诗歌新样式。南宋后期，词日趋衰落，随着金元俗曲的增多和元人歌曲的普遍，原本产自民间的文艺形式由于文人的参与创制而兴盛起来，元人自称其为“乐府”，后世将其名为“散曲”。

散曲分小令与套数两种形式。单支者名为小令。同一个宫调组织许多曲子成为一套的名为套数，亦名散套，这是相对于戏曲中应用的剧套而言。

散曲只是清唱的，配合音乐的。无科白，无搬演。以抒情为主，间或亦可叙事。

散曲有许多不同的曲牌名。如〔折桂令〕〔四块玉〕〔天净沙〕〔沉醉东风〕〔水仙子〕等。此类曲调是金元时代流行的歌曲。性质与宋词相同，不过词是唐宋时期流行的歌曲，到了金元时代有俗曲起来，词已变为高雅的东西，不大流行歌唱了。

曲中的小令与词中的小令是有别的。曲的小令只有单支，词中小令往往有上下两叠。词中有慢词、长调，曲的小令都是短小的，无慢词。但有将同一宫调的两支曲调连唱的，称“带过曲”，它介于小令与散套之间。

曲的套数，相当于词的赚词、大曲。

词可以用同一词牌，连作数首。如温飞卿有《菩萨蛮》十四章。曲的小令亦然，可以单作一首，亦可连作若干篇。如白仁甫有〔驻马听〕四首，分咏吹、弹、歌、舞。又如关汉卿有〔一半儿〕《题情》数首，皆咏闺情。

套数可长可短。短者如杨西庵〔仙吕·赏花时〕套只有〔赏花时〕〔胜葫芦〕〔赚尾〕三曲，咏秋景。长者如刘时中（刘致）〔正宫·端正好〕《上高监司》二套，前套十五曲，后套三十四曲。

散曲中的套数有同于剧曲中的，如〔正宫·端正好〕套等。也有剧曲中不用的，如马致远〔双调·夜行船〕《秋兴》，所用曲有在剧曲中不见的。睢景臣《高祖还乡》套，开始用〔哨遍〕，此曲为剧曲中所不用。而其后之〔耍孩儿〕及五个煞尾，则剧曲中亦用。

散曲的题材也很广泛。主要是闺情、写景、咏物、咏怀、题赠、送别、登临山水、怀古等。凡诗词中题目皆可用散曲表达。因为结合俗语，有滑稽打趣的，比之诗词更为新鲜生动。如马致远的〔般涉调·耍孩儿〕《借马》。

散曲是风流潇洒的，反正统思想。绝对没有酸腐的正统的儒家思想，反之以道家的出世为多。多名士作风。

散曲以抒情为主，亦有咏传奇故事的，如《摘翠百咏小春秋》，用一百支〔小桃红〕咏西厢故事。

元人散曲都是北曲，惟亦有少数南北合套，以北曲与南曲相间成套。

元代流行的俗曲，无名氏所作的保存下来不多，现存散曲选本中的主要是名家之作，散曲的选本有：

1.《阳春白雪》十卷，元杨朝英（澹斋）选（《散曲丛刊》本）。

2.《朝野新声太平乐府》九卷，元杨朝英选（《四部丛刊》本）。

3.《乐府群玉》五卷，疑元末胡存善编，专选小令（《散曲丛刊》本）。

4.《乐府群珠》四卷，明无名氏辑（疑胡存善原编，后人有所补益），卢前校，选元明人小令（1955年商务印书馆本）。

元散曲作家：

散曲作家有地位官职高的，如刘秉忠官至太保，杨果（西庵）官参政，卢挚（疏斋）官江东道廉访使，姚燧（牧庵）官翰林学士承旨等；有少数民族的，如康里人不忽木（官平章政事），蒙族人阿鲁威，畏吾儿（维吾尔）人贯云石（酸斋）等。其中刘、杨、姚所作不多，而卢、贯为散曲重要作家。

剧作家关、王、白、马、郑、乔都有散曲，兼散曲作家。其中马致远、乔吉所作尤多，为散曲大家。

专作散曲的名家有卢挚、马昂夫（号九皋，即薛昂夫，回鹘人）、张养浩（1269—1329，山东济南人）、贯云石（1286—1324，号酸斋，畏吾儿人）、徐再思（号甜斋）、刘致（字时中），而以张可久（小山）所作最多，与乔吉齐名，并称乔张。张小山的散曲，典雅化，同于诗词的作风。

散曲的代表作品：

小令：如刘秉忠〔干荷叶〕，杨果〔小桃红〕《咏采莲》，马致远〔天净沙〕《秋思》（一云无名氏作），关汉卿〔四块玉〕《别情》，白贲（字无咎）〔黑漆弩〕（一名〔鹦鹉曲〕）《渔父》（冯子振有和作），白仁甫〔驻马听〕（吹弹歌舞）四首、〔寄生草〕《饮》等。

套数：

马致远《秋兴》（〔夜行船〕）《借马》（〔耍孩儿〕）；

贯云石《西湖游赏》（《北粉蝶儿》）合南曲，南北合套）；

张可久《湖上晚归》（〔一枝花〕）；

刘时中《上高监司》（〔端正好〕）（极长）；

睢景臣《高祖还乡》（〔哨遍〕）。

以上作品见《阳春白雪》《乐府群玉》《太平乐府》诸书，及周德清《中原音韵·作词十法》所举的典范作品。

下举几例：

马致远〔天净沙〕《秋思》：

枯藤老树昏鸦，小桥流水人家，古道西风瘦马。夕阳西下，断肠人在天涯。

此曲多云无名氏作，《尧山堂外纪》归马致远。《中原音韵》评此为“《秋思》之祖”，王国维评此“纯是天籁，仿佛唐人绝句”，历来推此为小令表率，任二北嫌其静字太多，尚非曲之至者。

白朴〔寄生草〕《饮》：

长醉后方何碍？不醒时有甚思？糟腌两个功名字，醅渰千古兴亡事，曲埋万丈虹霓志。不达时皆笑屈原非，但知音尽说陶潜是。

此词周德清《中原音韵》取在定格四十首之首列，评曰：“命意、造语、下字，俱好。”任讷谓：近人论散曲推马致远〔天净沙〕一首为表率，“实则用意平常，选语凝重，绝少疏放之致，尚不足以表见元曲大部分之精神。周氏于定格四十首中，首标此词，按其气韵格律，则恰可为元曲令词之表率焉。”（任讷《作词十法疏证》）

白无咎〔黑漆弩〕：

侬家鹦鹉洲边住，是一个不识字渔父。浪花中一叶扁舟，睡煞江南烟雨。　觉来时满眼青山暮，抖擞着绿蓑归去。算从前错怨天公，甚也有安排我处。

此曲《阳春白雪》作无名氏。冯子振（海粟）有和韵三十九首，其序谓此曲白无咎作，今姑从之。此曲传唱一时，士大夫以为难和，如“父”字韵，“甚”字必要去声，“我”字必要上声，音律始谐，不然不可歌。冯海粟和之三十余章，可谓灏烂矣。

马致远《秋兴》（一作《秋思》）（散套）：

〔双调·夜行船〕百岁光阴一梦蝶，重回首往事堪嗟。今日春来，明朝花谢，急罚盏夜阑灯灭。

〔乔木查〕想秦宫汉阙，都做了衰草牛羊野，不恁么渔樵没话说。纵荒坟横断碑，不辨龙蛇。

〔庆宣和〕投至狐踪与兔穴，多少豪杰。鼎足虽坚半腰里折，魏耶？晋耶？

〔落梅风〕天教你富，莫太奢，不多时好天良夜。富家儿更做道你心似铁，空辜负了锦堂风月。

〔风入松〕眼前红日又西斜，疾似下坡车。不争镜里添白雪，上床与鞋履相别。休笑鸠巢计拙，葫芦提一向装呆。

〔拨不断〕利名竭，是非绝，红尘不向门前惹。绿树偏宜屋角遮，青山正补墙头缺，更那堪竹篱茅舍。

〔离亭宴煞〕蛩吟罢一觉才宁贴，鸡鸣时万事无休歇。何年是彻？看密匝匝蚁排兵，乱纷纷蜂酿蜜，闹穰穰蝇争血。裴公绿野堂，陶令白莲社。爱秋来时那些：和露摘黄花，带霜分紫蟹，煮酒烧红叶。想人生有限杯，浑几个重阳节？人问我顽童记者：便北海探吾来，道东篱醉了也。

此套数第一曲总说，第二曲咏帝王，第三曲咏豪杰，第四曲咏富人，第五曲以下写自己处世，接近自然。《中原音韵》评此曲云："此方是乐府，不重韵，无衬字，韵险，语俊。谚云：'百中无一。'余曰：'万中无一。'"吴梅云："马致远小令以〔天净沙〕为最，纯是天籁，仿佛唐人绝句。《秋思》一套直似长歌矣。且通篇无重韵，尤较作诗为难。"

（据文学史讲稿整理）

评陆侃如、冯沅君的《中国诗史》

《中国诗史》上中下三卷

陆侃如　冯沅君合著

大江书铺印行

三卷合价五元

陆侃如、冯沅君两先生所合著的《中国诗史》，共分三卷：上卷从中国诗的起源论到汉代及汉以后的乐府；中卷从曹植论到杜甫，包括了魏晋南北朝隋唐诗歌的全部；下卷从李后主论到元明清的散曲，撇开了中国狭义的所谓“诗”，而讨论近代的“词”和“曲”。上卷的出版在一年以前，而下卷是新近方始出版的。

名为“诗史”，何以叙述到词和曲呢？原来陆、冯两先生所用的这个“诗”字，显然不是个中国字，而是西洋Poetry这一个字的对译。我们中国有“诗”“赋”“词”“曲”那些不同的玩意儿，而在西洋却囫囵地只有Poetry一个字；这个字实在很难译，说它是“韵文”吧，说“拜伦的韵文”，“雪莱的韵文”，似乎不甚顺口，而且西洋诗倒有一半是无韵的，“韵”，曾经被弥尔顿骂做野蛮时期的东西。没有法子，只能用“诗”或“诗歌”去译它。无意识地，我们便扩大了“诗”的概念。所以渗透了印度欧罗巴系思想的现代学者，就是讨论中国的文学，觉得非把“诗”“赋”“词”“曲”一起都打通了，不很舒服。陆、冯两先生把词和曲也认做诗是很自然的事。不过照这么办，第一，也得把“赋”合并在内。赋，从体裁上说，是有韵的；就是给读者的情绪，也近于诗，而远于奏议、论说、游记那一类的东西。而况“诗”（编者注：似为“赋”）是六义之一，楚骚的正流。枚乘的《七发》，脱胎于宋玉的《招魂》，开汉赋的法门，无疑是一篇创造的、伟大的作品；而《诗史》用千余言讨论《招魂》，竟无一字提及《七发》！作《子虚》《上林》的司马相如，无论如何是古代一大作家，但是倘使他没有帮汉武帝作《郊祀歌》，恐怕也连名字都不见于《诗史》了。

汉赋写山川人物，有点像方志、字书；用问答嘲讽，有点像纵横辩士；这些是不纯粹的地方。直到王粲的《登楼赋》方始踏进了抒情诗的领域。以后两晋南北朝的小赋，实在只是较长的诗，而且内容和形式比诗更丰富、更美。这些小赋夹杂用五言、七言、四言、六言，比整齐的五言诗有变化得多。陶渊明的《归去来辞》《闲情赋》，岂在《饮酒》《归田园居》之下；鲍照的《芜城》，梁元帝的《采莲》《荡妇秋思》，岂不比他们所作的乐府更好？《哀江南赋》是《离骚》以后第一篇大文字，如果略掉它而讲庾信，岂不等于不讲？作者在叙论南北朝作家时，特地避开赋，而专讨论乐府小诗，不能不说是去大就小。西洋诗通常较中国诗长，有许多竟是赋体，而中国如陶渊明的《闲情赋》，翻成洋文，实在是顶好的恋诗，可以放到济慈、海涅的集子里去的。

“赋”是中国古代的长诗，“弹词”是中国近代的长诗。所以，第二，《诗史》不应该把弹词摒弃。《天雨花》《再生缘》这一类的作品，诚然不能说是最高的文学，但卷帙之多，结构之大，对于民间小儿女影响之深，不容我们忽视。《诗史》下卷甚至于把“挂枝儿”“马头调”、绍兴歌谣、“打铁打家刀”等都介绍到了，何以反把比较整齐伟大的民间诗歌“弹词”“鼓词”一类的东西遗漏不讲呢？考弹词直接出于唐代的佛曲，以血统而论，她是近代两大文学戏曲和小说的祖姑。弹词、戏曲、小说三者同源，都出于“佛曲”或“变文”，是印度文学给我们的顶大的赐予，是东方文学史上的奇迹。弹词是东方的Romance Literature，是近代文学的源泉。它的散文的部分，变成口白，而拿曲牌或套数代替了整齐的七言诗，便具了戏曲的雏形。“诸宫调”“弹挡”“弦索”，还不是弹词和戏曲之间的东西？“身后是非谁管得，满村听唱蔡中郎”，在高则诚没有作《琵琶记》之前，先有南宋的盲翁在弹唱蔡伯喈的故事了。把它的散文部分扩大，把它的诗的部分缩小，移到篇首作为“开篇诗”，或者插在中间，作“有诗为证”，便变成章回小说。我们看《唐三藏取经诗话》等类较古的小说里面插着这样多的诗，便可以悟出平话小说的来历。有许多人叹惜于中国没有伟大的史诗，觉得中国文学黯然无光。有人假定以为中国古代应该也有如希腊的《伊里亚特》《奥德赛》，印度的《摩诃婆罗多》《罗摩衍那》一类的东西，不过但凭口说，没有文字记载下来罢了。这是食西不化之论。中国古代没有史诗，正如中国古代没有悲剧一样，并不足怪。读如《九歌》那样华美的楚国祀神之曲，令人联想到希腊Dionysus庙里伴舞的合唱，何以中国不早产生戏曲，直到金元？原来文化上的东西，自创者少，靠各民族间相互传授贷借者多。印度的戏曲似乎是从希腊借来的，不然何以古代没有，亚历山大东征以后才有？欧洲古代没有小说，中世纪以后才有，是不是受印度、波斯、阿拉伯文学的影响是一个问题。所以我们中国古代绝没有弹唱说书的人，非等到听见了西域人说佛经故事不可。可惜在这个时候，我们的民族早已到了开明时代，不能再产生初民文学“哀比克”式的东西了。不过有一部著作，在它的口讲流传有几百年之久以上，在它所叙的战争和英雄的故事确曾沁透了中国民族的灵魂上，很够得上中国史诗的资格的；这部书便是《三国志演义》。不幸这部书的最后写定，用了章回小说体，不用弹词体！不过我确曾见过一部《三国志鼓词》，系用蔡伯喈开场的，散文大概遵罗本，而加入了同样多的韵文，比《演义》卷帙增多一倍。词句干脆、灵活，当时读了，非常高兴，以为发现了一部中国的史诗。虽然这部书似乎是一人的私编，而北方民间所唱的《长坂坡》《华容道》等，并不与此书合，但总是《中国诗史》上的好材料。

第三，陆、冯两先生认定“曲”是元明清三朝的诗，所以《诗史》下卷论到关汉卿、马致远、白朴、梁辰鱼、沈璟这一辈人；但是却只采录了他们那些比较不重要的小令、散曲，而对于他们的成篇巨著，表现他们文学最高造诣的《窦娥冤》《汉宫秋》《梧桐雨》《浣纱记》《义侠记》《埋剑记》等，反绝笔不提。如果要扩充“诗”的范围到“散曲”，为什么不再扩充到“剧曲”？因为关马诸人当然因其杂剧传奇传世而伟大。明代最大曲家，恐怕要推汤显祖，但是因其不作散曲，名竟不见于《诗史》了。洪昇、孔尚任、李笠（编者注：疑脱“翁”字）亦然。戏剧当然与诗有别，可奈中国只有诗剧，别无话剧。萧伯纳自然不能写入英国诗史，可是哪里有一本英国诗史漏掉莎士比亚呢？例如脍炙人口的Courthope的英国诗史，论伊丽莎白朝的剧曲整整占其六卷中之一卷。我们不是说王国维《宋元戏曲史》的材料，全可搬入诗史，不过在诗史里论杂剧传奇，应该另有一个论法。元明清的散曲，地位与唐诗、宋词不侔；在唐代，诗是惟一的乐府，宋则以词为惟一的乐府，金元以下的乐府，当然是组织更好的杂剧和传奇。散曲只是文人的消遣作，是杂剧传奇发达时期的副产品；是零吃，不是整桌的酒席，并不很堂皇，足以题做时代的名称的。

把“赋”“弹词”“剧曲”除外，所以陆、冯两先生没有写整部的中国诗史，只写了一部中国抒情诗史。

从另一点看，陆、冯两先生为什么把宋以后诗，置而不论，反大谈词曲呢？他们在《导论》里说明，他们接受王国维《人间词话》里的议论，以为“古诗敝而有律绝，律绝敝而有词，盖文体通行既久，染指遂多，自成习套”，所以宋以后只有词曲是新鲜的文学，古诗或律绝都是“劣作”，“用不到占宝贵的篇幅”。王氏的议论实本于焦循。在焦氏的《易余龠录》卷十五论文学“一代有一代之所胜”的一节里，发挥得透彻无比。焦、王发现了中国文学演化的规律，替中国文学史立一个革命的见地。在提倡白话文学民间文学的今日，很容易被现代学者所接受，而认为惟一正确的中国文学史观了。所以最近所出的中国文学史一类书，都很取巧地把唐以后诗文，一概略而不讲，只论词曲小说。但是细细考察起来，焦、王两人都是在他人看不起词曲的时代而喜欢研究词曲的人，所以不能不发这种议论；他们不过想提高词曲的地位，并没有想一笔抹倒唐以后诗，只是议论稍为激烈一点罢了。而且他们在说这一类话的时候，是个批评家，不是历史家。历史家必得要忠实叙述过去的事情，不能成好恶于心，对于史料，任意选择。唐以后的诗，就令都是“劣作”，在一个作诗史的人，也不容一笔不提；而况有许多许多并不是“劣作”呢？

《诗史》卷下虽然把苏轼标榜成一个时代的代表文人，但只说他的词，没有说他的诗。在无论哪个读者，就是作者自己，也总会想到足以代表苏轼者是诗而不是词吧。黄庭坚、陈师道、范成大、陆游的诗，一齐在“劣作”之列，元好问以下的诗家名不见于《诗史》了！吴伟业不幸处在“散曲时代”，所以如《圆圆曲》《鸳湖曲》那样琅琅可诵的诗，竟湮没无声。金和的《兰陵女儿行》不能不说是近代一首奇诗、长诗，亦竟不得在《诗史》里讨论。最可惜的是韦庄，因为他迟死几年，身世入了五代，所以他的《秦妇吟》也变成劣作，不得与“如今却忆江南乐”等并论了。

我细细想来，每个诗体的发展必然经过三个阶段：一、民歌；二、乐府；三、诗。五言诗可以溯源到西汉末年民间的歌谣，到曹氏父子、建安七子采民歌的体裁，做乐府；陶渊明、谢灵运所做的只是诗而不是乐府了。七言绝句大概起源于受胡乐影响的民歌，王昌龄、高适等仿民歌而作的是为乐府；盛唐以后的制作，不复可歌，只是诗了。长短句也是从民间来的，白居易、刘禹锡仿民歌作小令，是乐府，整部《花间集》是乐府，柳永、周邦彦所制的也是乐府；辛弃疾以后只是做诗。南宋出了一个懂音律的姜夔，把已经变成诗的词重复谱进乐府，但为时甚暂。在民歌和乐府两个阶段的时候，诗和音乐有密切的关系，到进入第三个阶段，即诗的阶段，诗方始脱离音乐而独立。脱离音乐后的诗，依旧是有生命的。清代去七言诗、长短句可歌的时代已远，然而吴伟业的诗、纳兰性德的词仍旧是好文学。即以西洋文学证之，中世纪的Romance以及Troubadour诗人所歌是一丝不假的乐府，英国弥尔顿以前的诗歌，乐府的气氛还很充沛，弥尔顿以后便踏入了诗的阶段。弥尔顿、华兹华斯、拜伦、雪莱所处的地位，显然是杜甫、苏轼、陶渊明、谢灵运、吴伟业、纳兰性德的地位，绝不是曹植、王昌龄、柳永的地位；因为他们的诗，既不可歌，亦不入乐。只认定可歌入乐的诗，是有生命的，是活文学，反之，都是无生命的，是死文学；这是现代中国少数学者莫大的偏见，是根本谬误的观念。

所以，在这个意义上，陆、冯两先生并没有写诗史，只写了一部中国乐府史。

《诗史》的分期，也是可以致疑的。除汉以前分成“《诗经》”“《楚辞》”“乐府”三时代，元明清总称为“散曲时代”外，其余从魏到宋，作者都提取一个代表的作家，题作时代的名称。共计有七个这样的时代：（一）曹植时代，（二）陶潜时代，（三）李白时代，（四）杜甫时代，（五）李煜时代，（六）苏轼时代，（七）姜夔时代。以上除“曹植时代”名称较为妥帖外，其余都很勉强。陶潜在南朝文学里是一颗孤星，他的作品非但不能影响他那个时代，而且不能影响他身后，直到王、储、孟、柳。李后主诚然是五代小令的最佳作者，但是他的政治势力尚且偏安于江南，他的文学绝没有笼盖一世的气魄。当时西蜀与南唐两个词国，是显然地不通声气的。李白与杜甫虽然作风不同，处在一个时代里，作者强分为二，使他们二位诗王各统治了一百五十年。李白的时代是六一八—七五五，杜甫的是七五五—九〇七。但是李白的生年是七〇一—七六二，杜甫的生年是七一二—七七〇。岂不是李白五十五岁以后的诗，杜甫四十四岁以前的诗，都不在他们自己的时代里吗？苏轼的词，在词的发展上，其重要远不及柳永、周邦彦，似乎不足推为北宋词人的代表。白石固是南宋的大家，但当时稼轩、龙洲一派，非他所能范围。英国文学史上，所以称伊丽莎白时代而不称莎士比亚时代者因为有Ben Jonson等力足与莎氏抗；所以称维多利亚时代，而不称勃朗宁时代者，因为有安诺德、丁尼孙力足以与勃氏抗。升白石于南宋词人之首，我想他也许要不安于位吧。

《中国诗史》煌煌三册，所论三千余年，计五十余万字。在这个题材上，这还是第一部创始的书。当然有许多地方，不能使人满意，我们去Courthope、Saintsbury的时代到底还远。不过作者的努力是可以佩服的。书里面考证的部分，颇多新收获，在细心的读者自会看到，不待我们作无谓的揄扬。上面所论，只是对于此书体制的商榷，不敢说是批评，只能说是一种挑剔吧。

（《新月月刊》第四卷第四期，一九三二年十一月一日）

第二编　作家评析

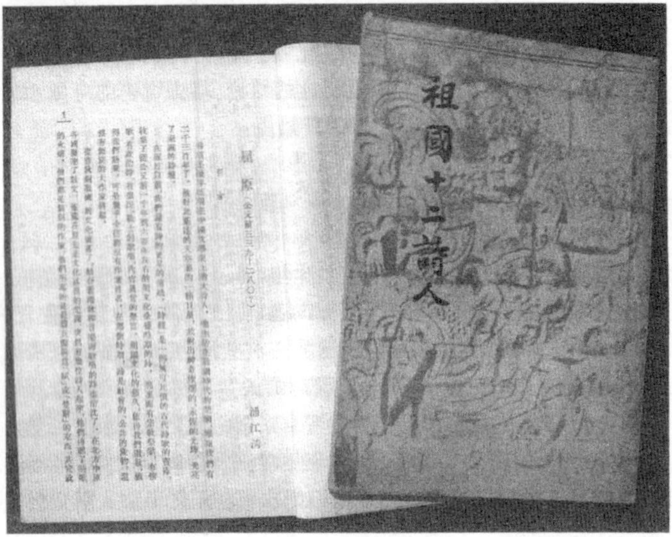

收入《祖国十二诗人》(初版)之《屈原》(一九五二年)

屈原[1]

引言

屈原是最早出现在中国文学史上的大诗人。他生活在战国时代的楚国，离开我们有二千三百年了。他好比遥远的天空里的一颗巨星，放射出神奇灿烂的、永恒的光辉，光亮了祖国的诗坛。

在屈原以前，我们还有诗的更早的传统。《诗经》是一部无可比价的古代诗歌的宝库，收集了从公元前一千年到公元前六百年左右的周文化全盛时期的诗。那里面有宗教祭歌，有情歌，有政治诗，有农民、战士的歌唱，内容异常的丰富。祖国

---

① 屈原的作品，除去显然是伪作和有可疑之点的，留剩《离骚》《天问》《九歌》和《九章》中的《惜诵》《抽思》《哀郢》《涉江》《橘颂》《怀沙》六篇，没有问题，本文据以考证他的事迹。《惜往日》篇虽也被引用，只是作为后人叙说屈原的话。

文化的悠久，值得我们赞叹，值得我们热爱。可是几乎全部都没有作者姓名。在那个时期，诗是社会的、公共的产物，还没有个别的大作家兴起。

从春秋到战国，周文化衰落了，结合着礼教和音乐而歌唱的诗也消沉了。在北方中原各国发达了散文。惟独在原先是文化落后的楚国，突然有几位诗人起来，他们传递了诗歌的火焰。他们都是个别的作家，他们所写的是长篇巨制称为“赋”或“楚辞”的东西，其实就是楚声楚调的长诗。其中屈原是开创者，也是最杰出的诗人。

汉水、长江流域的优秀民歌启发了诗人的创作。楚国特有的宗教、古代神话、神仙传说、历史传说都做了诗人的题材。屈原曾经向中原的经典学习，获得了运用文字的熟练的技巧，组织进南国的方言，改革了《诗经》的体制，扩大了诗的语汇。他博学多能，有进步的政治观和历史观，有哲学思想，他从楚国原有的宗教诗歌的基础上向前推进，发展了政治诗和抒情诗。向来不曾为周民族所征服的荆楚民族，自己建立了一个强大的王国，有好几百年的历史了，到这时找到了他的代表诗人来宣泄它的文化蓄积。屈原是楚民族文化的优秀代表，他是楚民族的灵魂。

他不但是诗人而且是有远见的政治家。他生在楚国由极强大走向衰亡的历史的转折点上，为着民族的存亡，他的一生和贵族党人做了坚强不屈的斗争。他被迫害，被放逐而自杀。他的坚贞不屈的人格贯注在诗篇里，使人兴奋，使人嗟叹，使人景仰。我们在二千三百年以前，有像屈原那样的一位诗人是值得我们骄傲的。

为历史材料所限制，对于这位诗人的一生，我们也只能知道个大略。后面的叙述是依据司马迁《史记》里的《屈原列传》，参照楚国的史料和屈原的可信的诗篇整理出来的。学者们意见分歧不曾解决的问题很多，这里所写大概按照笔者自己的研究和推测，不可避免地有些是主观的判断，留待学者们的指正的。

一

屈原姓屈，名平，字原。照古人的习惯，名和字是相应的，高的平地叫作原，所以他名平而字原。《史记》上说，他是楚王的同姓。楚王姓熊，他姓屈，怎样说是同姓呢？原来屈氏的始祖屈瑕是楚武王熊通的儿子（或者侄儿），称为莫敖王子的，他有一块封地在屈，屈本来是地名，后来便作为这一支王族分支的姓氏了。在古代，姓和氏是有分别的，严格说来，屈是氏而不是姓，熊也是氏而不是姓，论姓，他们都姓芈（音米）。

史书上说，楚是芈姓之国，意思是统治楚国人民的王族姓芈。历代相传的楚王都称熊氏，熊是王室的氏。在王室周围有许多王族的分支，对王室有或近或远的血缘关系，叫作“公族”，屈氏是楚国公族之一。

据古史传说，芈姓是祝融氏部落的八姓之一，他们的老根据地在河南郑地，所以原来也是中原的一个氏族。远在西周以前，这氏族被迫南徙，沿着汉水，到了湖北，他们开发了蛮夷之区，在生活上也同化于蛮夷。这一带的蛮夷，周人称之为荆蛮。楚的开国主熊绎就是荆蛮中间的芈姓君长，据说他曾经受过周成王的册封，在名义上承认了周的宗主权，其实是独立的。当初周人灭商，也只统一了北方中原之地，对于汉水、长江流域，力量有所不及。到周昭王起了侵略野心，大举南征，曾经引起了荆蛮、徐夷、淮夷这几个民族的联合反抗，昭王兵败，死在汉水。熊绎的后代熊渠，当周夷王时，吞并了江汉间的许多小国，占有今湖北全省之地。周宣王命召虎南征，楚国又被压迫；到周室东迁，楚又强大。在春秋初年，楚主熊通称王，就是楚武王，统治荆蛮民族的全部，建都于郢（今湖北江陵县）。从春秋到战国，楚愈来愈强大，削灭了周人在南方所建立的许多国家的统治政权，统一了汉水、长江流域，成为南方惟一的大国。到屈原时代，楚国已经有七百年的历史。

莫敖王子死后，历代的楚王就屈氏门中立一人做莫敖，继承爵位。打开楚国历史来看，屈姓的名人很多，如屈重、屈完、屈建、屈荡、屈巫等，或为莫敖，或为大夫，都在春秋时代。直到战国，屈氏的子孙兴盛，和昭氏、景氏并称公族中的三大姓。

屈原的父亲名叫伯庸（见《离骚》诗），他不像有政治地位，家庭也贫穷。因为屈原自己在《惜诵》诗里说过：

> 思君其莫我忠兮，忽忘身之贱贫。

我们对于《惜诵》那篇诗，看不出有伪作的成分，所以相信屈原是个贫贱出身的人。有人认为屈原是贵族，这是把公族和贵族混为一谈。固然多数贵族是公族，楚国的政权向来操在王子王孙和同姓宗亲手里，但是也还有别姓而有封爵的，所以贵族不等于公族。同时公族也不全是贵族，即以屈族而论，从屈瑕到屈原已经有五百年，子孙繁衍，不知道有多少人家，其中自然有贵显的，也有贫贱的。贫是经济上的贫穷，贱是政治地位的卑微。屈原的父、祖如果曾经服役于王室，可能只在卑微的职司。因此，照我们的判断，屈原除了他的姓是贵姓，他的家庭出身是同于平民的。至少他是出身于一个没落了很久的贵族家庭的。因此，我们也可以懂得他在《离骚》诗里把自己比作傅说、吕望、宁戚那班出身贫贱的贤臣，并非不合于他的身份了。

楚国的政治是贵族政治。在楚悼王时，政治改革家吴起到了楚国，他认为楚国的政治坏在贵族腐朽，官爵太滥，公族的给养费用太大，提出了改革的计划：要使封君的子孙，“三世而收爵禄”，就是说，爵位只给到第三代为止；要“明法审令，捐不急之官”；要“废公族疏远者，以抚养战斗之士”。悼王信任了他，一度实行新政，收到很好的效果。当时还使好些贵族远徙到地广人稀的地区去开发生产。结果贵族们痛恨吴起，到悼王一死，便围攻他，把他杀了。从这里可以知道，楚国的公族人家是由朝廷给予经济给养的，而疏远的曾经一度被汰削。屈原出身于贫穷的家庭，因此他富于平民思想，他接近人民。同时，他到底是公族子弟，是芈姓子孙，他是要对于王室尽忠忱的。他同楚怀王的关系不过是五百年前共一家，并不是亲近的宗室。他受楚怀王的特殊宠爱，是遭到专权的贵族们的嫉视和抑制的，他坚决和他们做斗争。这一切都可以从他的阶级成分得到解释。

屈原约生于公元前三四〇年左右，至今学者之间还没有定论。[①]本文作者想贡献一个最近研究的结论，略去详密的考据和推算，只作简要的解释。《离骚》诗的开始说：

摄提贞于孟陬兮，惟庚寅吾以降。

这两句哑谜似的句子包含了诗人的生年、月、日。诗人的意思是说："我生在摄提格之年，孟陬之月，庚寅之日。""孟陬"是夏历正月，"摄提格"是岁星纪年的名称。岁星就是木星，也一名摄提。原来战国时代，还没有用干支来纪年的，那

① 王逸注《离骚》，谓屈原生于寅年寅月寅日，邹汉勋、陈玚、刘师培三家推定他生于公元前三四三年（戊寅）正月二十一或二十二日。战国时代不用干支纪年，那个戊寅年是后汉人排定甲子年表时所逆推的，和岁星纪年不合，因为中间有岁星超辰。郭沫若据《吕氏春秋》的一个岁星纪年逆推，并计算超辰，推定他生在公元前三四〇年正月初七日庚寅，也略有差失。庚寅是初八，不是初七。我们据天文学实际推算，公元前三四〇年木星在虚危，不能称为摄提格之年。我曾经把战国秦汉间的岁星纪年作通盘考虑，得出一个结论：西汉年间的摄提格，木星在"星纪"（斗牛两宿）；战国年间的摄提格，木星在"娵訾"（室壁两宿），夏历正月和太阳同宫。因此推定屈原生于公元前三三九年阳历二月二十三日，即颛顼历的正月十四日庚寅。照我的精密推算，那天的木星在室宿十六度，太阳在室宿十二度。

时的天文占星家有一种奇特的习惯，他们观察木星在天空中的位置拿来做纪年之用。木星在星空中绕行一周，约需十二整年，如果今年在正月和太阳交会，明年便在二月，十二年后又回到正月。他们把木星在正月里和太阳交会的那一年叫作“摄提格”，我们可以把它翻译做“正年”，“格”的意义是“正”。所以屈原生在正年正月庚寅日。根据古代天文和历法的推算，他应该生在楚威王元年正月十四日庚寅，即公元前三三九年阳历二月二十三日。

木星是行星中间最明亮的一颗，古人把它称为岁星，并且看作尊贵的天神所凭依，岁星所照临的地域（“分野”），五谷丰登，岁星所照临的月份也是吉月。楚国的宗教是原始巫教发展提高的，楚王族自认为颛顼帝和司天文官职的重黎氏之后，所以也最敬重天神。屈原生在正年正月，得天文之正，是吉利的，因而他的父亲给他取名叫“平”，平的意义就是“正”。《离骚》“名余曰正则兮”说明他父亲命名的意义。而屈原一生也把“平正有则”“守正不阿”的精神作为立身处世的规律。

屈原的出生地点是楚国的都城郢。西汉的楚辞家东方朔曾说：

平生于国兮，长于原野。（《七谏》）

“国”指国都，就是郢。屈原也把郢作为故乡，他在被放逐离郢时候说，“去故乡而就远兮”，“发郢都而去闾兮”，“去终古之所居兮”，在那首《哀郢》诗里有三个地方指明了这事实。所以许多人认为他是湖北秭归县人，那是不可靠的，是后来的附会（始于北魏时人所作的《水经注》)。我们知道当时公族以屈、景、昭三姓为盛，称为“三闾”，既称为闾，必有闾里，他们的居处应该在郢都，或在城里，或在郊外。以屈原的文学成就来说，他不生长在文化中心的郢都是难以想象的。屈氏始祖屈瑕的封地屈，不知在什么地方，不过自从武王、文王经营郢都以后，用情理来推测，那些王族的分支都搬到都城来居住了。

楚国自从春秋时代的成王、庄王开始，和中原交通，吸取中原的文化，已经不是蛮夷之邦了。屈原和孟子、惠施同时，那时候书籍流通，郢都是南方的文化中心。在闾里乡党里面，应该有宗庙，有教育公族子弟的学校（也许就在宗庙里面），我们可以想象幼年的屈原就在那里受教育，获得文化知识。从他后来的文学表现来看，他在早年必定在语言文字上用过很深的功夫。他的志气不凡，他也佩服古代特立独行的贤人：

嗟尔幼志，有以异兮。行比伯夷，置以为像兮。（《橘颂》）

他喜欢别致的服色，佩着一柄长剑，戴着一顶高冠：

余幼好此奇服兮，年既老而不衰；带长铗之陆离兮，冠切云之崔巍。（《涉江》）

这佩剑、高冠不像贫贱子弟的服饰，或者是古老的屈族的徽征，表示莫敖王子的后代，有显扬祖德的意义吧。

此外，他特别爱好花草。他住过郊外的原野。在郢都附近，靠着长江，有许多湖沼洲渚，“兰皋”“椒丘”，是少年诗人喜欢漫游的地方。后来他爬上政治舞台，到不得意时，还很想回来隐居：

步余马于兰皋兮，驰椒丘且焉止息；进不入以离尤兮，退将复修吾初服。（《离骚》）

他对于植物的知识非常丰富，兰花、蕙花、申椒、菌桂、江蓠、辟芷、木兰、杜若之类的芳香植物是他特殊爱好的。那些东西在楚人的宗教里是用来歆献神明的，他喜欢这些是敬爱它们圣洁的品德。这些南国原泽的特产，在他的诗里出现得非常之多，结合诗人的爱国热情，他歌唱、赞美祖国的草木。

二

公族子弟得到王家的特殊教养，原来是要为王家服务的。尤其像屈原那样的优秀分子，由于才能的杰出，不久便被选拔了上去。他的才能，第一是“博闻强识”，知道的东西多，记忆力强；第二是“明于治乱”，懂得政治原理，有政治眼光；第三是“娴于辞令”，擅长文学修辞和外交语言。其时楚怀王熊槐在位，屈原在二十四五岁上，便任了“左徒”之职，位在大夫之列。这是一个高级文官，好像是王室的秘书长。由于怀王的特殊信任，他在内里起草法令，参议国家大事；出外宣布号令，接待外交宾客。他对于楚王有知遇之感，抱着无比的忠忱，幻想着远大的政治前途。

当时战国七雄，争城略地，互相侵伐，无间断地在战争漩涡中。北方以齐、秦为强，南方以楚国为大。自从威王击破了越国以后，楚的疆宇，西起长江三峡，东到东海；北边伸进到陕西、河南、山东的南部，南边有洞庭、鄱阳两湖之地。当初周人在南方所封建的许多国家，都已被楚人所覆灭。广大的人民就是当初强烈反抗大周民族主义的荆蛮、徐夷、淮夷等少数民族和商朝灭亡以后往南逃窜的商朝遗民，经过了六七百年，在芈姓王朝的统治下，融合成为一个大楚民族。他们早已从奴隶社会进到了封建社会，生产力得到解放和提高。长江流域的土地是肥沃的，物产是丰富的，吴起曾经说过一句话“楚国地多而民少”，如果统治者没有侵略的野心，这样一个国家是可以康乐自足的。当时的国防力量，有“带甲百万，车千乘，骑万匹”。所以当屈原跑上政治舞台，正是楚国强大、大有可为之时，他高瞻远瞩，自有一番抱负。

第一，他反对穷兵黩武的侵略战争。他要引导楚王修明内政，任用贤能，效法古代圣王的“王道”政治。他说：

> 乘骐骥以驰骋兮，来吾道夫先路。
>
> 彼尧舜之耿介兮，既遵道而得路；何桀纣之猖披兮，夫惟捷径以窘步。
>
> 汤禹俨而祗敬兮，周论道而莫差；举贤才而授能兮，循绳墨而不颇。（《离骚》）

这是儒家一派的政治理论；虽然和孟子一样，他是唯心论者，处在凶恶残暴的混战混杀的时代里，劝导国君修德息争，是符合于爱好和平的人民的利益的。

第二，为了扫除弊政，他主张法治。

> 惜往日之曾信兮，受命诏以昭时；奉先功以照下兮，明法度之嫌疑。（《惜往日》）

第三，当时秦国最强，尤其有侵略的野心。楚威王曾经加入“合纵”联盟，以阻遏秦国。到了怀王即位，忽而伐魏、伐齐，忽而做六国盟长，没有固定的外交策略。秦惠王用张仪为相，决心要破坏六国联盟，并且派兵攻下了蜀国，在西边和北边两面威胁楚国。屈原是坚决主张和齐、魏联好以抵制秦国的；惟有这样，才可以保障楚国的安全。

这三点都很正大。怀王一朝是楚民族兴亡、成败的转折点，关系重大。可惜屈原空有远大的政治理想、敏锐的政治眼光，他得到怀王的信任，时期极短。他遭到同僚的嫉妒、贵族党人的仇视、敌国间谍的离间，终于被迫去职了。

《史记》上记载这样一件故事：有一位上官大夫妒忌屈原

的才能，要夺取他的草稿，屈原不肯给他，他在怀王面前进了谗言，激起怀王的愤怒，把屈原疏远不用了。事实怕不是这样简单的，论屈原的才能和地位，未必就为了一件事情便站立不住；当时尖锐的斗争存在于他和“党人”之间。他说，“众女嫉余之娥眉兮”，可知仇视他的不止一人。他要求国王修明法度，任用贤能，必定要和当权的贵族冲突。他所说的“党人”，就是指当时贪婪专权的贵族和国王左右的佞臣那内外勾结的一党。当时公族三姓之中，要数楚昭王之后的昭氏，对王室亲近，权势也最盛；在宣王朝有煊赫一世的昭奚恤，在怀王初年总揽军政大权的是上柱国令尹昭阳，和屈原同朝的有昭睢①、昭过［滑］、昭鼠等。公族中间的宗派主义是存在着的，照我们推测，排挤屈原最厉害的就是昭氏贵党。到秦国派张仪来楚，施用离间计，昭睢和张仪密切勾结，对立的形势更其显然。张仪来楚，在公元前三一三年，这时屈原年二十七岁，怀王用张仪为相，决定联秦，屈原必定不安于位；所以他做左徒，前后不过两三年。

---

① 单看《史记》，昭睢为联齐派人物，因此近人认为他和屈原是同派，刘师培甚至有荒谬的意见，认为他和屈原是一人。本文判断他是和张仪密切勾结的，从《战国策》的记载看出。排挤屈原最力的是昭氏贵党，也从昭睢和屈原同朝而一升一沉的现象上推论出来。

怀王听信张仪，说和齐绝交以后，秦国愿送给他商于之地六百里，决定断绝齐国邦交；及至绝齐以后，张仪回到秦国，便翻过脸来不认这笔账。怀王大怒，兴兵伐秦，打了大败仗，丢失汉中；他不肯罢休，再征大军伐秦，深入秦地，战于蓝田，又大败。韩魏知道楚国空虚，也派兵南侵，趁火打劫，楚军狼狈退守。这两个败仗大大削弱了楚国的力量，从此以后，楚国东西受敌，一蹶不振了。

屈原卸任左徒以后，还做着“三闾大夫”的官职。三闾大夫是管理公族谱牒、主持宗庙祭祀、兼教育公族子弟的一个闲职。在这时期他开始了诗的创作。首先，他制作了一篇长诗叫作《天问》，在这里面他表现了对于古代神话和历史的广博的知识，也表现了他的怀疑的和追求真理的精神。其次，他写作了一套祭神的歌曲，叫作《九歌》[①]，那是楚辞文学里突出的、最优美的杰作。

楚国各地普遍地有祠庙，人们逢年过节，打鼓、吹箫、歌唱、跳舞，娱乐鬼神，祈祷风调雨顺，五谷丰登；这赛神的歌舞本来是人民的艺术。屈原吸取人民艺术的优秀成分，加工制

---

① 近人对《九歌》有各种分歧的说法，本文所提示的新意见是根据《汉书·郊祀志》谷永的话启发出来的。

造出许多篇达到抒情诗极高境界的宗教诗歌。他开始用“楚歌”的调子来写诗，开始接近了人民的语言。

悲莫悲兮生别离，乐莫乐兮新相知。（《少司命》）
心不同兮媒劳，恩不甚兮轻绝。（《湘君》）
沅有芷兮醴有兰，思公子兮未敢言。（《湘夫人》）

这样美好的抒情诗句，显然是从民间的情歌里吸收来的，充满着浓挚真切的感情。

帝子降兮北渚，目眇眇兮愁予，嫋嫋兮秋风，洞庭波兮木叶下。（《湘夫人》）

这是描写湘水女神降临在洞庭湖边的情景，这样灵活、美丽的形象在《诗经》里面是不容易找到的。缥缈的神仙姿态融合着南国山川的秀丽。我们要问，屈原写了这许多篇祭祀神仙的歌曲，是零篇应用到许多个祠庙呢，还是集中应用在一个祠庙呢？据说，郢都东郊外有一所东皇太乙祠，乃是祀奉天帝的庙。为祭祀天帝，有迎送各个神仙的歌舞，包括云神、太阳神、河神、湘水神之类。整套的节目由女巫或男巫的合唱队歌唱，配合着繁复的音乐，可能也有扮演在内，好像希腊酒神庙的歌舞，具有戏剧的雏形。东皇太乙庙有春秋两祭，可能名义上是由楚王主祭的，三闾大夫既然是管祭祀典礼的，他大概奉了楚王之命制作这些祀神的歌曲吧？据汉朝人说，楚怀王大举伐秦，特别隆重祭祀天神的典礼，所以屈原的《九歌》里特别有《国殇》一篇，祭祀阵亡将士：

> 出不入兮往不反，平原忽兮路超远；带长剑兮挟秦弓，首虽离兮心不惩！诚既勇兮又以武，终刚强兮不可凌。身既死兮神以灵，魂魄毅兮为鬼雄！（《国殇》）

诗人用悲壮的诗句唤起为国牺牲者的强毅的灵魂！怀王刚愎自用，大举伐秦，屈原本不赞成，所以我们也可以想见当他写《国殇》这一篇诗，他的心境是怎样地沉重了！

三

怀王伐秦失败以后，重新召用屈原，派他到齐国去重订邦交，这时他年二十九岁。秦国害怕楚齐联好，愿意送还汉中地的一半来讲和。怀王不愿得地，要求秦国把张仪交出来。张仪居然敢再到楚国，楚王把他囚了。但是他想法买通了楚王的嬖臣靳尚和宠姬郑袖，替他开释。等到屈原在齐国顺利地办好外交回来，楚王已把张仪放走了。屈原和怀王争论几句，很不愉快。他觉得怀王执迷不悟，反复无常，没有办法引导到善良的政治了，开始有离开郢都的意思。他说：

初既与余成言兮，后悔遁而有他；余既不难乎离别兮，伤灵修之数化。（《离骚》）

当时楚国的朝廷被一班贵族党人所把持，是非黑白不分。大家都在奔竞钻营。由于恶势力的蔓延，就是好人也都变成了坏人：

众皆竞进以贪婪兮，凭不厌乎求索。

兰芷变而不芳兮，荃蕙化而为茅；何昔日之芳草兮，今直为此萧艾也！（《离骚》）

惟独屈原，他不肯和他们同流合污，宁可出外流亡而死：

宁溘死而流亡兮，余不忍为此态也！鸷鸟之不群兮，自前世而固然。何方圜之能周兮，夫孰异道而相

安？（《离骚》）

他看到国家的危难，曾经有好几次直谏君王，触犯怀王的愤怒，他并不懊悔：

阽余身而危死兮，览余初其犹未悔。虽体解吾犹未变兮，岂余心之可惩！（《离骚》）

无奈怀王对他情意益疏，同从前重用他的时候，态度完全两样。君臣之间，距离愈来愈大，他不能不自求引退了：

何离心之可同兮，吾将远逝以自疏。（《离骚》）

想到天下之大，九州各国，难道像他那样的贤才，不能够在外得志吗？但是，他不忍离开祖国。那么，到边远的地方去，或者退而隐居？四面八方的念头都转到，在极度的烦闷里，他写下了长诗《离骚》，尽情倾吐他内心的苦闷。

《离骚》是哪一年写的呢？不容易确定。从诗里面的提示，是在诗人刚到壮年而又忧虑着老的来临，这样，在三十岁到三十五岁上都还适合。为了叙述史事的方便，我们假定屈原在三十岁的正月生辰开始写作这篇自叙的长诗。这是在公元前的三一〇年。

“离”是离别，“骚”是歌曲的名称，①“离骚”就是“离歌”。以形式而论，还是从巫歌的形式推进加长，成为长篇的独白抒情诗。他从自己的家世、生辰讲起，说到他的政治主张和政治斗争。有好些部分还保留着宗教诗的色彩，例如由于精神苦闷，在种种矛盾冲突里，诗人歌唱着上天下地的精神追求，确乎是神秘的。但是，从《九歌》到《离骚》，诗人屈原的发展过程已经是从纯粹的宗教诗到政治诗的道路。尤其可宝贵的是他歌唱出人民的苦痛：

长太息以掩涕兮，哀民生之多艰。（《离骚》）

我们在上面说过，除了他的姓是贵姓以外，实际上他是出身于贫穷的家庭，从下层爬上来的。因此他深切了解被压迫阶级的苦痛，而这里的“民”字也包括他自己在内的。他抱怨国王不顾人民的意志：

① 游国恩解释《离骚》即“劳商”，通是曲名。我意离是离别，“骚”才是曲名，可能是巫曲的一种。《大招》里面的“劳商”，“劳”是曲名，参看上下文，“商”怕是动词，作“清扬其声”解，不宜连读。

怨灵修之浩荡兮，终不察夫民心！（《离骚》）

他从历史观察天道，凡是不顾民心的统治政权是不能久长的：

皇天无私阿兮，览民德兮错辅；夫维圣哲之茂行兮，苟得用此下土。瞻前而顾后兮，相观民之计极；夫孰非义而可用兮，孰非善而可服？（《离骚》）

他说，天帝是没有偏袒的，挑选人民中间有德行的帮助他成功。只有聪明睿智的君王能够享有国土。前看往古，后顾将来，总要替人民打算，哪能不义而成功，哪能不善而服人呢？他把这样激切的言论来警告国王。他这种议论并不单为楚怀王而发，他要把他的历史哲学的真理写在他的不朽的诗篇里。《离骚》在祖国文学史上是空前的第一首长诗，也是屈原的代表作。

屈原是信仰宗教的，他信仰天道。他用怀疑和追求真理的精神研究古代的神话和历史，他重新肯定了天道，他认为天命是本乎民心的。上帝决不违反人民的意志，违反人民的意志的统治者是违反天帝的意志的。他认为他所觉悟的道理是极其正确的、极其忠诚的，他所说的，他所做的，是忠诚于天帝、忠诚于国君的。接着《离骚》的制作，他再写下一篇《惜诵》，重复申明他离开国君，离开郢都的决心，他指着上天来印证他的忠心：

所非忠而言之兮，指苍天以为正。（《惜诵》）

就在那一年，他离郢都出发，沿汉水而上，到了汉北：

有鸟自南兮，来集汉北。（《抽思》）

好像飞鸟似地离开了故乡。他日夜关念着朝廷，写作《抽思》：

惟郢路之辽远兮，魂一夕而九逝。（《抽思》）

他发挥了没有耕植、没有收获的哲理：

善不由外来兮，名不可以虚作；孰无施而有报兮，孰不实而有获？（《抽思》）

这是很可宝贵的至理名言，直到今天还值得我们反复诵读、深刻体验的。

按照楚国的地理，所谓“汉北”，在郧阳、淅川一带，北面正靠着秦国商于之地，是楚的北边境。那边正遭遇过两次兵灾，屈原不像是跑去隐居的。而且屈原在王朝是大夫的职位，他的进退也不能完全自由，必须得通过怀王。看来是经过几次谏诤，怀王不能用他，而且也憎厌了他，有意把他外放。所以屈原的离郢，一半是自愿，一半是被迫。大概他是带着三闾大夫的官衔，到那边去办理地方事务，充任县邑大夫吧。这是屈原在怀王朝的一次迁谪。

屈原离郢以后，楚国的朝政更加混乱了，尤其是由于国防的力量削弱，外交处于被动的地位，没有远见的固定的政策。首先，因为秦武王把张仪赶到魏国，昭雎也转移方向，主张联齐。秦武王死后，秦昭王立，要求和楚国结好，楚王贪着小利，又违背了对齐的盟好，这样招来了齐、韩、魏三国联军讨伐。怀王不得已，派太子到秦国去作质，讨救兵来把围解了。太子在秦国闯下一头祸事，私自逃回，于是秦国借端开衅，联合齐、韩、魏，联军分路进攻。这时昭雎和昭鼠带领重兵驻在汉北和汉中，他们互相观望，不肯主动作战，把在前线苦战的唐昧将军牺牲了。此后三年，秦兵继续不断地往南侵略，接连有残酷的战争。怀王没有办法，派太子到齐国去作质，乞求盟好。

屈原在汉北住了几年，在这样的兵荒马乱里，他是不能安居的；而且兵权掌握在他的敌党昭氏贵族手中，他也无能为力。在这战乱中间，他从边疆上被召回来。公元前二九九年，秦国又出兵攻打楚国，掠夺了北境的八城。秦昭王责备楚怀王背却前盟，一半欺骗一半威胁他，要求他到武关去再开和平谈判。其时屈原在郢，他进谏怀王，劝他不要入秦。他说："秦，虎狼之国，不可信，不如无行！"可是怀王拿不定主意，惧怕强秦，终于听了庶子子兰的怂恿，进到武关。一到武关，秦将把他劫送咸阳。因为他坚决不肯答应割地的苛刻条件，竟被秦王扣留不放。

这时楚国朝廷无主，一部分臣子要拥戴子兰，昭雎跑到齐国去把太子弄回来立了，叫作顷襄王。新王即位，请子兰做令尹，昭雎做相，他们两人素来和屈原不合，在新王跟前毁谤了他，于是顷襄王决定把屈原放逐到大江以南。

这里面是有阴谋的。从老王入秦到新王即位这混乱的阶段里，政治斗争必定很激烈。子兰是怀王的宠儿，也许就是宠姬郑袖所生，他怂恿父亲入秦，闯下大祸，先就不利于众口。屈原也发过激烈正直的言论，中伤了他。昭雎专政多年，忽而联秦，忽而联齐，反复数次，把楚国弄到这般地步，也为大众所不满。当时朝廷的清议派必定攻击这两人。所以楚国虽然无君，子兰在郢而不得立。昭雎精通权谋策略，知道自己不立一个大功，便站立不稳，所以偷偷地跑到齐国，把太子弄回来了，于是挟君以自重。他办这个交涉，许了齐国许多好处，他绝不肯让对齐外交的能手屈原跑去的。朝里有君，贵党蒙蔽一切，假借王命办事；朝里无主，纷纷攘攘，清议派抬头了，而屈原俨然是清议派的领袖。既然齐国放回太子，对楚有恩，以后对齐的外交成了国家要务，这样，屈原有被重用的可能；惟其如此，多年来的政敌昭雎不能不想法把他早早弄出去了。这回政治斗争的结果，进步力量依旧被贵党压了下去。据我们的推测，被放逐的怕也不止屈原一人。

所谓“放逐”，到底是怎样性质呢？不像后来的“充军发配”似的，有两种可能性：一是放外官。例如汉朝的汲黯，汉武帝要他做淮阳太守，他对人说：“这是不用我参议朝政，把我弃逐到外郡了。”屈原放逐到江南以后，他写过一篇《哀郢》，他说“信非吾罪而弃逐兮”，用的就是“弃逐”两字。二是合族迁徙，好比移民似的，这是对贵族严厉的责罚。例如郑国破了，郑襄公出降，他对楚庄王说：“就是君王要把我们迁到江南去，我们敢不听命吗？”又如郑袖对楚怀王说："你要得罪秦国，先罚我们母子迁到江南去，免得遭秦人鱼肉。"所以大江以南，向来是楚国安置移民和迁谪罪臣的地方。上面我们也说过，楚悼王时，吴起要使有些贵族搬出都城，往地广人虚的地方去开发生产，这也是移民政策，大概还分配土地给他们的。屈原的放逐属于哪一种性质，史书上没有说得明白，我们也难以确定。总之，这一次敌党给他的迫害远比怀王朝的迁谪要严重。屈原全家搬出郢都，和大批移民同行。如果他还衔着王朝的使命，那么就是办理移民事宜，带领这些移民到大江以南去安置。

由于秦兵三次入寇，楚的北境普遍地遭受蹂躏，丢失了许多城市，因而人民纷纷南迁。顷襄王元年（公元前298），秦又来攻，汉北有大战发生，楚军死亡五万，析十五城（河南邓、内乡县一带）同时沦陷，又有大批流亡者沿汉水南下。郢都附近，人口激增。加以打了败仗以后的横征暴敛，人民不胜其苦，因而居民迁动得很多。屈原离开郢都，是和大批移民同行的。他在诗里写道：

> 皇天之不纯命兮，何百姓之震愆！民离散而相失兮，方仲春而东迁。去故乡而就远兮，遵江夏以流亡；去国门而轸怀兮，甲之朝吾以行。（《哀郢》）

意思是说，天不佑楚，是国君不修德所致，但是上天震怒的结果，灾祸却加在人民头上了！天啊！你为什么责罚人民呢？多少人无家可归，我也在仲春二月的一个甲日的清晨忧伤地离别国都，往东搬家了。

他坐着船恋恋不舍地回望都城，想到入秦不返的怀王，再不能够见到了；望见那些高高的楸树，想到从此以后便离别了故乡，禁不住眼泪像雨点似地掉了下来：

楫齐扬以容与兮，哀见君而不再得。望长楸而太息兮，涕淫淫其若霰。过夏首而西浮兮，顾龙门而不见。（《哀郢》）

沿长江往东，到了夏口，暂时停留下来；他登洲眺望，离郢已经很远。这里是一片平原，人民安乐，风俗淳美。祖国是这样的可爱啊，如何能够让外族侵凌呢！

背夏浦而西思兮，哀故都之日远。登大坟以远望兮，聊以舒吾忧心。哀州土之平乐兮，悲江介之遗风。（《哀郢》）

最后，他到达了流放的地点陵阳（在今皖南的青阳、贵池、宁国、绩溪一带），住了下来。这是屈原在顷襄王朝的被放逐，我们假定在顷襄王的元年（公元前298），他年四十二岁。

四

屈原在陵阳住着，至少住满了九年，没有复官，没有回郢的希望。他写作《哀郢》[①]一篇，追叙他出都东迁的情况。此外他还写过些什么，我们不能知道。楚怀王悲惨地死在秦国，后来归葬郢都，有人认为楚辞里面《大招》一篇也是屈原的作品，招怀王的魂的。此外，还有《招魂》这一篇，有人也认为是屈原忧伤成病，写这篇文章来自己招魂的。这两篇虽然都是艺术价值极高的长篇杰作，多数学者认为是景差、宋玉的作品，所以我们不详细讨论了。

屈原的作品必定有散失的，他的生活也留下许多空白。我

① 王夫之解释《哀郢》首段，认为是白起攻破郢都，楚国东迁情况。这是在公元前二七八年的史事，如果这时屈原还活着，并且又过九年，那么年龄在七十以上了。这是不可能的。推寻史实，汉北沦陷十数城后，必有人民迁移情况，本文提供此见。

们知道他离开陵阳，年纪已经五十开外；还佩着那柄长剑，戴着“切云”高冠，在秋末冬初的西风里，徘徊眺望于鄂渚（武昌）江边。受着法令的限制，他不能跨越到江北，也不能回郢。他沿着长江而西，穿过洞庭湖边，坐船往沅水上游进发；经过辰阳（辰溪）到得溆浦，已经是严冬气候了。就在溆浦山中住了下来，他写作了一首《涉江》诗，追叙旅途情况。这儿有一段很好的描写：

> 入溆浦余儃佪兮，迷不知吾所如；深林杳以冥冥兮，乃猿狖之所居。山峻高以蔽日兮，下幽晦以多雨；霰雪纷其无垠兮，云霏霏其承宇。（《涉江》）

今天的湘西，在二千三百年前，属于楚国的黔中郡。那边是称为“五溪蛮夷”的少数民族所杂居，在楚悼王时起始开发，设立了几个县邑。他到这僻远的地方，是移居呢，还是有什么使命，诗里面没有说明。黔中郡的北面是巫郡，这两块地方，和秦兵所占领的蜀国相邻接，好久是秦昭王所垂涎欲得的。当初楚怀王宁死而不肯接受的苛刻条件，就是割让这两郡归秦国。想不到现在怀王的老臣屈原被驱逐到这边郡来了。

他就在这僻远的地区住了下来，想到自古以来的忠臣贤士，遇到昏君，没有不被冤屈迫害的，他相信自己的正直：

苟余心之端直兮，虽僻远其何伤？（《涉江》）

他观看“刀耕火耨”的劳动人民，想起“民生之多艰”的诗句，他愿意和田野父老们生活在一起，从前不是有一位接舆，自己剃光头发，有一位子桑伯子脱却衣冠，赤条条地来往吗？所以他也愿意在这里终老了：

余将董道而不豫兮，固将重昏而终身。（《涉江》）

但是屈原并不能在湘西终老，那个地方很不安定，是敌人所不肯放松的。屈原知道这危机，他又有什么力量呢？不知道为了什么事情，在某一年的孟夏四月，他从湘西出来，经过长沙，再往北走，竟投身到汨罗江里自杀了。奔流不息的滔滔江水成就了他早时就怀抱着的“伏清白以死直”的那个坚定的意志。在自杀以前，他写下一篇《怀沙》诗。有人说，屈原是个众醉独醒的人，因为愤世嫉俗而自杀的，《史记》上说他不愿意在浑浊的世界里偷生，宁可葬身于江鱼的腹中，这样把他自杀的动机完全解释作脱离群众的清高思想，是和《涉江》诗里“固将重昏而终身”的话矛盾的。他的自杀应该有政治原因。照我们的推测，不外乎下面两层：第一，他和贵族党人奋斗一生，有宁死不肯屈服的志节。他在《怀沙》诗里又提到他们，痛骂他们“变白以为黑，倒上以为下”，比喻作一群咬人的疯狗。虽然他被放逐在外，他们对他始终不曾放松。这回他往北走，或者更有迫辱他的命令，是他所不能忍受的。他说：

> 安心广志，余何畏惧兮？知死不可让，愿勿爱兮。（《怀沙》）

“爱”就是爱惜生命的意思。第二，当时楚的死敌是秦，但是顷襄王认贼作父，甘心做强秦的尾巴，往齐侵略。楚国的统治阶层都只知道苟且偷安，争权夺利，惟有众醉独醒的屈原警惕着这严重的局势。他原先有政治抱负，可以担当大事，到了此刻，好比一辆载重的大车陷在泥坑里不能自拔了：

> 任重载盛兮，陷滞而不济。（《怀沙》）

他眼看秦兵快要来了，祖国快要沦亡，芈姓的统治政权旦不保暮，而广大的人民也要遭受更深的苦难，为了爱祖国、爱人民的灼热的心肠，悲观失望而自杀的。

我们考查历史，在公元前二八〇年，当楚顷襄王的十九年，秦国的司马错征调陇蜀两地的大军从西边攻打楚国，黔中郡的大部分沦陷了。屈原的自杀应该在这一年稍前，或者就在这一年上。那么他死时的年龄也快近六十了。再后两年，秦将白起从北面攻进楚国，拔取郢都，焚烧楚先王的陵墓，楚国迁都到陈（今河南淮阳县），这样大的变故，屈原未必见到了。

屈原是有矛盾的。他是公族出身，对于楚国统治者的宗庙社稷，有保卫的责任感，他和王室休戚相关，他是要维持芈姓统治的。同时他看到这统治政权和人民之间的矛盾；他殉身在这矛盾里。楚国的政治是落后的贵族专政到了腐朽的地步，秦国自从商鞅变法以来，推进了政治和军事，也增强了侵略性，楚国命定地要灭亡。他看到这矛盾，他殉身于这政治落后的祖国。他的自杀是芈楚王国的悲剧。

屈原死了以后，芈楚朝廷放弃了它的老根据地，放弃了广大的荆楚人民，让他们给强寇蹂躏；迁移到当初是徐夷、淮夷的根据地，做成一个东方国家，但也只延长了五十多年寿命，终于为秦国所灭掉。秦灭楚以后，加深压迫楚地的人民。楚国的文化被摧残，大批的文物和史料化为灰烬了。但是，人民的力量是潜伏着的，秦帝国的专制统治不过十五年，强烈反抗它的是楚地的人民。农民革命的英勇领袖陈胜、吴广是楚地的人民，争夺江山的项羽和刘邦也都是楚人，那时候有“楚虽三户，亡秦必楚”的预言，足见楚人是怎样仇视秦人，而秦灭楚以后，怎样对楚人加深压迫了。到刘邦建立汉朝，楚的文化重新发扬起来，大诗人屈原的作品被湮没了多年，到这时重放光明了。

公元前一七六年，汉文帝朝的少年博士贾谊迁谪到长沙，他经过汨罗江，投文吊祭屈原，表示他的景仰和同情心。在汉武帝朝，有淮南王刘安，他住在楚的故都寿春（今安徽省寿县），他热心收集屈原的诗篇，替《离骚》做了评赞解说，把它比美于《诗经》。大史家司马迁也到过长沙，到过汨罗，他特地在他的伟大的《史记》里加入这位诗人和政治家的传记。许多的文人模仿屈原的制作。“辞赋”文学在汉朝占文坛的领导地位。所以，这位伟大的诗人是在他死后一百五十年，才得到他应得的荣誉的。

世俗相传，屈原死的那个日子是旧历五月五日端午节。①赛船竞渡的风俗是起源于汨罗江边的人民拯救屈原的，称为角

① 屈原死在夏天，未必是五月五日。五月五日是古代旧有的节日，也有些忌讳和风俗。《史记》说孟尝君生于这一天，父母以为不祥可证。

黍或粽子那个食品是用来吊祭屈原的。五月五日原是古老的一个节日，和屈原不相干，这些风俗事物的起源借重了这位大诗人的名望得到意义深长的解释，虽说是无稽之谈，也可见三闾大夫的遗爱永久地留在人民心里了。

（清华大学中国文学系编《祖国十二诗人》，一九五二年）

从正始玄风到竹林七贤

一、正始玄风

正始（公元240—248），魏齐王曹芳的年号。

建安以后，东汉亡。天下三分，蜀、吴没有什么文学，魏初的文学，我们已经讨论过了。所没有提及者，魏武帝（操）、文帝（丕）以后，魏明帝（叡，文帝太子）也做了许多乐府，列入《诗品》下品。故曹氏三代能诗。到了魏正始时，起了一种运动，那便是玄学运动，即从正始开始延续到晋代的正始玄风、魏晋玄风。

当时佛教已经传入中国，但国人并不十分明了佛学真相，喜以老庄学说附会，譬如最早翻译佛经，借老庄老“名词”甚多，如“菩提”译“道”，称和尚曰“道人”。齐王曹芳为帝时不过十龄，方命傅读《论语》《礼记》诸儒家要籍。每通一籍，以太牢祭孔子于辟雍，以颜渊配，是上所尊者是儒，而士大夫则沉浸在《老子》《庄子》《周易》所谓“三玄”的玄思之中，故老庄之学大盛。玄风之中心人物有傅嘏、钟会、何晏、王弼，而以何晏、王弼为最重要。刘勰在《文心雕龙·论说》中曰：“魏之初霸，术兼名法；傅嘏王粲，校练名理。迄至正始，务欲守文；何晏之徒，始盛玄论。于是聃、周当路，与尼父争涂矣。”

傅嘏，字兰石。弱冠知名，正始时为尚书郎。当时，品鉴人物才能德行的“才性之辨”成为时尚。傅嘏精于论人，谓“何平叔（晏）外静而内铦巧，好利而不念务本”。“常论才性同异，钟会集而论之。”（《三国志·傅嘏传》）

钟会，字士季。太傅钟繇少子。弱冠与王弼齐名。“及壮，有才数技艺，而博学精通名理”，即辨明析理之学。正始时为秘书郎。“会尝论《易》无互体，才性同异”（《三国志·钟会传》）。《世说新语·文学篇》：“钟会撰《四本论》。”刘孝标注曰：“四本者，言才性同，才性异，才性合，才性离也。傅嘏论同，李丰论异，钟会论合，王广论离。”钟会著书二十篇，名曰《道论》，而实刑名家也。钟会之学从嘏来。

何晏，字平叔。官至吏部尚书。《三国志·何晏传》：晏“好老庄言，作《道德论》，及诸文赋著述，凡数十篇”。

王弼，字辅嗣。《三国志·王弼传》：“弼好论儒道，辞才逸辩，注《易》及《老子》。为尚书郎，年二十余卒。”何劭为其传曰：“弼幼而察惠，年十余，好‘老氏’，通辩能言。”“著《道略论》，注《易》，往往有高丽言。”王弼比何晏更聪明，《世说新语·文学篇》曰：“何晏注《老子》未毕，见王弼自说注《老子》旨，何意多所短，不复得作声。但应诺诺，遂不复注，因作《道德论》。”

钟、傅名法之学甚好，何亦参名法，王纯老庄，此其区别。所谓“名理”之学，本名法老庄合，往后与老亦无大关系，但阐庄子一家学说。

王弼在《老子道德经注》中提出了“天下万物，皆以有为生，有之所始，以无为本。欲将全有，必反于无也”的命题，为正始玄风奠定了理论基础。

正始玄风，始于正始，极盛于魏晋，故又称魏晋玄风，它延续到南朝。玄学功罪，历代都有争议，但其影响深远是毋庸置疑的。顾亭林《日知录》卷十三曰：“三国鼎立至此垂三十年。一时名士风流盛于洛下，乃弃经典尚老、庄，蔑礼法而崇放达。视其主之颠危若路人然。即此诸贤为之倡也。自此之后，竞相祖述。如《晋书》言王敦见卫玠，谓长史谢鲲曰：‘不意永嘉之末，复闻正始之音。’沙门支遁以清谈著名于时，莫不崇敬，以为‘造微之功，足参诸正始’。《宋书》言羊玄保二子，太祖赐名曰咸、曰粲，谓玄保曰：‘欲令卿二子有林下正始余风。’王微《与何晏书》曰：‘卿少陶玄风，淹雅修畅，自是正始中人。’《南齐书》言袁粲言于帝曰：‘臣观张绪有正始遗风。’《南史》言何尚之谓王球，‘正始之风尚在’。其为后人企羡如此。”

何、王玄学开所谓清谈之风，此风盛于晋世，有人以为西晋之亡，亡于士大夫之清谈，故《晋书·范宁传》载范宁《王弼何晏论》曰：“时以浮虚相扇，儒雅日替。宁以为其源始于王弼、何晏，二人之罪，深于桀纣。”其实清谈也有好的方面：① 促成一时代的思想发达；② 养成几个高尚的人物，独善其身，脱屣名利。

有王、何二人之玄学，于是有所谓“竹林七贤”。

二、竹林七贤

竹林七贤：山涛、阮籍、嵇康、向秀、刘伶、阮咸、王戎。七贤之名见于《三国志》注引《魏氏春秋》：“（嵇）康寓居河内之山阳县，与之游者，未尝见其喜愠之色。与陈留阮籍、河内山涛、河南向秀、籍兄子咸、琅邪王戎、沛人刘伶相与友善，游于竹林，号为七贤。”皆魏末晋初人。

《世说新语·任诞》曰：“陈留阮籍、谯国嵇康、河内山涛……沛国刘伶、陈留阮咸、河内向秀、琅邪王戎，七人常集于竹林之下，肆意酣畅，故世谓‘竹林七贤’。”

七人中，山涛做显官，刘伶喜喝酒，作《酒德颂》，阮籍、阮咸叔侄关系，世称“大小阮”。其中以阮籍、嵇康文字最好，“嵇志清峻，阮旨遥深”（《文心雕龙·明诗》），嵇善论，阮善诗。王戎后为司徒。阮咸长于音乐，发明乐器“阮咸”，简称“阮”。

竹林七贤都是清谈家，崇尚老庄，只讲人格、老庄。

嵇康（223—262），字叔夜，谯郡铚（安徽宿县）人。《晋书·嵇康传》：“康早孤，有奇才……美词气，有风仪，而土木形骸，不自藻饰，人以为龙章凤姿……学不师受，博览，无不该通，长好老、庄。与魏宗室婚，拜中散大夫。”故世人亦称嵇中散。

嵇康是一代高人，极有学问。时贵公子钟会拜访嵇康。他正与向秀在大树下打铁，“不为之礼，而锻不辍”。钟会对他怀恨于心，便言于文帝曰：“嵇康，卧龙也，不可起，公无忧天下，顾以康为忧耳。”他看出嵇康有“卧龙”之才，却又当作上层统治者的忧患。最后，借嵇康为好友吕安辩解事，进谗言，当权的司马昭以“康上不臣天子，下不事侯王，轻时傲世，不为物用，不益于今，有败于俗”的“罪名”将其和吕安同时杀害。据《晋书·嵇康传》载：“康将刑东市，大学生三千人，请以为师，弗许。康顾视日影，索琴弹之曰：‘昔袁孝尼尝从吾学《广陵散》，吾每靳固之，《广陵散》于今绝矣！’时年四十。海内之士，莫不痛之。”《广陵散》，调名。由此语可见其沉痛，亦可见其从容，可代表当时傲世嫉时的有素养之士的精神。康死于魏末景元三年（？），时司马昭专政。

嵇康的文学作品流传的不多。以文见长，刘勰曰：“嵇康师心以遣论。”（《文心雕龙·才略》）《养生论》宣扬道家学说，以为神仙“禀之自然，非积学所能致也”，是对老子“道法自然”思想的阐释。《释私论》提出“越名教而任自然，情不系于所欲，故能审贵贱而通物情”，是一种心灵理想世界的追求。嵇康精通音乐，在正始“声有无哀乐”的玄学争论中，他写了《声无哀乐论》，主张“心之于声，诚为二物”，“声音有自然之和，而无系于人情”，心有哀乐，而声无哀乐；追求一种自然无为、超越现实的音乐之美。当然，最能表现嵇康政治信念和处世态度的文章当属《与山巨源绝交书》。以“七不堪”和“二不可”所谓“九患”为由，断然拒绝与司马氏权贵为伍，与旧礼教针锋相对，表现了他刚肠嫉恶、直言不讳的人品和性格。

嵇康诗长于四言，“四言诗到嵇而绝”（王湘绮说）；五言不佳。《述志诗》二首述志向、写胸怀，也直指权贵如“斥鹖”和“蝤蛙”，而自许为“神凤”和“神龟”。比照中尽显高傲之情。《太师箴》中“骄盈肆志，阻兵擅权，矜威纵虐，祸崇山丘。刑本惩暴，今以胁贤。昔为天下，今为一身”的诗句更是对司马氏的鞭笞，“讦直”诗风跃然纸上。这样的嵇康必为权贵所不容。即使在被迫害，系于冤狱之中时，他还写了《幽愤诗》，抒发了幽囚之中的强烈愤慨之情。他怀抱自己“托好老庄，贱物贵身，志在守朴，养素全真”的高洁志趣，面对黑暗统治，又决不妥协地“显明臧否”，必然招来“训谤沸腾”“卒致囹圄”的悲剧。此时既有“古人有言，善莫近名，奉时恭默，咎悔不生”的人生经历的痛悔，更有“采薇山阿，散发岩岫”的超脱世俗的傲骨。刘熙载《艺概》云“叔夜之诗峻烈”，是一言中的的。

阮籍（公元210—263），字嗣宗，阮瑀之子，陈留尉氏（河南尉氏）人。

《晋书·阮籍传》曰："籍容貌瑰杰，志气宏放，傲然独得，任性不羁，而喜怒不形于色。或闭户视书，累日不出，或登临山水，经日忘归。博览群籍，尤好庄、老。嗜酒能啸，善弹琴。当其得意，忽忘形骸，时人多谓之痴。"

司马昭要替儿子（司马炎，即武帝）求他的女儿为婚，他不以为然，"醉六十日，（文帝）不得言而止"。以魏晋之际，文士少有全者，故独酣醉获免。求为步兵校尉，因步兵厨善酿。故后人称其为阮步兵。

他崇尚庄子的哲学，也讲求仁孝。个性很强，有至性。其母丧，不动声色，忽大哭数声吐血数升。能为青白眼，嵇喜乃礼俗之人，来吊丧，他以白眼对之；嵇康吊丧，他以青眼视之。他在山头访孙登，只笑而不语，以神交。

他卒于景元四年，年五十四。

《晋书·阮籍传》著《咏怀》诗八十余章，今存八十二首。《文选》录十七首。

《咏怀》"夜中不能寐，起坐弹鸣琴"，是倚琴而歌，虽未脱离乐府，并有《古诗十九首》之味。惟此类诗是独白，非以娱宾侑酒者，与古诗"弹筝奋逸响，新声妙入神"不同，是不但有individual authorship（个体创作意识），并且是个人自抒怀抱，非一般人所喻。《咏怀》是一个士大夫的感慨。故《诗品》谓其出于《小雅》，此是确论。胡适谓五言诗到阮籍方始正式成立，亦可说得通。惟完全脱离音乐乐府的关系，直须待陶渊明之时代。

钟嵘《诗品》列阮籍于上品，云：晋步兵阮籍，“其源出于《小雅》。无雕虫之功。而《咏怀》之作，可以陶性灵，发幽思。言在耳目之内，情寄八荒之表。洋洋乎会于《风》《雅》，使人忘其鄙近，自致远大，颇多感慨之词。厥旨渊放，归趣难求。颜延年注解，怯言其志”。

“陶性灵，发幽思”，为一切文学之功用，尤其[illegible]，尤其是中国诗。我们所以要一点文学修养，要多读[illegible]诗，希望能陶养性灵，不使身心完全汩没在尘俗之[illegible]所以阮籍“言在耳目之内，情寄八荒之表”，是[illegible]他的哲学思想、为人态度，是庄派，超尘脱俗的[illegible]者说这是对于现实的逃避。不过他并未不看现[illegible]所以有感慨。乃是冲激于现实与理想之中，成为[illegible]，于是乎有“夜中不能寐，起坐弹鸣琴”的现象。[illegible]所谓“不平则鸣，假其善鸣者鸣之也”。他是半夜[illegible]弹自唱，不要人听见的，其苦闷也只有一个人知道，[illegible]全是独白。他说“忧思独伤心”，“一身不自保，何况恋妻子”。“四时更代谢，日月递差驰。徘徊空堂上，忉怛莫我知。”“小人计其功，君子道其常。岂惜终憔悴，咏言著斯章。”阮籍对于为人，狂放不羁，绝不认真。惟独对于诗，确又很认真。说道“岂惜终憔悴，咏言著斯章”，同古诗“奄忽随物化，荣名以为宝”（《回车驾言迈》）相同，有立言之诚。又他一生讲庄派思想，反抗礼法，诗中乃用荀子语，亦难得也。（荀子曰：“天有常道，君子有常体：君子道其常，小人计其功。”）当然，他主要是看破生死荣禄，所以他说“繁华有憔悴，堂上生荆杞”“朝为媚少年，夕暮成丑老”“春秋非有托，富贵焉常保”“李公悲东门，苏子狭三河，求仁不得仁，岂复叹咨嗟”“布衣可终身，宠禄岂足赖”“丘墓蔽山冈，万代同一时，千秋万岁后，荣名安所之”“宁与燕雀翔，不随黄鹄飞”“独有延年术，可以慰我心”。多处是道家隐遁的话，达观，旷达一派。有时，他感觉寂寞，“日暮思亲友，晤言用自写”，有时，伤交道中变，如《二妃游江滨》一首。

颜延年曰：“说者阮籍在晋文代，常虑祸患，故发此咏耳。”又颜延年、沈约、李善等注云：“嗣宗身仕乱朝，常恐罹谤遇祸，因兹发咏，故每有忧生之嗟。虽志在刺讥，而文多隐避。百代之下，难以情测。故粗明大意，略其幽旨也。”此恐是颜注。《诗品》云：“颜延年注解，怯言其志。”

黄节《阮步兵咏怀诗注》自叙曰：“古之人有自绝于富贵

者矣。若自绝于礼法，则以礼法已为奸人假窃不如绝之。其视富贵有同盗贼，志在济世，而迹落劣途，情伤一时，而心存百代。”

是故，注阮诗者如刘履等均用《诗经》《楚辞》比兴义，以某某指权臣，某某指某等，亦未必尽当。我认为有许多仍是拟乐府，不过不写题目，不是一时之作，总名《咏怀》耳。

从《咏怀》中选若干首讲解：

《夜中不能寐》 总叙。起章。

《二妃游江滨》 言始时遇合之美，中道变志离伤。《列仙传》：“江妃二女出游于江汉之湄，逢郑交甫见而悦之，不知其神人也。交甫下请其佩，遂手解佩与交甫。交甫悦，受而怀之，去数十步，视佩，空怀无佩，顾二女忽然不见。”

刘履曰：“初司马昭以魏氏托任之重，亦自谓能尽忠于国，至是专权僭窃，欲行篡逆，故嗣宗婉其词以讽刺之。……君臣朋友皆以义合，故借金石之交为喻。”

《嘉树下成蹊》 言春秋递运，荣悴倏忽。

《昔日繁华子》 愿永葆青春，常共欢爱。

《天马出西北》 朝为媚少年，夕暮成丑老，安得为王子晋乎？

《登高临四野》　言好名好富贵利禄者，自贻伊戚，又何悲乎？

《开秋兆凉气》　感秋思归，秋风起命驾旋归。

《平生少年时》　少年游侠，老大失路，终不能达。《战国策》曰："魏王欲攻邯郸，季梁闻之，中道而反，衣焦不申，头尘不浴，往见王曰：'今者臣来，见人于大行，方北面而持其驾，告臣曰：我欲之楚。臣曰：君之楚，将奚为北面？曰：吾马良。臣曰：马虽良，此非楚之路也。曰：吾用多。臣曰：用虽多，此非楚之路也。曰：吾善御。此数者逾善而离楚逾远耳。今王动欲成霸王，举欲信于天下，恃王国之大，兵之精锐，而欲攻邯郸，以广地尊名。王之动逾数，而离王逾远耳！犹至楚而北行也。'"

刘履曰：此嗣宗自悔其失身也，以喻初不自重，不审时而从仕。魏室将亡，虽欲退休而无计，故篇末托言大行失路以寓懊叹无穷之情焉。

《昔闻东陵瓜》　美邵平。《史记》曰："邵平者，故秦东陵侯。秦破，为布衣，贫，种瓜于长安城东。瓜美，故时俗谓之东陵瓜，从邵平始也。"《汉书》："霸城门，民间所谓青门。"

《步出上东门》　出游感怀，感秋气。"素质游商声"，沈约曰：“致此雕素之质，由于商声用事秋时也。‘游’字应作‘由’，古人字类无定也。”李善曰：“《礼记》曰：孟秋之月，其音商。”

江清按：蒋师瀹以游为动义，未始无一得。黄节非之，另求与“由”字通假，助成沈约之说。余按：素质谓旻天，商声谓鶗鴂鸣雁之音，游者，游散其间也。

《湛湛长江水》 吊楚。“湛湛长江水，上有枫树林。皋兰被径路，青骊逝骎骎。”《楚辞·招魂》“湛湛江水兮，上有枫。目极千里兮，伤春心。”“皋兰被径兮，斯路渐。”“青骊结驷兮，齐千乘。”湛湛，水貌。骎骎，骤貌。“三楚多秀士，朝云进荒淫。”三楚：南楚、东楚、西楚。秀士，谓宋玉之流。朝云：见《离唐赋》“妾旦为朝云”。“朱华振芬芳”四句：《战国策》：庄辛谏楚王，始言黄雀俯啄，仰栖自以为与人无争，而公子王孙挟弹、摄丸以其颈为的。黄雀其小者也。蔡圣侯游乐声色，驰骋于高蔡之中而不以国家为事，不知太子发受命于宣王，系以朱丝而见之也，蔡圣侯之事其小者也。高蔡，皆楚地。

《昔年十四五》 悟道。反古诗“荣名以为宝”之意。

古诗十九首之《回车驾言迈》云：“人生非金石，岂能长寿考。奄忽随物化，荣名以为宝。”《昔年十四五》有诗曰：“千秋万岁后，荣名安所之？”

《徘徊蓬池上》　“徘徊蓬池上，还顾望大梁。”《汉书·地理志》曰：“河南开封县东北有蓬池，或曰即宋蓬泽也。又陈留郡有浚仪县，故大梁也。”何焯曰：大梁战国时魏地，借以指王室。“是时鹑火中，日月正相望。”鹑火中，夏之九月十月。《左传》杜预注，谓九、十月之交，此处言“日月正相望”则九月十五日也。何焯谓此诗指司马师废齐王事，嘉平六年九月甲戌（十九日）废帝为齐王，十月庚寅（初六）立高贵乡公。“小人计其功，君子道其常”，引荀子语，前述。“岂惜终憔悴”，沈约曰：“‘岂惜终憔悴’，盖由不应憔悴而致憔悴，君子失其道也。小人计其功而通，君子道其常而塞，故致憔悴也。因乎眺望多怀，兼以羁旅无匹，而发此咏。”方东树曰：此诗盖同渊明《述酒》，必非惜一己之憔悴也，沈解陋。

《独坐空堂上》　言寂寞。

《诗经·陈风·东门之池》：“彼美淑姬，可与晤言。”郑玄注：晤，对也。何焯曰：我瞻四方，蹙蹙靡所骋，能无恸乎！此诗有穷途之哭，所感者深。陈子昂《登幽州台歌》“前不见古人，后不见来者。念天地之悠悠，独怆然而涕下”自此出。

吴洪曰：此诗写“无人”。

朱嘉征曰：伤乱世也。

《咏怀》诗，可归纳以下几点：

1. 诗人的作品如此一致的有总题目，有其思想感慨，阮籍是第一人。

2. 胡适谓五言诗至阮籍成熟，《古诗十九首》至建安七子作品近于乐府，真以言志的从他开始。

3. 子建诗源于《国风》，阮诗源于《小雅》。前者温柔敦厚，与民间文学近。《小雅》是士大夫的作品，有怨刺、讥刺。阮诗对他所处现实亦有讥刺。阮籍诗偏于阳刚之美。

4. 诗中有哲学思想。诗人少有将哲学人生观放进诗里的。

5. 文多隐避。颜延年曰：“嗣宗身仕乱朝……虽志在刺讥，而文多隐避。百代之下，难以情测。”不完全是。然前人皆作如是观，如元代刘履《选诗补注》解为与魏盛衰及司马氏篡逆有关。实则他的诗有的说他的人生观，有的咏时事，较《古诗十九首》深刻且有其个性。

黄节《阮步兵咏怀诗注》对阮诗的注解很详细。

阮籍的散文有《达庄论》《通易论》《大人先生传》等，

以赋体传记《大人先生传》最著名。

阮籍和嵇康都尊崇当时著名隐士孙登。阮籍曾往苏门山拜访孙登，“遂归著《大人先生传》”。他以孙登为背景幻化出的与道合一的大人形象，以老庄思想为利器，对封建制度、封建礼教作无情鞭挞：“君立而虐兴，臣设而贼生，坐制礼法，束缚下民，欺愚诳拙，藏智自神，强者睽视而凌暴，弱者憔悴而事人。”他对为权贵做帮凶的所谓“君子”也作了揭露与讽刺，说他们“服有常色，貌有常则，言有常度，行有常式。立则磬折，拱若抱鼓。动静有节，趋步商羽。进退周旋，咸有规矩”。“诵周、孔之遗训，叹唐、虞之道德。惟法是修，惟礼是克。手执珪璧，足履绳墨。”他们如此维“礼”是为了求“荣”：“上欲图三公，下不失九州牧。”阮籍在文中也毫不客气地指出，一旦到了“亡国戮君溃败”之时，这些“君子”就像困在裤裆里的虱子：“逃乎深缝，匿乎坏絮，自以为吉宅也。行不敢离缝际，动不敢出裈裆，自以为得绳墨也。饥者啮人，自以为无穷食也。然炎丘火流，焦邑灭都。群虱死于裈中而不能出，汝君子之处区内，亦何异夫虱之处裈中乎！”生动、深刻，痛快淋漓！

（据文学史讲稿整理并加题目）

陶渊明

西晋既亡，中国由一统而分，南北朝开始。北方在北魏以前极乱，东晋偏安江左，文学不及西晋之盛。

先是，西晋末，永嘉（晋怀帝年号）之时，天下大乱，玄风复炽，“贵黄、老，稍尚虚谈，于时篇什，理过其辞，淡乎寡味”。（钟嵘《诗品·序》）其中文人能自拔者，推刘琨、郭璞两人。“郭景纯用隽上之才，变创其体；刘越石仗清刚之气，赞成厥美。”（《诗品·序》）刘琨少年曾与石崇交，亦二十四友之一（与石崇、欧阳建、潘岳、陆机、陆云——本传）。见天下大乱，有澄清中原之志，征石勒有战功，后为段匹磾所害。其诗《扶风歌》《答卢谌》《重赠卢谌》等即富“清刚之气”。元遗山《论诗绝句》三十首之一曰：“曹刘坐啸虎生风，四海无人角两雄。可惜并州刘越石，不教横槊建安中。”赞誉其有建安风骨。郭璞为阴阳杂家（卜筮），奇才，注《尔雅》《方言》《穆天子传》《山海经》，皆传。《游仙诗》虽云游仙，实然带《咏怀》气派。

东晋文人，尚有曹毗、孙绰、许询、殷仲文、王羲之等。兰亭修禊，“群贤毕至，少长咸集”。（王羲之《兰亭序》，见《世说新语·企羡》）文人到会，清谈盛。林泉之乐是道家情趣。

这些文人姑且不讨论，我们要讲的是，东晋人中出一中国大诗人——陶渊明。

陶渊明（365[①]—427），一名潜，字元亮。世或以渊明为字，恐非。因《祭程氏妹文》《孟府君传》皆自称为渊明。昭明《陶渊明传》亦云名渊明。浔阳柴桑（今江西九江西南）人，故为江西诗人之祖。曾祖侃，晋大司马，祖茂，武昌太守，父某似是闲居者，渊明诗谓父“淡焉虚止，寄迹风云”（《命子》），安城太守之说恐不确（或谓渊明非陶侃

---

① 陶渊明年谱有多种：（1）宋吴仁杰；（2）宋王质；（3）清丁晏；（4）清陶澍《年谱考异》；（5）清梁任公；（6）古直。年岁大有问题。卒年确定为宋文帝元嘉四年（公元427年），据颜延之《陶征士诔》：“春秋若干，元嘉四年月日卒”。《宋书·陶潜传》“潜永嘉四年卒，时年六十三”。年岁，《宋书》以下均言六十三。颜《诔》曰“春秋若干”，未定。梁任公考订为五十六岁，古直考定为五十二岁。若六十三，则应生在晋哀帝兴宁三年，公元365年；若五十六岁，则应生在晋简文帝咸安二年，公元372年；若五十二岁，则应生在晋孝武帝太元元年，公元376年。诸说纷纭，录之仅供参考。

之嫡系，或为裔孙耳）。母，征西大将军孟嘉第四女。梁任公《陶渊明》一书中说，渊明之落拓不羁名士风度乃得其外祖父的遗传。

颜延之《陶征士诔》曰："夫实以诔华，名由谥高……故询诸友好，宜谥曰'靖节征士'。"故世号"靖节先生"。

渊明虽是世家子弟，一生不遇而贫穷。生当东晋衰亡之际，"少年罕人事，游好在《六经》"（《饮酒》之十六）。后来因为贫穷的缘故，不能不出门远游，"在昔曾远游，直至东海隅"。"此行谁使然？似为饥所驱。"（《饮酒》之十）。他做过京口镇军参军（参刘牢之幕），又做过建威参军（参刘敬宣幕），奉使入都，补彭泽令。有公田可种，《晋书·隐逸传》载：渊明"在县公田悉令种秫谷，曰：'令吾常醉于酒足矣。'妻子固请种秔，乃使一顷五十亩种秫；五十亩种秔。"（秫，黍之黏者，曰黄糯，亦呼黄米；秔，俗作粳。）因不愿束带见督邮，且声称"吾不能为五斗米折腰拳拳事乡里小人"而去职，在彭泽令任上不过三四个月。做了一篇《归去来兮辞》，还写了五首《归园田居》（一作《归田园居》）的诗。他说："少无适俗韵，性本爱丘山。误落尘网中，一去三十年。"如果说他出门三十年，未免太多，所以陶澍认为乃是"已十年"之误，"已"与"三"形近而误，或者他的"一去三十年"指他已到三十岁。如果认为他辞官返田为三十岁时，那么，他卒时为五十一二岁。此说与吴汝伦、古直等所主张者合。以后即是他躬耕、饮酒、做诗的农村生活。生活很苦，又遭遇一次火灾，有时穷到乞食，有时无酒度过重九节。他的乡邻父老们或者设酒招他，他的做官的朋友也有接济他的，也有仰慕他的大名而愿见他的，也有坚请他再出来的。他终于隐居着。

那时刘裕篡晋而为宋。有人说他在宋代所作的文章但题甲子，而不题纪元。论者谓他不愿帝宋，示为晋遗民之意。当然他看不起刘裕，在《拟古九首》之九的诗中他写道："种桑长江边，三年望当采。枝条始欲茂，忽值山河改。"记晋亡之憾，但一定要说他为节士，如何如何忠于晋室，亦不能知渊明。其实他义熙以后惟题甲子，是刘裕篡晋以前的事。之所以如此，一则是他不高兴刘裕，二则也许是道家隐者的习惯如此。他隐居家乡，与周续之、刘遗民被称为"浔阳三隐"。周、刘两人都是庐山高僧慧远的居士弟子，渊明亦与慧远为友，但未加入白莲社。义熙宋征著作郎，不就。

渊明一生在田野，是田园诗人。《晋书》《宋书》皆入“隐逸传”，《诗品》推为“古今隐逸诗之宗”。可以表现他的生活写真的有《五柳先生传》《归去来兮辞》，表现他的理想的有《桃花源记》，表现他的人生观的有《形赠影》《影答形》《神释》三首及《饮酒》二十首。其余如《游斜川》《归园田居》《拟挽歌辞》等，均为其重要之作。

一、陶渊明的人生态度

陶渊明处两晋玄学的时代。两汉儒家思想独尊，两晋道家思想盛行。阮籍轻礼法，大骂士人君子如群虱之处裈中。渊明时道家思想较平淡，是道家、儒家将合流的时期，他大部分思想是出世的，他追溯朴素的生活，不愿媚于流俗，表现这种思想情趣的诗顶重要的为《归园田居》及《饮酒》。又见于《桃花源记》及《五柳先生传》，前者写理想的境界，后者为他自己的写照。武陵在湖南，刘子骥实有其人。《桃花源记》也许有事实的依据。陈寅恪《〈桃花源记〉旁证》云：因百姓避五胡之乱，避入山谷，自成堡坞。渊明时有人看见过。避秦乱亦可谓苻秦。他是出世的喜田园生活的思想。《饮酒》之九，有田父劝其出仕：“一世皆尚同，愿君汩其泥。”渊明答曰："违已讵非迷？且共欢此饮，吾驾不可回。"《归园田居》描写与乡间父老为邻实有兴味："相见无杂言，但道桑麻长。"田园生活很快乐："山涧清且浅，遇以濯吾足。漉我新熟酒，只鸡招近局。"漉者，沥也。

尔时，刘裕得志，如阮籍所处时代。人以为国将亡故渊明去隐，亦不对。刘裕得势他在诗中有其牢骚，《饮酒》二十首和阮籍《咏怀》类似。

渊明人生态度还有一显著特点是达观。当时清谈派人常谈论到死生问题。佛教惯用以死的恐怖教训人，当时人都想解决生死问题，求一正确之人生观。王羲之谓"死生亦大矣，岂不痛哉"。渊明是阮籍、刘伶一派，接受庄子达观学说，"聊乘化以归尽，乐夫天命复奚疑"。（《归去来兮辞》）他有些哲学诗，如《形赠影》《影答形》《神释》三首，结构奇极，发挥哲学思想，结论还是吃酒。"纵浪大化中，不喜亦不惧。应尽便须尽，无复独多虑。"一切顺应自然。他的儿子不好，结论是"天运苟如此，且进杯中物"。（《责子》）渊明诗篇篇有酒，不是颓废，也有强烈意气的，如《咏荆轲》等。居乱世，自全自傲。他和慧远居近，虽未进白莲社，但很谈得来。达观的人生态度和矢志不渝的田园生活，在他去世前不久写就的《挽歌辞》（如"死去何所道，托体同山阿"句）

和《自祭文》（如“宠非己荣，涅岂吾缁。捽兀穷庐，酣饮赋诗”句）中抒发得淋漓尽致。

渊明思想亦有出于儒家者，对孔子也相当尊重。如屡言“固穷”“乐天知命”及《饮酒》末章是也。其末章有“羲农去我久，举世少复真。汲汲鲁中叟，弥缝使其淳”的诗句，而《饮酒》之十六，他也有“少年罕人事，游好在《六经》……竟抱固穷节”的表述。道家思想认为伏羲神农那是归真返璞、顶理想的时代已经过去。儒道皆如此说。“鲁中叟”即孔子，“弥缝”是使复真也，可知渊明对儒家思想亦融合。刘熙载《艺概》曰：“陶诗有‘贤哉回也’‘吾与点也’之意，直可嗣洙、泗遗音。其贵尚节义，如咏荆卿、美田子泰等作，则亦孔子贤夷、齐之志也。”

苏轼曰：（渊明）其人甚高，“欲仕则仕，不以求之为嫌；欲隐则隐，不以去之为高”，是对陶渊明豁达的人生的精辟点评。

二、陶渊明诗的艺术特色

1. 诗与人生打成一片，开了新诗的门径

自从曹子建、阮嗣宗把诗成为个人的自述经验、自己的抒

情之作，到了陶渊明，成为完全是自己生活的记录，完全脱离了乐府歌辞了。虽然有些拟古诗类似《古诗十九首》，《饮酒》诗类似嗣宗《咏怀》诗，可是多数是写他自己的生活，颇似日记式的。诗与人与生活打成一片。我们从他的诗中可以看见他的行动。他的诗都有题目，有些还有序文。与读阮籍《咏怀》，但看见作者心绪上的苦闷，而不知他一生的踪迹者不同，而且与没有题目、一概称为《咏怀》者不同，阮籍属于建安那个时代，前一个时代。而陶渊明属于新的时代，以诗为自己的生活记录的时代。我们也可以说，他的诗是他的自传，明白清楚的自传，包括内心的志趣与外面的遭遇。不像阮籍《咏怀》诗那样的只重内心，惝恍，不可捉摸，也不像曹子建的多用乐府比兴。

事实上，曹植、阮籍都是承继《诗经》《楚辞》的，而渊明开了新诗的门径。

2. 脱离乐府，创造新诗意境

渊明全不做乐府。（除《拟古九首》。但此九首亦只是五言，非乐府）

经过了正始玄风，谈玄的风气盛后，诗中遂含哲理。西晋覆亡，洛阳繁华顿歇，文人南渡，东晋人诗自然向哲理山水方面发展。庄老与山水合流。此时五言诗也已脱离繁音促节的音乐，只是倚琴而歌。到了陶渊明，“性不解音而蓄素琴一张，弦徽不具，每朋酒之会则抚而和之曰：但识琴中趣，何劳弦上音”。（《晋书·隐逸传》）因他的诗实在不是倚琴而歌的，是脱离音乐的。所以有的是“有琴意”的诗歌，有的是近于散文似的新诗。是直笔写下，一意贯穿，不多曲折及比兴的。那是完全脱离音乐后的现象。渊明是不依傍音乐、不承继《诗经》《楚辞》古典文学而创造新诗意境的一个大作家。在他当时，就有人喜欢他那一类很别致的诗。到了齐梁的时代，诗人惯于繁缛音乐性及图画彩色性的诗。齐梁是一个新乐府时代，所以他的诗不为人所重，钟嵘《诗品》以之入中品。

颜延之《诔》文甚长，无一言及于他的诗，不过提到他“赋辞归来”“陈书辍卷，置酒弦琴”，泛泛说他著作诗歌而已，《宋书·隐逸传》也不特别提他的诗，但云“所著文章，皆题其年月”。

3. 诗与自然融合的田园之歌

渊明诗取材料于田野间，这种材料，陶渊明以前无人敢取，从前民间文学只是恋歌，朝廷文学只是游宴赠答，金谷、兰亭，或戎马，绝无一人如他这般写田野，写自然。

他的诗又表现了他对自然的欣赏，《诗经》、古诗、建安文学皆有对自然的欣赏，然未有如他爱自然者。《归园田居》：“少无适俗韵，性本爱丘山。误落尘网中，一去三十年。”与一般父老欢笑饮酒、耕田，乐在其中，“相见无杂言，但道桑麻长”。（《归园田居》）“昔欲居南村，非为卜其宅。闻多素心人，乐与数晨夕。”（《移居》）“结庐在人境，而无车马喧。”（《饮酒》）另辟天地，是他的伟大的地方，独来独往，前无古人，后无来者。

描写山水之诗，东晋开始。谢灵运亦写山水。陶欣赏自然是平和的，不去找山水，人在山水中；谢是活动的，游山玩水。自然是送给渊明看，如英国的Wordsworth（华兹华斯），communion with nature（与自然沟通）。“采菊东篱下，悠然见南山。”（《饮酒》之五）最高绝，因很自然；人谓有哲学意味，如禅宗的，并不费劲。

4. 诗富哲理性

先秦时，死生不重要，两晋则很重要。陶渊明对死生主张达观，不必求仙养生。他的《形赠影》《影答形》《神释》是哲学诗。他在诗的《序》里说：“贵贱贤愚，莫不营营以惜生，斯甚惑焉。故极陈形影之苦，言神辨自然以释之。好事君子，共取其心焉。”爱惜生命，人之常情，然往往不得要旨。渊明“陈形影之苦”思索人死生命题，以“神”辨析自然之哲理。“天地长不没，山川无改时。草木得常理，霜露荣悴之。”说天地山川长在，草木有荣枯之变。“谓人最灵智，独复不如兹”而灵智的人却不能永生。“存生不可言，卫生每苦拙”，长生之说不可信，养生之术不可靠。位列圣人的“三皇”，享有高寿的“彭祖”，都不存在了，“老少同一死，贤愚无复数”，这是人类生命必然结局。有了如此深邃的哲学认识，陶渊明能泰然处之：“纵浪大化中，不喜亦不惧。应尽便须尽，无复独多虑。”把庄生的达观学说发挥到极致。当然，饮酒也是诗中不可缺的。

其《责子》诗云：“白发被两鬓，肌肤不复实。虽有五男儿，总不好纸笔。阿舒已二八，懒惰故无匹。阿宣行志学，而不爱文术。雍端年十三，不识六与七。通子垂九龄，但觅梨与栗。天运苟如此，且进杯中物。”归结于“天运”，不乏对人生的哲思，但亦颇风趣。黄山谷云：“观靖节此诗，想见其人慈祥戏谑可观也。”

诗有哲理，并不局限于《形赠影》等三首诗，也不局限于死生之事，历代评家亦关注及此。明代都穆在其《南濠诗话》中就有明确的概括：“东坡尝拈出渊明谈理之诗有三，一曰‘采菊东篱下，悠然见南山’，二曰‘笑傲东轩下，聊复得此生’，三曰‘客养千金躯，临化消其宝’，皆以为知道之言。予谓渊明不止于知道，而其妙语亦不止是。如云‘纵浪大化中，不喜亦不惧’，‘应尽便须尽，无复独多虑’。如云‘望云惭高鸟，临水愧游鱼。真想初在襟，谁谓行迹拘’。如云‘不赖固穷节，百世当谁传’。如云‘朝与仁义生，夕死复何求’。如云‘及时当勉励，岁月不待人’。如云‘前途当几许，未知止泊处’，‘古人惜寸阴，念此使人惧’。观是数诗，则渊明盖真有得于道者，非常人能蹈其轨辙也。”

除诗之外，渊明在其《自祭文》一开头就写道：“岁惟丁卯，律中无射。天寒夜长，风气萧索，鸣雁于征，草木黄落。陶子将辞逆旅之馆，永归于本宅。”视死如归。

5. 诗风质朴、散淡

六朝中杰出，但当时未甚重之。其质朴自然清新散淡的诗为历代所尊崇，正如元遗山所赞：“一语天然万古新，豪华落尽见真淳。”钟嵘《诗品》品评曰：“其源出于应璩，又协左思风力。文体省净，殆无长语。笃意真古，词兴婉惬。每观其文，想其人德。世叹其质直。至如‘欢言酌春酒’，‘日暮天无云’，风华清靡，岂直为田家语耶！古今隐逸诗人之宗也。”也道出陶诗真淳、古朴的特色。对《诗品》将其列入中品之事，今人古直有《钟记室〈诗品〉笺》，据《太平御览》辨陶公本列上品。

第一个赏识陶渊明的，为昭明太子萧统，他谓陶诗冲淡闲适，且杂诙谐。

有谓陶渊明的《拟挽歌辞》或非自挽，只是作普通挽歌而已，备人唱唱，或自己哼哼。当时南朝有此习惯。《南史·颜延之传》：颜延之“常日但酒店裸袒挽歌”。《宋书·范晔传》：“夜中酣饮，开北牖听挽歌为乐。”《世说新语》：“袁山松出游，每好令左右作挽歌。”《南史·谢灵运传》：谢灵运曾孙几卿“醉则执铎挽歌”。渊明暮年作《挽歌辞》，情真意切，不知是否为自己作挽歌，待考。

陶渊明散文名篇有《桃花源记》《五柳先生传》等，尤以《桃花源记》脍炙人口。

除诗文以外，还有赋作。《感士不遇赋》摹仿董仲舒和司马子长，道古论今，写士进退两难之处境，发士不遇之感慨。虽拟古之作，而清新、简淡逾于汉赋。《闲情赋》丽极，比喻最妙，摹仿张衡《定情赋》、蔡邕《静情赋》而作。因很浓丽，也许是早年摹仿的作品。他自己的《序》中说：“始则荡以思虑，而终归闲正。将以抑流宕之邪心，谅有助于讽谏。”宗旨很纯正。赋描写一女子甚美，非常想接近她，有两大段描写愿为衣之“领”、腰之“带”、发之“泽”、眉之“黛”、床之“席”、足之“履”、人之“影”、夜之“烛”……巧妙别致，痴情切切。昭明太子萧统却在其《陶渊明集序》中曰：“白璧微瑕，惟在《闲情》一赋。”东坡曰：“《国风》好色而不淫，正传不及《周南》，与屈宋所陈何异？而统大讥之，此乃小儿强作解事者。”讥昭明之不懂。昭明谓，“惜哉！无是可也”。现在人却最推重此篇了。

三、陶渊明诗的影响与后人的批评

渊明的诗并不被时人注意，好友不多。颜延之与之交好并为之做《诔》。颜在南朝宋为官。慧远住庐山，为净土宗领袖，亦与之友好。

陶渊明开田野诗一派，其诗在去世后才被人重视，后世诗人无不受其影响。尤深者如唐代之王维、孟浩然等喜欢自然的这一派，储光羲、韦应物、柳宗元，宋代之苏轼、王安石、范成大、陆游等都受其影响，视为楷模。苏轼极推崇陶渊明，至全和其诗。

陶渊明有《停云》《时运》《荣木》等诗，近“三百篇”，是四言诗的复活。诗人感时触景而发，忧时政之昏暗，抒内心之惆怅。比韦孟《讽谏诗》等好得多。

对陶渊明和他的作品的评价，从南朝至近代，评家众多，不胜枚举，前面已有所引用。

萧统《陶渊明集序》曰："有疑陶渊明诗篇篇有酒，吾观其意不在酒，亦寄酒为迹者也。其文章不群，辞彩精拔，跌宕昭彰，独超众类，抑扬爽朗，莫与之京。横素波而傍流，干青云而直上。语时事则指而可想，论怀抱则旷而且真。加以贞志不休，安道苦节，不以躬耕为耻，不以无财为病。自非大贤笃志，与道污隆，孰能如此乎？"

《东坡诗话》："古之诗人有拟古之作矣，未有追和古人者也。追和古人，则始于东坡。（纪昀批苏诗云：唐人唐彦谦已有和陶贫士诗，东坡偶失检察耳。）吾于诗人无所甚好，独好渊明之诗。渊明作诗不多，然其诗质而实绮，癯而实腴，自曹、刘、鲍、谢、李、杜诸人，皆莫及也。""吾前后和其诗凡百有九篇。至其得意，自谓不甚愧渊明。然吾之于渊明，岂独好其诗也哉，如其为人，实有感焉。"以"质而实绮，癯而实腴"此八字评之甚当，陶有其人格思想，用不着多少辞藻堆砌。

东坡在惠州尽和渊明诗，鲁直在黔南闻之，作偈云："子瞻谪海南，时宰欲杀之。饱吃惠州饭，细和渊明诗；渊明千载子，子瞻百世士。出处固不同，风味亦相似。"

孟浩然《仲夏归南园寄京邑旧游》：“常读高士传，最嘉陶征君。日耽田园趣，自谓羲皇人。余复何为者，栖栖徒问津。中年废丘壑，上国旅风尘。忠欲事明主，孝思侍老亲。归来冒炎暑，耕稼不及春。扇枕北窗下，采芝南涧滨。因声谢同列，吾慕颍阳真。”

孟浩然《赠王九》：“日暮田家远，山中勿久淹。归人须早去，稚子望陶潜。”

孟浩然《李氏园林卧疾》：“我爱陶家趣，园林无俗情。”

欧阳文忠云：“晋无文章，惟渊明《归去来辞》耳。”

朱熹曰：“陶渊明诗，人皆说是平淡，据某看他自豪放，但豪放得来不觉耳。”（《朱子语类》）

四、作品选讲

（一）《归园田居五首》

“归园田”，一作“归田园”，误，陶公“守拙归园田”诗句可证。五首或本有六首，末首乃江淹拟作，删之。

1. 其一（“少无适俗韵”）

“少无适俗韵，性本爱丘山。”开始二句言少志为此。见其“畴昔苦长饥，投耒去学仕”（《饮酒》之十九）甚非初心。“投策命晨装，暂与园田疏”（《始作镇军参军经曲河》），写如何想念家乡园田之乐，亦生逢乱世之故。左思《咏史诗》“功成不受爵，长揖归田庐”，犹有功名之念。潘岳虽赋闲居，终受杀戮。阮籍虽赞美邵平，依旧溷世。乃知古人“学而优则仕”，欲罢功名利禄之念，潇然归田，亦自不易。陶公为彭泽令，不愿为五斗米折腰向乡间小儿，见机而退也。其时，其原来之上司刘牢之曾煊赫一时，终于自杀。桓玄、刘裕皆野心家，一败一显，晋室庸暗，出处甚难，陶公奔走尘俗者前后约有六年，决心摆脱。愿归躬耕以自养。同时，他的身体多病，更不堪奔走驱策，心为形役，始悟今是昨非，委运归尽之道。

“误落尘网中”，尘网为堕地之意，前人认为如佛家语，不类陶公口吻，此亦是一疑案。

此《归园田居五首》作于义熙二年丙午（依吴仁杰《陶靖节先生年谱》）盖自彭泽令归也。陶公年四十二岁。吴仁杰谓自先生出为州祭酒至彭泽去官，约十二三年。此诗云“一去三十年”乃十三年之误。陶澍谓“三”字乃“已”

之误（已冢误作三冢，古已有之）。古直定陶公卒时年五十二，定此诗为与《归去来兮辞》同年作。《辞》之序称作于乙巳年，时陶公适年三十。

“羁鸟恋旧林，池鱼思故渊。”古诗“胡马依北风，越鸟巢南枝”；陆机诗“孤兽思故薮，离鸟悲旧林”。（《赠从兄车骑诗》）皆言不忘本。陶公诗“望云悲高鸟，临水愧游鱼”，彼言行旅之游，此言倦游而返，可以对照。

“开荒南野际，守拙归园田。”野，一作亩，陶公有田曰“南亩”，见《癸卯岁始春怀古田舍二首》：“在昔闻南亩，当年竟未践。”守拙，言个性不谐于俗，不如守拙归田。《怀古田舍诗》云：“即理愧通识，所保讵乃浅。”自愧通识之士，退以保真耳。

“暧暧远人村，依依墟里烟。”《楚辞》王逸注：暧暧，昏貌。翳翳不明，写日光和暖、远望农村之景。依依，《诗经·小雅·采薇》“杨柳依依”，有袅袅、隐约、许多姿态。陶诗写景，自然不用力，古朴不刻画，东坡云：“其诗质而实绮，癯而实腴，自曹、刘、鲍、谢、李、杜诸人皆莫及也。”

“鸡鸣桑树颠”，古乐府：“鸡鸣高树颠，狗吠深宫中。”

2. 其二（“野外罕人事”）

“穷巷寡轮鞅”，《汉书·陈平传》：平“负郭穷巷，以席为门，然门外多长者车辙”，此反用其事。“结庐在人境，而无车马喧”（《饮酒》），意同。

“常恐霜霰至，零落同草莽。”陶公《拟古》诗“枝修始欲茂，忽值山河改”，皆比兴语。亦屈子萧艾之意［“惟草木之零落兮”“何昔日之芳草兮，今直为此萧艾也”（《离骚》）］，汩余若不待之意。《汉书·杨恽传》：“田彼南山，芜秽不治，种一顷豆，落而为萁。人生行乐耳，须富贵何时！”

3. 其三（“种豆南山下”）

“晨兴理荒秽，带月荷锄归。”一天疲劳工作，不失趣味。诗境入画境。亦可知文学之足慰人生也。

“夕露沾我衣”。《诗经·召南·行露》：“厌浥行露，岂不夙夜，谓行多露。”

“但使愿无违”，赋以言志。

4. 其四（“久去山泽游”）

“浪莽林野娱”，浪莽，广大貌，无拘束也。

“一世弃朝市”，《古步出夏门行》：“市朝人易，千岁墓平。”

“人生似幻化，终当归空无。”《淮南子·精神训》：“化者，复归于无形也。”

5. 其五（“怅恨独策还”）

“漉我新熟酒，只鸡招近局。”漉，水下貌，水下滴沥也。《宋书·陶潜传》“郡将候潜，值其酒熟，取头上葛巾漉酒，毕，还复著之。”近局：《礼记》郑注，局，部分也。按：近局，犹言近邻。

“已复至天旭。”结语，响亮有力。

（二）《饮酒》

酒与诗的关系：（1）诗往往出于燕乐；（2）微醉以后，诗性inspiration（灵感）遂来，或者为生理的现象。英国诗人霍斯曼（A.E.Housman）的*The Name and Nature of Poetry*（《诗的名称与属性》）一书中，自述其作诗之经验，谓喝啤酒之后，出去散步，心头浮泛其诗的意念，如泉涌一般。

萧统云：“有疑陶渊明诗篇篇有酒，吾观其意不在酒，亦寄酒为迹者也。”渊明《饮酒》，如阮公《咏怀》，不另一一标题，随时触发而咏。

“衰荣无定在，彼此更共之。……忽与一觞酒，日夕欢相持。”（《饮酒》之一）总起，犹阮公之“中夜不能寐，起坐弹鸣琴”也。

第二首，“积善云有报”，主意说君子固穷之节。

第三首，“道丧向千载”，主意说“有酒不肯饮，但顾世间名”之愚。

第四首，说“托身已得所”，自比飞鸟之托于孤松。《归去来辞》：“抚孤松而盘桓。”

第五首，“结庐在人境”最为有名，意境高绝。

《汉书·扬雄传》：“结以倚庐。”

“问君何能尔，心远地自偏”二句，自问自答。陶公诗多说理，《怀古田舍诗》：“寒竹被荒蹊，地为罕人远。”此说心远，更进一层。

“采菊东篱下，悠然见南山。”东坡云：采菊之次，偶然见山，初不用意，而景与意会，故可喜也。今皆作望南山。杜子美“白鸥没浩荡，万里谁能驯”，或改作“波浩荡”。改此一字，觉一篇神气索然。

王安石曰：“渊明诗有奇绝不可及之语，如‘结庐在人境’四句，诗人以来无此句。”

白居易：“时倾一壶酒，坐望东南山。”

韦苏州：“采菊露未晞，举头见秋山。”

境界之迁移，使得悠远。“目送归鸿，手挥五弦。”（嵇康诗）《世说新语》：“顾长康道：‘画手挥五弦易，目送归鸿难。’”

悠然，远也。俗解均作悠然自得之意，恐非确话。《怀古田舍诗》云："寒竹被荒蹊，地为罕人远。是以植仗翁，悠然不复返。"悠然，远逝之意。

辨，或作辩。《庄子·齐物论》："辩也者，有不辩也。""大道不称，大辩不言。"《庄子·外物》："言者所以在意，得意而忘言。"

王静安《人间词话》云："词以境界为最上。有境界则自成高格。""有造境，有写境，此理想与写实二派之所由分。然二者颇难分别。因大诗人所造之境，必合乎自然，所写之境，亦必邻于理想故也。""有有我之境，有无我之境。'泪眼问花花不语，乱红飞过秋千去。''可堪孤馆闭春寒，杜鹃声里斜阳暮。'有我之境也。'采菊东篱下，悠然见南山。''寒波澹澹起，白鸟悠悠下。'无我之境也。有我之境，以我观物，故物皆著我之色彩。无我之境，以物观物，故不知何者为我，何者为物。古人为词，写有我之境者为多。然未始不能写无我之境，此在豪杰之士能自树立耳。"

五、研究陶渊明的材料

研究陶渊明，可参考的材料最多。中国文人集子笺注本，诗首推《杜工部集》，其次则《苏东坡集》，其次恐怕要算到陶集了。如宋汤汉注（拜经楼丛书本）、元李公焕之笺（四部丛刊本）最早，集大成的如清道光年间陶澍集注《靖节先生集》，附《年谱考异》，最可买。今人如梁任公有《陶渊明》一小册、附《年谱》（商务国学小丛书本），古直《陶靖节诗笺》《陶靖节年谱》（上海中国书店有代售），丁福保陶诗集注等。

欲见陶氏生平之材料：（1）颜延之《陶征士诔》（见《文选》）；（2）齐沈约《宋书·隐逸传》；（3）梁昭明太子萧统《陶渊明传》。另，李延寿《南史》、唐修《晋书》都据《宋书》。

（据文学史讲稿整理）

李白

李白（701—762），字太白。他的籍贯有几种说法：

（1）山东人。《旧唐书》："李白，字太白，山东人。……父为任城尉，因家焉……少与鲁中诸生孔巢父、韩沔、裴政、张叔明、陶沔等隐于徂徕山，酣歌纵酒，时号竹溪六逸。"（韩沔，《新唐书》作韩准，是。）杜甫《苏端薛复筵简薛华醉歌》："近来海内为长句，汝与山东李白好。"元微之论李杜优劣迳称白为山东人："则诗人以来未如子美者，是时山东人李白亦以文奇取称。"

（2）陇西成纪人。李阳冰《李白〈草堂集〉序》云："陇西成纪人，凉武昭王暠九世孙。……世为显著，中叶非罪，谪居条支，易姓为名。……神龙之始，逃归于蜀。"（凉武昭王李暠，成纪人，晋隆安中据敦煌酒泉，自为凉王。）《新唐书》："兴圣皇帝九世孙，其先隋末，以罪徙西域，神龙初遁还客巴西。……白生十岁通诗书，既长隐岷山。”（唐高祖《本纪》，陇西成纪人，凉武昭王七世孙。）魏颢《李翰林集序》：“白本陇西……家于绵，身既生蜀。”白《与韩荆州书》自称陇西布衣。

（3）蜀人。魏颢《李翰林集序》：“川蜀之人，无闻则已，闻则杰出。”白“家于绵，身既生蜀，则江山英秀”云云。《全蜀艺文志》载刘全白《故翰林学士李君碣记》谓：“君名白，广汉人。”（广汉郡，属蜀）唐范传正《李公新墓碑》：“其先陇西成纪人。……难求谱牒。……得公子之亡子伯禽手疏十数行……约而计之，凉武昭王九代孙也。隋末多难，一房被窜于碎叶，流离散落，隐易姓名，故自国朝以来，漏求于籍。神龙（中宗）初潜还广汉，因侨为郡人。父客以逋其邑。遂以客为名。……公之生也，先府君指天枝以复姓。先夫人梦长庚而告祥。”一说生于昌明县青莲乡，故曰李青莲。

（4）西域人。陈寅恪《李白氏族之疑问》以白之先为碎叶人，胡人侨居于蜀。其父名客。李白生而托姓李氏，假托为帝之宗室。唐时此类之例颇多。（至于山东一说，或云其父为任城尉之说无稽。或云白自比谢安石，李阳冰《草堂集序》云：“咏歌之际，屡称东山。”魏颢《李翰林集序》又云："间携昭阳金陵之妓，迹类谢康乐，世号李东山。"按：此言挟妓游山，比谢安，非康乐也，误。）山东李白，或为东山李白之误。（此说甚勉强，因白曾隐山东，为徂徕六逸之一。）

王世贞《宛委余编》谓："白本陇西人，产于蜀，流寓山东。"

恐籍贯陇西，从陇西迁至蜀，由蜀迁至山东，其父曾为任城尉，白生长于山东。陇西近外国，恐其祖罪徙至西域，其后回来。

天宝初，李白客游会稽，与道士吴筠同隐剡中。后筠被召至长安，李白亦偕至长安。白貌奇逸，有神仙风度。贺知章见其文，叹曰："子谪仙人也。"荐于玄宗。白与贺知章、李适之、汝阳王琎、崔宗之、苏晋、张旭、焦遂为饮中八仙。（此事在天宝间，因白天宝初始供奉耳，但苏晋卒于开元二十二年。范传正《李白新墓碑》有裴周南而杜诗无裴，其名录有出入也。）

帝召见于金銮殿，论当时事，白奏颂一篇，赐食，御手调羹。有诏供奉翰林。一日，帝坐沉香亭子，意有所感，欲得白为乐章，召入而白已醉，左右以水颒面，援笔成《清平调》三章，婉丽精切。杜诗所谓"李白斗酒诗百篇，长安市上酒家眠。天子呼来不上船，自称臣是酒中仙"是也。尝侍帝，醉，使高力士脱靴，力士激杨贵妃中伤之。帝欲官白，妃辄阻止。（新旧《唐书》互有详略。《新唐书》已采宋人乐史《李翰林别集序》大意，《旧唐书》无沉香亭子一节，但亦有使高力士脱靴事，未言高力士以此激杨贵妃，但因力士之怨被斥而已。）因忤高力士、杨贵妃，遂不为帝亲信。恳还山，帝赐金放还。

由是浪迹江湖，浮游四方，终日沉饮。与侍御史崔宗之月夜乘舟自采石至金陵。白衣宫锦袍，于舟中顾瞻笑傲，旁若无人。天宝末，安禄山反，转侧宿松匡庐间，《庐山谣寄卢侍御虚舟》一诗写这种经历、见闻和感受，诗的前四句是："我本楚狂人，凤歌笑孔丘。手持绿玉杖，朝别黄鹤楼。"安史之乱，玄宗幸蜀。白依永王璘，辟为府僚佐。肃宗即位灵武，璘起兵逃还彭泽。璘败当诛，赖郭子仪力救（白曾救郭子仪，郭德之，力言赎罪。此处《新唐书》亦采宋人乐史《李翰林别集序》所说，《旧唐书》无），得诏流夜郎。会赦还浔阳，坐事下狱。宋若思释之，辟为参谋。未几辞职。李阳冰为当涂令，白依之。代宗立。以左拾遗召，而白已卒，年六十余。临卒以诗卷授阳冰，阳冰为序而行世。葬姑孰谢家青山东麓。元和末，宣歙观察使范传正祭其墓，见其二孙女，嫁为农夫之妻。因为立碑。

魏颢曰："白始娶于许，生一女一男，曰明月奴，女既嫁，而卒。又合于刘，刘诀。次合于鲁一妇人，生子曰颇黎，终娶于宋。（宋氏或即宗氏，盖其《窜夜郎于乌江留别宗十六璟》中有句云'我非东床人，令姊忝齐眉'。——章克椮）间携昭阳金陵之妓，迹类谢康乐，世号为李东山。"

又李华《李白墓志》：卒"年六十有二"。"有子曰伯禽。"范传正《李公新墓碑》亦云："亡子伯禽。"伯禽当是明月奴或颇黎中之一人。

《旧唐书》云："以饮酒过度，醉死于宣城，有文集二十卷，行于时。"（小说故事传李白醉中捞月死于水。恐非事实。）

裴敬"墓碑"云："死宣城，葬当涂青山下。"

李阳冰云："疾亟草稿万卷，手集未修，枕上授简，俾余为序。"

魏颢序则言生前曾"尽出其文，命颢为集"。

乐史《李翰林别集序》则云：李阳冰纂李翰林歌诗"为《草堂集》十卷，史又别收歌诗十卷。……号曰《李翰林集》，今于三馆中得李白赋、序、表、赞、书、颂等，亦排为十卷，号曰《李翰林别集》。"

李白一生，少年任侠，中年做官，晚年流离。

一、李白的个性及思想

1. 酣歌纵酒

《将进酒》：“君不见黄河之水天上来，奔流到海不复回。君不见高堂明镜悲白发，朝如青丝暮成雪。人生得意须尽欢，莫使金樽空对月。”《行路难》：“且乐生前一杯酒，何须身后千载名。”似陶潜、阮籍。才气奔放。诗与酒的结合，显出诗人享乐人生观。另一方面，也因为乐府歌曲原为燕乐，亦是与传统的结合。

《月下独酌》：“花间一壶酒，独酌无相亲。举杯邀明月，对影成三人。”月，李白诗中屡屡提到：“小时不识月，呼作白玉盘。”（《古朗月行》）“床前明月光，疑是地上霜。举头望明月，低头思故乡。”（《静夜思》）《把酒问月》一首：“青天有月来几时，我今停杯一问之。人攀明月不可得，月行却与人相随。……今人不见古时月，今月曾经照古人。古人今人若流水，共看明月皆如此。惟愿当歌对酒时，月光长照金樽里。”在李白的诗里，花、月、酒与诗融合，写人生短忽，对酒当歌。《古诗十九首》，曹魏乐府歌曲中已多此种情调，太白更为诗酒浪漫，他这些诗最通俗，可比波斯诗人奥马尔·海亚姆（Omar Khayyam）。张若虚《春江花月夜》，联结月与春、江花、闺怨，李白联结月与酒，个人享乐，求超脱，摆脱世俗的忧虑。

《把酒问月》开始有屈原《天问》意，并不求答，答案是造化自然是永恒的，人生是飘忽的。“月行却与人相随”，自然接近人，人因陷于世俗功名利禄之念不肯亲近自然耳。李白别有《日出入行》“日出东方隈，似从地底来。历天又复入西海，六龙所舍安在哉？”有对宇宙的求知精神。《把酒问月》后面说月的永恒，再后说人生无常。他不消极，从接近自然里得到永恒，与《日出入行》“吾将囊括大块，浩然与溟涬同科”同样意思，人与自然融为一体。此诗表现他的宇宙观和人生观。

2. 任侠

范传正《李白新墓碑》：“少以侠自任。”《与韩荆州书》：“虽长不满七尺而心雄万夫。”《与裴长史书》述及少年任侠事。魏颢《李翰林集序》云，“少任侠，手刃数人。与友自荆徂扬，路亡。权窆回棹，方暑，亡友糜溃，白收其骨，江路而舟”云云。挥金如土，纵酒好游览，济朋友。《行路难》：“昭王白骨萦蔓草，谁人更扫黄金台？行路难，归去来！”自比郭隗、乐毅之流。又有《侠客行》：“纵死侠骨香，不惭世上英，谁能书阁下，白首太玄经。”英雄主义。又有《猛虎行》（天宝乱后至宣城作）：“有策不敢犯龙鳞，窜身南国避胡尘。宝书玉剑挂高阁，金鞍骏马散故人。”其云：“贤哲栖栖古如此，今时亦弃青云士。”自比张良、韩信。《古风》其十，推重鲁仲连，云“吾亦澹荡人，拂衣可同调”。《古风》其十五，推重“燕昭延郭隗，遂筑黄金台”，乃云“奈何青云士，弃我如尘埃”。由此可见，彼亦有用世心，近于纵横家，又似蔺相如、司马相如之人物。与王维好静，尊心禅佛、艺术修养，杜甫自比扬雄之作赋，志于匡君遗失之大臣，气度不同。李白是悲歌慷慨，自负才气的人物。《新唐书》评之曰：“喜纵横术击剑，为任侠，轻财重施。”

总而言之，是英雄浪漫主义。

3. 好道求仙

前述，他的宇宙观“日出东方隈，似从地底来。历天又复入西海，六龙所舍安在哉？其始与终古不息（一作“其行终古不休息”），人非元气，安得与之久徘徊？”（《日出入行》）知人生是短忽，宇宙之终古不息，因之好道求仙。《古风》其四：“桃李何处开，此花非我春。惟应清都境，长于韩众亲。”其五：“仰望不可及，苍然五情热。吾将营丹砂，永与世人别。”其二八：“君子变猿鹤，小人为沙虫。不及广成子，乘云驾轻鸿。”又如《庐山谣寄卢侍御虚舟》：“我本楚狂人，凤歌笑孔丘。……早服还丹无世情，琴心三叠道初成。遥见仙人彩云里，手把芙蓉朝玉京。”他既与道士吴筠为友，又同至长安。当时人以为谪仙，又与贺知章等被称为饮中八仙，朝列为之赋谪仙之歌。

李阳冰云：“天子知其不可留，乃赐金归之。……请北海高天师，授道箓于齐州紫极宫，将东归蓬莱，仍羽人驾丹丘耳。”是确曾受道箓者。《将进酒》云“岑夫子，丹丘生”，丹丘生当为道友也。又有《梦游天姥吟留别》，诗亦多神仙家言。

4. 政治上无所作为

李阳冰云：“（玄宗）降辇步迎，如见绮皓。”盖以隐逸之士待之。他在政治上无所作为。李阳冰云：“出入翰林中，问以国政，潜草诏诰，人无知者。丑正同列，害能成谤，格言不入，帝用疏之。”乐史则谓为高力士、杨贵妃所诅（新旧《唐书》略同）。魏颢云：“吾观白之文义，有济代命。”刘全白《李君碣记》：“玄宗辟翰林待诏。因为和蕃书，并上《宣唐鸿猷》一篇。上重之。欲以纶诰之任委之，同列者所谤，诏令归山，遂浪迹天下。”不幸禄山之乱，玄宗西巡，永王璘辟为僚佐，以此获罪。《旧唐书》曰："永王璘为江淮兵马都督扬州节度大使，白在宣州谒见，遂辟从事。"不知白去谒，抑为永王璘所征聘。白有《经乱离后天恩流夜郎忆旧游书怀赠江夏韦太守良宰》一首长诗，为自叙之作，甚详。首云：原为谪仙，误逐世间，"学剑翻自哂，为文竟何成？剑非万人敌，文窃四海声"。到过幽州，"君王弃北海"，到长安，辞官，祖饯。安贼之乱，"两京遂丘墟"。永王璘"帝子许专征，秉旄控强楚。……仆卧香炉顶，餐霞漱瑶泉。门开九江转，枕下五湖连。半夜水军来，寻阳满旌旃。空名适自误，迫胁上楼船。徒赐五百金，弃之若浮烟。辞官不受赏，翻谪夜郎天"云云，则知其非自去谒王，乃王所征辟耳。此诗末之"君登凤池去，忽弃贾生才"，有托韦太守援引意，亦可怜也。

李白思想的主要矛盾是自然与人生的矛盾。自然永恒，人生短暂。"人非元气安能与之久徘徊""古人不见今时月，今月曾经照古人。今人古人若流水，共看明月皆如此。"从自然中得到永恒，从诗歌中得到永恒，把酒来消遣人生。追求神仙、学道，以求永恒。

第二个矛盾是清高与名位思想的矛盾。李白有用世心，而放浪不羁，不称意则思隐居。"人生在世不得意，明朝散发弄扁舟。”“张良未逐赤松去，桥边黄石知我心。”表其心思耳。

二、李白的诗

南北朝实施门阀制度，贵族政治。隋唐进士制度，吸收高级知识分子到统治集团，做压迫人民的帮凶和帮闲。这些知识分子出身于封建地主或官僚家庭，从下面爬上来，迎合国君权相、公卿贵人，或者不得意而反抗，或者有清高思想，借作品发牢骚，常处在热衷世事与清高为人的矛盾之中。

李白并非进士，做翰林供奉。不次的恩遇，非正途出身。他诗才杰出，不受羁勒，如应进士科倒未必得意。他绝少宫艳体诗，他的诗从建安文学出来，以建安为风范，与谢朓、鲍照近。

他的诗有热烈的感情，他是一位天才诗人。

李白继陈子昂为复古派中人物。其《古风》五十九首第一首云：

> 大雅久不作，吾衰竟谁陈？
> 王风委蔓草，战国多荆榛。

龙虎相啖食，兵戈逮狂秦。
正声何微茫，哀怨起骚人。
扬马激颓波，开流荡无垠。
废兴虽万变，宪章亦已沦。
自从建安来，绮丽不足珍。
圣代复元古，垂衣贵清真。
群才属休明，乘运共跃鳞。
文质相炳焕，众星罗秋旻。
我志在删述，垂辉映千春。
希圣如有立，绝笔于获麟。

这首诗写得很严正，他对于诗推崇《诗经》正声，又说志在删述，自比孔子。与“我本楚狂人，凤歌笑孔丘”似乎矛盾，此两重人格也。实则他对于诗的理论，属于正统派，他自己的个性，则是浪漫的，仙侠一路。他还推崇建安以前的诗，看不起南朝的绮丽文学。其《古风》同阮籍《咏怀》、陈子昂《感遇》的篇章。他的诗的工力可以比上阮嗣宗。

虽然他推崇《诗经》，可是他没有做四言诗，所做的以五古、七古为最多，可见古之难复了。其论诗又云：“梁陈以来，艳薄斯极，沈休文又尚以声律，将复古道，非我而谁。”又言：“兴寄深微，五言不如四言，七言又其靡也。况使束于声调俳优哉。”他不赞成沈休文一派之声律对偶，宫体靡弱之诗，所以他也绝不提到初唐四杰，不像杜甫那样虚心，诗备众体。李白很少做律诗。

李白诗，擅长古风，多数是乐府古题，古乐府之新作法。从汉魏以迄于南北朝乐府诗题，他几乎都有写作，如《天马歌》《公无渡河》《日出入行》《战城南》《白头吟》《相逢行》《有所思》《短歌行》《长歌行》《采莲曲》《乌夜啼》《乌栖曲》《子夜歌》《襄阳歌》《白纻辞》《将进酒》《行路难》等拟古乐府，而自出心裁。有些乐府诗，虽然不见前人之作，但也非李白创调。在那些乐府古题内，李白诗情奔放，超过古人原作，皆出于古人之上。他的乐府多用杂言及长短句，才气纵横，非格律所能束缚。如《将进酒》《蜀道难》。六朝乐府他亦学，如《白纻辞》《子夜四时歌》《长干行》《乌栖曲》，都很清丽。他是结束汉魏六朝的诗歌，集汉魏六朝诗体大成。他的乐府如天马行空，不受羁縻。

他并不像杜甫那样自己立乐府题目，写当时时事。李白的只是抒情诗，并不记事，是超时代的作家。

略有与时事有关的如《怨歌行》，题下注云：“长安见内人出嫁，友人令余代为之。”与《邯郸才人嫁为厮养卒妇》同意，又如《东海有勇妇》，注云：代《关中有贤女》。代即拟的意思，《关中有贤女》原乃汉鼙舞歌，此虽是拟古乐府，所咏为时事，诗中云“北海李使君，飞章奏天庭”。指李北海邕。又如《凤笙篇》，王琦谓送一道流应诏入京之作。《远别离》，萧士赟以为刺国家授柄于李林甫。《蜀道难》一诗，范摅《云溪友议》、洪驹父《诗话》、《新唐书·严武传》谓严武欲杀房琯、杜甫，李白为房杜危而作此诗，唯孟棨《本事诗》《唐摭言》《唐书·李白传》谓白见贺知章，以《蜀道难》示之，则为天宝初时作，而严武镇蜀在至德后，不相及也。沈存中《笔谈》谓古本李集《蜀道难》下有注云：“讽章仇兼琼也。”萧士赟注李集谓见玄宗幸蜀时作，在天宝末，故言剑阁之难行，又曰“问君西游何时还”，君指明皇也。胡震亨谓但是拟古乐府，白，蜀人，自为蜀咏耳。此说如允，余皆好事者穿凿。

李白《猛虎行》虽亦是乐府诗，但咏时事，“秦人半作燕地囚，胡马翻衔洛阳草”。言禄山之叛，天宝十四载十二月东京之破，封常清战败，高仙芝引兵退守潼关，贼掠子女玉帛悉送范阳也。李白“窜身南国避胡尘”，客于宣城，与张旭会于溧阳酒楼，作此诗，以张良、韩信比己及旭，慨叹不遇。“一输一失关下兵”，一输指高仙芝退兵，一失指明皇斩仙芝、常清。

白才气纵横，乐府诗中常用杂言、长短句，近汉乐府，亦近鲍照，是以杜甫称其“清新庾开府，俊逸鲍参军”。与庾信实不近，其一身低首者为谢宣城。《宣城谢朓楼饯别校书叔云》云：“蓬莱文章建安骨，中间小谢又清发。”在《金陵城西楼月下吟》诗中又云：“解道澄江净如练，令人长忆谢玄晖。”是其晚年爱宣城之风景，故尔特提谢朓。以彼才力，小谢非其匹也。

总之，唐人作乐府，并非完全拟古，兼存《诗经》讽刺时事之义。此则李白较少，而杜甫、白居易则最为注重此义焉。

白五七绝句亦佳，惟不善五七律。

前引杜甫《饮中八仙歌》云：“李白一斗诗百篇，长安市上酒家眠。天子呼来不上船，自称臣是酒中仙。”贺知章曾许李白为谪仙人，又杜甫《苏端薛复筵简薛华醉歌》云：“坐中薛华善醉歌，歌辞自作风格老。近来海内为长句，汝与山东李白好。”亦称李白善为醉歌也。杜甫自己也有《醉时歌》《醉歌行》等题，诗中并不单说喝酒，乃是酬赠、送别之作。如李白《将进酒》《前有樽酒行》《把酒问月》等篇，皆所谓醉歌也。醉歌者，即席作诗，以助酒兴。如曹操《短歌行》“对酒当歌”之意。李白一生诗酒风流，颇似阮籍，其信仰道家神仙亦然。豪放奔逸，与渊明之洁身自好、躬耕贫苦者又不同。李白有仙侠气，渊明调融儒道，温然纯粹。渊明愿隐，李白愿用世而不得意。虽随吴筠得玄宗知遇为翰林供奉，迄未得官。及天宝乱后，为永王璘辟为僚佐，璘谋乱兵败，白坐流夜郎，赦还，客死当涂。

《将进酒》是彰显李白诗酒风流的代表作，极富思想与个性。诗中岑夫子或谓岑参，丹丘生或谓元丹丘。“黄河之水”句，兴也，“不复回”，兴人生年华一去不复返。以“逝水流年”起，下言饮酒尽欢为乐。陈王，陈思王曹植，他的《名都篇》有“归来宴平乐，美酒斗十千”句。“钟鼓馔玉”言富贵。

《前有樽酒行》，此诗比《将进酒》更为蕴藉。

《日出入行》用汉乐府旧题，翻新，长短句古奥，然毕竟是唐人。全诗充分表现诗人对宇宙和人生的探求精神。

《月下独酌》和《把酒问月》都写诗与月与酒的融合。《把酒问月》比《月下独酌》来得好，《月下独酌》说理多，情感少。此诗说理更深且广。写月即自然是永恒的，人生是飘忽的。诗歌自然，酒遣人生。东坡《水调歌头》自此出。李白《把酒问月》诗分四叠，换韵，歌曲体，酒与月的交融，时与空的交错，淋漓尽致。东坡《水调歌头》开头“明月几时有，把酒问青天”，显然从李白《把酒问月》“青天有月来几时，我今停杯一问之”来。同样是把酒问月，与李白问宇宙、说人生不同，苏东坡后半阕归结到讲别离。

《宣城谢朓楼饯别校书叔云》诗发端忆念过去，烦忧现在，不从私交说，就人生感慨说，得其大。送秋雁，象征送客远游。其次，说到谢朓楼。“抽刀断水”，宾，比喻；“举杯消愁”，主。以流水喻思念、喻忧愁，可以与建安诗人徐干的《室思》“思君如流水，何有穷已时”的诗句作一比较，亦可以李后主《虞美人》词“问君能有几多愁，恰似一江春水向东流”的诗句中加以印证。

《扶风豪士歌》见其豪爽。乱时有用世意，以后入永王璘幕府，见其有意用世。此诗显示清高思想与名位思想的矛盾。末两句“张良未遂赤松去，桥边黄石知我心”点出。

白于天宝之乱，少有描述，其《上皇西巡南京歌》十首，有云“九天开出一成都，万户千门入画图。草树云山如锦绣，秦川得及此间无”。又云“谁道君王行路难，六龙西幸万人欢。地转锦江成渭水，天回玉垒作长安”。又云“少帝长安开紫极，双悬日月照乾坤”。白，蜀人，且他自己在南方，作此等歌颂语，与杜甫之在长安，作《哀江头》之痛哭流涕，感慨绝不相同。杜甫关怀时局，忧念蒸黎，李白不很关心。又如《永王东巡歌》十一首，说到“龙蟠虎踞帝王州，帝子金陵访古丘”，又云“试借君王玉马鞭，指挥戎虏坐琼筵。南风一扫胡尘静，西入长安到日边”。据其后来自己坦白是当时“迫胁上楼船”的，但在此歌中所说，确其赞助王子立功之意，未始不肯为永王用也。文人转侧，难于主张。

白之绝句：《苏台览古》：“旧苑荒台杨柳新，菱歌清唱不胜春。只今惟有西江月，曾照吴王宫里人。”《黄鹤楼送孟浩然之广陵》：“故人西辞黄鹤楼，烟花三月下扬州。孤帆远影碧空尽，惟见长江天际流。”《闻王昌龄左迁龙标遥有此寄》：“杨花落尽子规啼，闻道龙标过五溪。我寄愁心与明月，随君直到夜郎西。”《峨眉山月歌》：“峨眉山月半轮秋，影入平羌江水流。夜发清溪向三峡，思君不及下渝州。”以上四首，皆见其风韵。

相传《菩萨蛮》《忆秦娥》等小词，皆托名李白，宋人混入白集者，即《清平调》三章，乐史所艳称者，亦恶俗不类，品格低下。乐史，北宋人，新得此三首诗，并有明皇贵妃赏芍药故事（见乐史《李翰林别集序》），实为可疑，非史实。白集另有《宫中行乐词》八首，注云奉召作。亦真伪不辨。比较观之，尚较《清平调》三章为胜。

（据文学史讲稿整理）

杜甫

杜甫（712—770），字子美。本湖北襄阳人，后徙河南巩县。（《旧唐书·文苑传》）

世系 杜预之第十三代孙。《唐书·宰相世系表》载：襄阳杜氏，出自预少子（四子）尹。杜预十世孙依艺入唐初为监察御史、河南巩县令。移家巩县，当自甫之曾祖依艺始。祖审言，修文馆学士，尚书膳部郎。审言在武后中宗朝以诗名。父，闲，朝议大夫，兖州司马，终奉天令。（元稹墓志云：晋当阳侯〈预〉下十世而生依艺。钱牧斋云：旧谱以甫为尹之后，不知何据？）

《旧唐书·杜易简传》：易简周硖州刺史叔毗曾孙。易简从祖弟审言。易简、审言同出杜叔毗。《周书·杜叔毗传》：其先京兆杜陵人，徙居襄阳。杜陵，长安城东南，秦为杜县，汉宣帝筑陵葬此，因曰杜陵，并改杜县为杜陵县。其东南又有一陵，差小，谓之少陵（许后葬此）。杜甫曾居少陵之西附近。杜甫自称杜陵布衣，又称少陵野老。

以世系推之，叔毗为杜预八世孙。是以杜甫之先，出京兆杜陵，徙襄阳，再徙河南巩县。

甫之家世，出名门。少贫。年二十，客吴越齐赵。举岁贡进士，至长安，不第。客东都。客齐州。李邕奇之，为友。归长安。年四十进三大礼赋，甫自夸为“扬雄枚皋之流，庶可跂及也”。玄宗奇之，命待制集贤院。时天宝十载（751），国事已非。

此前，开元二十二年（734）李林甫相。开元二十四年（736），张九龄罢相，下年出贬。宋璟卒。武惠妃卒。开元二十八年（740），张九龄卒。天宝元年（742），以安禄山为平卢节度使。禄山，杂胡，降将，本张守珪部下，以讨奚契丹兵败送京师。上赦之，张九龄谏不听。天宝元年，用之。三年（改“年”曰“载”）兼范阳节度使。杨贵妃，杨玄傚女，开元二十三年（735），册为寿王妃，出为女道士。天宝四载（745），册杨太真为贵妃。天宝七载（748），以杨钊判度支事，以贵妃三姊为国夫人。天宝十载夏四月，鲜于仲通讨南诏蛮败绩，士卒死者六万，杨国忠掩其败，反以捷闻，制复募兵击之。大募两京及河南北兵以南征。人闻云南瘴疠，士卒未战而死者十之八九，莫肯应募。国忠遣御史分道捕人。父母妻子走送，哭声震野。时杜甫在长安，为作《兵车行》。

天宝十载十一月，以杨国忠领剑南节度使。十一载（752），李林甫卒，以杨国忠为右相兼文部尚书。杜甫《丽人行》云“三月三日天气新”是春天，又云“慎莫近前丞相嗔”，为国忠为相后之春天，当在天宝十二载（753）、十三载（754）、十四载（755）三年中。

杜甫在长安所作诗，重要的有《奉赠韦左丞丈二十二韵》。诗自叙曰：

> 纨袴不饿死，儒冠多误身。
> 丈人试静听，贱子请具陈。

纨绔指贵戚子弟。杜甫自己为穷儒，知识分子而属于被压迫阶层，他的意思也要往上爬。

> 甫昔少年日，早充观国宾。（指其中岁贡）
> 读书破万卷，下笔如有神。
> 赋料扬雄敌，诗看子建亲。
> 李邕求识面，王翰愿卜邻。

自谓颇挺出，立登要路津。
致君尧舜上，再使风俗淳。
此意竟萧条，行歌非隐沦。
骑驴十三载，旅食京华春。
朝扣富儿门，暮随肥马尘。
残杯与冷炙，到处潜悲辛。
主上顷见征，欻然欲求伸。
青冥却垂翅，蹭蹬无纵鳞。

天宝六载，诏天下有一艺，旨毂下，李林甫命尚书省试，皆下之。公应诏而退。林甫不欲举贤，谓举人多卑贱，不识礼度。诗接着说韦左丞颇称扬他的诗，是以赠诗道知己之感。末云：

今欲东入海，即将西去秦。
尚怜终南山，回首清渭滨。

有屈子眷怀之意。结云：

白鸥没浩荡，万里谁能驯？

洒脱，有掉头不顾意。此诗钱牧斋《少陵先生年谱》系于天宝七载（748），其后未见其有离长安之迹。总之，在天宝十载献赋以前。

《兵车行》 乐府歌行体。写实。中间夹入近于对话的叙述。首云“车辚辚，马萧萧，行人弓箭各在腰。耶娘妻子走相送，尘埃不见咸阳桥。牵衣顿足拦道哭，哭声直上干云霄”。近于白话，极通俗。责备“武皇开边意未已”，厌恶此种战争，穷兵黩武。末云“君不见青海头，古来白骨无人收。新鬼烦冤旧鬼哭，天阴雨湿声啾啾”。说青海，指开元中历年击吐蕃之役。钱注云：“是时国忠方贵盛，未敢斥言之。杂举河陇之事，错乒其词，若不为南诏而发者，此作者之深意也。”因献赋方为玄宗所知之故。

《丽人行》 直笔讽刺，无所顾忌。“就中云幕椒房亲，赐名大国虢与秦。”“炙手可热势绝伦，慎莫近前丞相嗔！”斥杨氏姊妹，即刺明皇贵妃。

《自京赴奉先县咏怀五百字》 天宝十四载（755）冬，杜甫自京赴奉先县。奉先即同州蒲城县，开元四年，建睿宗桥陵，改为奉先县。去长安一百五十里，甫家所客居之地。甫夜发，严寒。（“客子中夜发。严霜衣带断，指直不得结。”）晨过骊山。明皇与贵妃，每一年之十月，往骊山。此时正在骊山，乃有中间一段想象之描写，说明羽林卫军之盛，君臣之欢娱。“赐浴皆长缨，与宴非短褐。”贵戚聚敛，不爱惜物力：“彤庭所分帛，本自寒女出。鞭挞其夫家，聚敛贡城阙。”“中堂有神仙，烟雾蒙玉质。暖客貂鼠裘，悲管逐清瑟。劝客驼蹄羹，霜橙压香桔。”仿佛亲见亲闻，色香味均备。下云“朱门酒肉臭，路有冻死骨。荣枯咫尺异，惆怅难再述”。强烈的对比。

此诗分三段，首段开头至“放歌破愁绝”，述志，自叙出身志愿怀抱；中段“岁暮百草零”至“惆怅难再述”，路经骊山感慨陈词讽谏；末段北渡到家。“入门闻号咷，幼子饥已卒。……所愧为人父，无食致夭折。”哀痛之至。结构完整，前后似用史笔。此等诗作法，与王维、李白全异。

此诗极关重要，正是禄山起兵叛国之时，禄山以冬十一月九日反于河北范阳，反的消息尚未达长安也，明皇正在骊山淫游。反书至，明皇犹不信。此诗言欢娱聚敛，乱在旦夕。时杜甫在旅途，亦未有所闻也。此诗作于天宝十四载十一月，时公年四十四。

诗云“杜陵有布衣”。布衣，尚未官。按钱牧斋《少陵先生年谱》：“天宝十四载，授河西尉，不拜。改右卫率府胄曹参军。十一月，往奉先县。”或为参军不久又弃去也。“窃比稷与契”，稷即弃，周之先祖，帝喾之子，谷神，后稷。契，商之先祖，亦帝喾之子。两人当尧之兄辈，不为帝而为宰辅。“居然成濩落”，濩落，同瓠落、廓落，空大而无所容，大而无当。庄子《逍遥游》“魏王贻我大瓠之种”。瓠落无所容，以其无用而掊之。“白首甘契阔。”契阔，《诗经·邶风·击鼓》“死生契阔”，《传》：契阔，勤苦也。又有一义，契阔谓久别。“潇洒送日月”，潇洒，洒脱也，散落。“蚩尤塞寒空”，注家或以蚩尤为旌旗、车毂、兵象、赤气者，均非是，蚩尤为雾也，蚩尤兴雾，故云。《汉书·成帝纪》：“赐舅王谭商立根逢时爵关内侯。夏四月黄云四塞，博问公卿大夫无有所讳。”此用其典以斥贵妃女祸。（俞平伯说）骊山之宫，即华清宫，天宝年间所改名。有温泉，白氏《长恨歌》“春寒赐浴华清池”者是也。在临潼县南，蓝田县北。

甫至奉先归家后，即得禄山反讯。十二月，封常清兵败，东京陷。高仙芝退保潼关，旋斩。天宝十五载（756）正月，禄山在东京称大燕皇帝在凝碧池头作乐。此时，王维在东京，李白在江南、江西。六月，哥舒翰兵败，禄山入关，明皇奔蜀。卫兵杀贵妃、国忠。七月，太子即位于灵武。

甫自奉先往白水，自白水往鄜州，住家，闻肃宗立，自鄜州奔行在（恐是彭原或凤翔），道路不通，陷贼中，留滞长安，时至德二载（757），公年四十六。

作《哀江头》《哀王孙》两诗，乐府歌行体。钱牧斋注云：此诗（《哀江头》）兴哀于马嵬之事，专为贵妃而作也。苏辙曾言，《哀江头》即杜甫之《长恨歌》。但毕竟与《长恨歌》不同，一则风流韵事，情致缠绵，近于闲情，隔代之咏；一则当时哀伤，“明眸皓齿今何在，血污游魂归不得。”深刺之。“江头宫殿锁千门，细柳新蒲为谁绿。”“黄昏胡骑尘满城，欲往城南望城北。”羁臣思君之词。

白居易以其诗分讽喻、闲适、感伤、杂律四类。如老杜之《自京赴奉先县咏怀五百字》，讽喻之类，《哀江头》，感伤之类也。

《哀江头》　禄山乱时，公陷贼中所作，时贵妃已死于马嵬驿，明皇已西幸蜀。“江头宫殿锁千门”，江头宫殿指兴庆宫，亦名南内，亦名南苑。《雍录》：“兴庆宫在都城东南角，又号南内，与东内、西内称为三省。”本玄宗藩时宅，即位后置为宫。内有勤政务本楼、花萼相辉楼、翰林院、南薰殿、沉香亭等。“白马嚼啮黄金勒”，《明皇杂录》：“上幸华清宫，贵妃姊妹各购名马，以黄金为衔勒。”又《新唐书·贵妃传》“妃每从游幸乘马，则力士授辔策。”马嵬驿在兴平县西，渭水北。《唐书·贵妃传》：“（贵妃）缢路祠下，裹尸以紫茵，……年三十八。”时天宝十五载（765）六月也。“欲往城南望城北”，“望城北”，一作“忘南北”。王安石集唐诗，两处皆作“望城北”。乐游原地势高，宜可登望，“黄昏胡骑尘满城”，望不分明矣。详录吴旦生《历代诗话》所说。陆游谓北人谓“向”为“望”。

《哀王孙》 “长安城头头白乌，夜飞延秋门上呼。又向人家啄大屋，屋底达官走避胡。”似变化乐府《乌夜啼》，以成新乐府歌行。王孙流于路隅，困苦乞为奴。窜于荆棘，身上无完肤。写乱极，亦是实况。

杜甫陷在长安，与苏端、薛复作《醉歌》，即《苏端薛复筵简薛华醉歌》。

苏端，杜甫常至彼处饮食，见《雨过苏端》诗，云“杖藜入春泥，无食起我早。诸家忆所历，一饭迹便扫。苏侯得数过，欢喜每倾倒。也复可怜人，呼儿具梨枣。浊醪必在眼，尽醉摅怀抱”。

薛复诗亦必可观，惜未传。

《醉歌》中“急觞为缓忧心捣”句，《诗经·小雅·小弁》“我心忧伤，惄焉如捣”，《传》：“惄，思也。捣，心疾也。”“如渑之酒常快意”，渑，音偪，音泯（去声）。《孟子·告子》疏："渑淄二水为食，易牙亦知二水之味，恒公不信，数试始验。"《左传》："有酒如渑，有肉如陵。"

至德二载（757）五月，逃到凤翔，见肃宗，授左拾遗，作《述怀》："去年潼关破，妻子隔绝久。今夏草木长，脱身得西走。麻鞋见天子，衣袖露两肘。朝廷愍生还，亲故伤老丑。涕泪授拾遗，流离主恩厚。"

同年八月，杜甫从凤翔回到鄜州，作《北征》。这首诗是他回家以后所写。鄜州在凤翔东北，因而题名为《北征》。"征"，旅行。此诗题下原有注云："归至凤翔，墨制放往鄜州，作。"杜甫到凤翔后，任左拾遗职，因为上疏替房琯说话，触忤肃宗，幸得宰相张镐替他辩解，方得无罪。不久，得旨意，他可以回鄜州去走一趟。

《北征》和《自京赴奉先县咏怀五百字》同为长篇五古。首节自叙，忠君眷恋；中间述路途所见秋景，至家妻子欢聚；末节述贼势已弱，不久可收京。回纥助战，亦可忧虑；结以颂扬中兴之业。

李黼平《读杜韩笔记》，谓杜甫《北征》中"不闻夏殷衰，中自诛褒妲"不误。《史记·周本纪》龙漦事伯阳明言昔自有夏之衰。骆宾王《讨武氏檄》亦云龙漦帝后识夏庭之遽衰。骆在杜前，诗盖本于是矣。

[附] 根据同学中报告、讨论的意见

（一）《北征》分段

1. “皇帝二载秋”至“忧虞何时毕”（有的意见到“臣甫愤所切”）：离朝廷告归。

2. “靡靡逾阡陌”至“残害为异物”（有的意见到“及归尽华发”）：道路经历。

3. “况我堕胡尘”至“生理焉得说”：回家情况。

4. “至尊尚蒙尘”至“树立甚宏达”：忧念国事。

（二）从《北征》看杜甫的思想

杜甫固然有为国为民的思想，但不是近代的民主思想，乃是在封建社会中的爱民思想。他是代表士大夫阶级，一边爱戴君王，决不攻击，只能说恐君有遗失；一边在诗歌里代为表达些人民的声音。《北征》以皇帝（肃宗）始，以太宗结，乃是忠于李姓一家的。以皇帝为中心，皇帝代表天下。这是杜甫做了拾遗以后的士大夫架子，同“杜陵有布衣”口气不同了，也许会“取笑同学翁”的。

后世所以推崇杜甫，原因也为了他这种忠君爱国的思想，可以为统治阶级所利用。

君主不必如何有威权，臣子自然要拥护，此之为天经地义。有反对宰相者，无反对君王者，君王是一偶像，神圣的。后世不应有这种思想，否则成为极权主义。

以前天子并无最后表决权。杜甫亦有议君王处，如“圣心颇虚伫”一段。

继《北征》，作《羌村三首》，极佳。

羌村，或在今鄜县、洛川县间。在陕西鄜县，秦文公作鄜畤，祀白帝。

第一首，记乱后归家，悲欢交集之状。日脚，日光下垂也。岑参诗“雨过风头黑，云开日脚黄”。（《送李司谏归京》）元稹诗“雪花布遍稻陇白，日脚插入秋波红”。（《酬郑从事四年九月宴望海亭次用旧韵》）

第二首，叙还家后事。述及娇儿，可与《北征》同看。“故绕池边树”，故，屡也。杜诗《月三首》“时时开暗室，故故满青天”。仇注：故故，屡屡也。

第三首，记邻里之情。可与陶渊明《饮酒》比较。渊明诗云“清晨闻叩门，倒裳往自开。问子为谁欤？田父有好怀。壶浆远见候，疑我与时乖”。（《饮酒》之九）“故人赏我趣，挈壶相与至。班荆坐松下，数斟已复醉。父老杂乱言，觞

酌失行次。”（《饮酒》之十四）

《北征》《羌村三首》是757年八月杜甫离开凤翔回到鄜州家中以后所作，而在回家途中，路过玉华宫，作《玉华宫》一诗。此诗格调高绝，宋人多拟作。诗云：

溪回松风长，苍鼠窜古瓦。
不知何王殿，遗构绝壁下。
阴房鬼火青，坏道哀湍泻。
万籁真笙竽，秋色正潇洒。
美人为黄土，况乃粉黛假？
当时侍金舆，故物独石马。
忧来藉草坐，浩歌泪盈把。
冉冉征途间，谁是长年者？

玉华宫是唐太宗贞观二十一年（647）所建，在宜君县西北，地极清幽，后靠山岩，旁引涧水，建筑朴素，正殿覆瓦，余皆葺茅。太宗曾经在那里住过，作为清凉避暑之所。到唐高宗时，651年，即废宫为佛寺，称玉华寺。杜甫在一百多年后见到它，已经荒废不堪了。

此诗查云：上去两声兼用。今按诗韵，下、泻两字，马祃均收，此诗可以说是纯用上声也。

《古唐诗合解》有注云："玉华宫前溪名醲醁，溪回远，松风不歇。"

此诗第一句写寺外之溪及溪边之松。第二句写寺之屋顶，从古瓦到引起遗构。有松，有溪，有古寺。有苍鼠，古瓦，又有绝壁之岩，地少人行，旅客独至，诗中有画，鬼火青是色，哀湍泻是声，万籁笙竽是声，秋色潇洒，又是色。真，正=verb to be。四句中惟有"泻"字是真动词，其余青、真、正皆用作动词。冯钟芸称此等字为联系词。（见其所作《杜诗中的联系词》）

美人粉黛句不可解。或云玉华宫旁有苻坚墓，故云。石马尤为陵墓物，惟粉黛假或指玉华寺中壁画，菩萨或侍女斑驳模糊亦未可知。石马或苻坚墓所留。当时寺墓均已荒凉，杜老亦不辨谁属耳。

末四句因吊古而自吊。冉冉，行貌。《离骚》"老冉冉其将至兮"，此处是双关的，一边实说冉冉征途，系他从凤翔省家回鄜州，途中经过坊州宜君县地；一边关联到老冉冉其将至，故云"谁是长年者"，犹言长生的人。如不用"冉冉"而用"仆仆征途间"，那么同"长年者"没有了联系。

李宾之曰：五七言古诗，子美多用侧韵，如《玉华宫》《哀江头》等篇，其音调起伏顿挫，独为矫健。

至德二载正月，安禄山为安庆绪所弑，春间，史思明为李光弼所破。九月，广平王统朔方安西回纥众收西京，十月，安庆绪奔河北，广平王收东京。（杜甫《北征》作于八月，尚有用不用回纥之议。）十月，肃宗自凤翔还京，杜甫扈从还京。十二月，明皇还京。（出外一年半）甫于收京后，作七古《洗兵马》。

乾元元年（758）九月，命郭子仪等九节度使兵围邺，讨伐安庆绪。乾元二年（759）正月，史思明称燕王，三月思明杀安庆绪，九节度使兵溃于相州（邺），以李光弼代郭子仪。九月，史思明陷东都。

杜甫于乾元元年仍任左拾遗，六月，出为华州司功参军。冬晚间至东都，乾元二年春自东都回华州。一路所见，作《三吏》《三别》。

《新安吏》 杜甫从洛阳到华州途中，经过新安县（在今河南省）见到征丁役的事，写作这首诗。“客行新安道，喧呼闻点兵。”新安县小，抽壮丁，服兵役，无丁选中男。杜甫同情他们的痛苦，但言“况乃王师顺，抚养甚分明。送行勿泣血，仆射如兄弟”以慰之，鼓励他们从军。

《潼关吏》 邺城败后，恐洛阳失守，士卒筑城潼关，乱后修补残创，以防万一。此诗言潼关之险要，哀哥舒之兵败。杜甫由华州往还洛阳所见。

《石壕吏》 石壕，陕州陕县的石壕镇，在今河南省陕县东。杜甫至宿民家，闻此抽丁之事。吏夜捕人，老翁踰墙走，老妪去应河阳之役。此诗伤九节度使兵之败，以致如此。却并非厌战，不愿民之服役，须如此看。

上面三首诗，是战乱时的插曲，叙事兼议论。《新婚别》《垂老别》《无家别》，泛泛说民间离别之事。有几种情形，最为动人，即生离死别之事。非乐府旧题，乃是新拟乐府之题。虽是泛泛说，不指定姓张姓李的事，可是指定一个时代，是现代，是唐代，不是指秦汉时代，同《饮马长城窟行》等又不同。

《新婚别》 写一个新婚的人在结婚第二天便被征去河阳守防。全篇为新妇别丈夫的话。开始以“兔丝附蓬麻，引蔓故不长”作比兴语（《三吏》通篇用赋），引出“嫁女与征夫，不如弃路旁”。中间有“勿为新婚念，努力事戎行”之语。

《垂老别》 写一个被征调去当兵的老人。全篇作为老人的自述。“老妻卧路啼，岁暮衣裳单。孰知是死别？且复伤其寒。”生离死别，相互关怜。“人生有离合，岂择衰盛端。”老年勉应兵役。

《无家别》 写一个刚从战场上回来又被征去的人。全篇作为本人的自述。家室荡然，还乡孤苦，仍不得息，又应兵役。无家，无屋舍亦无家室，母又死了，无家可别了。诗结尾句“人生无家别，何以为蒸黎”。蒸黎，民也。又作黎蒸，见司马相如《封禅文》“正阳显见，觉寤黎蒸”。

此数诗并非厌战思想（与《兵车行》不同），乃是实写民间之苦，见明皇、贵妃李杨等人之罪恶，变太平为干戈，亦以惜九节度使兵之溃退耳。

时关辅饥，乾元二年七月，杜甫弃官西去。度陇，客秦州。十月，往同谷县，寓同谷。十二月一日，自陇右入蜀至成都。作《秦州杂诗二十首》《发秦州纪行十二首》《寓居同谷县作歌七首》《发同谷县赴剑南纪行十二首》等。

《乾元中寓居同谷县作歌七首》 乾元二年（759）十一月，杜甫居住同谷县时作。同谷县，今甘肃成县。

其一，说作客、白头，天寒日暮在山谷里拾橡栗。“呜呼一歌兮歌已哀，悲风为我从天来。”

其二，“长镵长镵白木柄，我生托子以为命。”山中掘吃的东西，一无所得而归，男呻女吟。

其三，忆弟。“有弟有弟在远方，三人各瘦何人强。”

其四，忆妹。嫁在钟离，“良人早殁诸孤痴”。

其五，作者客居穷谷，忧魂魄不得归故乡。

其六，龙湫有蝮蛇，拔剑欲斩。

末首，总结。“男儿生不成名身已老，三年饥走荒山道。长安卿相多少年，富贵应须致身早。”

歌辞哀痛激烈，似《胡笳十八拍》，用“兮”字，楚歌。亦暗用《招魂》内容。

上元元年（760），杜甫至成都，卜居成都西浣花溪旁，经营草堂。有《卜居》诗云：“浣花溪水水西头，主人为卜林塘幽。”（或云剑南节度为公卜居，或云甫自己所经营。）有《江村》诗写闲居之情况：

清江一曲抱村流，长夏江村事事幽。
自去自来堂上燕，相亲相近水中鸥。
老妻画纸为棋局，稚子敲针作钓钩。
多病所须唯药物，微躯此外更何求？

又有《客至》诗云：

舍南舍北皆春水，但见群鸥日日来。
花径不曾缘客扫，蓬门今始为君开。

盘飧市远无兼味，樽酒家贫只旧醅。

肯与邻翁相对饮，隔篱呼取尽余杯。

761年，年五十，居草堂。时严武为成都尹。762年、763年，往来梓州、阆州、成都间，除京兆功曹，在东川。广德二年（764），严武再镇蜀，甫归成都，在武幕中，有《宿府》诗：

清秋幕府井梧寒，独宿江城蜡炬残。

永夜角声悲自语，中天月色好谁看？

风尘荏苒音书绝，关塞萧条行路难。

已忍伶俜十年事，强移栖息一枝安。

此首诗全体对仗，三四句法稍为特别，系五二句法。一句视觉，一句听觉。三四写景，五六叙事抒情，此是七律两联变换方法。但老杜以前所作，亦多两联均写景，或两联均叙事者。

悲自语，角声之悲咽如自言自语，亦伴人之孤吟梦呓耳。伶俜：辛苦孤单也。此两句移用到今日，我们复原后情景亦无不合。

严武与甫为世交，时武节度东西川，表甫为工部员外郎。武待甫甚厚，亲至其家，而甫见之，或时不巾。尝醉登武床，瞪视武曰："严挺之有此儿。"（故事：武衔恨，欲杀之，冠钩于簾者三，乃得免。《新唐书》载之。）

代宗永泰元年（765）四月，严武卒。甫辞幕府，归浣花溪草堂。五月离草堂南下，至戎州，至渝州。六月至忠州，旋至云安县。大历元年（766）春，自云安至夔州。秋，寓于夔之西阁。作《秋兴八首》，为杜氏七律中之最有名者。作《咏怀古迹》五首，作《阁夜》一首，皆七律。《夔府书怀四十韵》。其中《秋兴八首》之一中有"丛菊两开他日泪，孤舟一系故园心"句，每句分成两节，"丛菊两开"是作客之景，因此而想到"往日"，他日=往日，他字平声，以"泪"字作绾合。"孤舟一系"是今日之情景，因此想到"故园"（故乡），以"心"字作绾合。上句时间，下句空间。

这期间，甫有《返照》一首：

楚王宫北正黄昏，白帝城西过雨痕。
返照入江翻石壁，归云拥树失山村。
衰年病肺唯高枕，绝塞愁时早闭门。
不可久留豺虎乱，南方实有未招魂。

“南方实有未招魂”，自比屈原，忠臣羁旅，放逐未归，恐不克生还北方耳。此“招魂”用楚辞，上边楚王宫已点此。后面豺虎之不可久居，亦用招魂语，至此病肺，则病中招魂尤切。后世的诗多数为诗骚传统，如杜甫此首，几乎全用楚辞，以屈原自况。

大历三年（768），正月去夔出峡，三月至江陵，秋移居公安，冬晚至岳州。大历四年（769）正月自岳州至潭州，未几入衡州，夏畏热，复回潭州。有《岳麓山道林二寺行》及《望岳》。他曾到过泰山、华山，入湘去了南岳。其《望岳》诗云：“祝融五峰尊，峰峰次低昂。紫盖独不朝，争长业相望。恭闻魏夫人，群仙夹翱翔。有时五峰气，散风如飞霜。牵迫限修途，未暇杖崇冈。”因未尝登绝顶也。

大历五年（770）欲如郴州，依舅氏崔伟，因至耒阳（今湖南耒阳县，在衡阳南），卒于耒阳，年五十九。（故事：为暴雨所阻，旬日不得食，耒阳聂令迎甫而还，啗牛肉白酒，一夕而卒。《新唐书》采之，诬也。甫有“谢聂令诗”。一说卒于岳阳。）元和中，孙嗣业迁甫柩归葬于偃师西北首阳山之前。

杜诗的特征

杜甫诗空前绝后，为中国第一诗家。虽与李白齐名称李杜，而元微之已著论扬杜抑李，韩愈则并称之，谓“李杜文章在，光芒万丈长”。又与韩文并称，作杜诗韩笔。

杜甫诗可分数点论之：

1. 以时事入诗，有“史诗”之目

唐代政治得失，离乱情形，社会状况，皆可于杜诗中求之。杜氏不过为拾遗，且不为肃宗所喜，晚依严武，而流寓在蜀，而忠爱性成，常有感愤时事、痛哭流涕之作。故论者以李白为诗仙，而以杜甫为诗圣也。《新安吏》《潼关吏》《石壕吏》《新婚别》《垂老别》《无家别》称“三吏”“三别”，皆乾元二年相州兵溃时作，写乱世民间疾苦，此类诗乃不虚作，得“三百篇”之遗意。他若《兵车行》《丽人行》《洗兵马》《哀江头》。《兵车行》写明皇用兵吐蕃民苦行役而作，《前出塞》同。《丽人行》讽杨氏姊妹兄弟作，而《虢国夫人》一首则直称时人之名，此古诗所少有。《哀王孙》写禄山乱时贵族流离之苦，“可怜王孙泣路隅，问之不肯道姓名。但道困苦乞为奴，已经百日窜荆棘。身上无有完肌肤”。《哀江头》陷贼中在长安作，“明眸皓齿今何在，血污游魂归不得。清渭东流剑阁深，去住彼此无消息”。慨马嵬西狩事。《洗兵马》收复西京后作，其中“攀龙附凤势莫当，天下尽化为侯王”含讽刺意，盖当乱平以后，滥升官职也。大概“安史之乱”前后公诗皆为政治的、有关时事的。

2. 多自叙及述怀之诗

最长之篇为《北征》，自凤翔见肃宗后返鄜州省家作。《奉赠韦左丞丈二十二韵》天宝七载不得志将离长安作。《自京赴奉先县咏怀五百字》天宝十四载作。玄宗在华清宫，时禄山即反也。自叙志愿为“许身一何愚，窃比稷与契”。写途中云“岁暮百草零，疾风高岗裂。天衢阴峥嵘，客子中夜发。霜严衣带断，指直不能结”。写骊山宴乐云“中堂有神仙，烟雾蒙玉质。暖客貂鼠裘，悲管逐清瑟。劝客驼蹄羹，霜橙压香桔”。而接以评语云“朱门酒肉臭，路有冻死骨”！

3. 自铸伟词，创造句法，开诗之新格律

“语不惊人死不休”，“读书破万卷，下笔如有神”，较之李白一味拟古，自是不同。开后来诗人之门户，而当时人或不重之也。入蜀以后，格律尤细，至如《秋日夔府咏怀一百韵》《夔府书怀四十韵》等，排律之擅场，千古一人而已。

4. 融贯儒家思想以为根本

一生流离颠沛，自喻自解，颇有诙谐之处，以smooth（平复）种种惨苦之情，愈见其“但觉高歌有鬼神，不知饿死填沟壑”，浩歌弥激烈耳。伟大的诗人人格必高。他信仰孔孟思想，惟一生不得志。严武有一时也对他不满意，于是才有了他对严武无礼貌，喊出“严挺之有此儿”的故事。不过他是积极的，当他悲观到极点，用诙谐的方式表现出来，所以可爱。其幽默的诗风如陶渊明。对人生若理会若不理会，如《茅屋为秋风所破歌》。虽有诙谐笔墨，但其对于诗的看法非常认真而严肃，认为一生之表见惟在于诗耳。

5. 在技术上，他模拟所有一切前人之作

杜甫在《戏为六绝句》里说“不薄今人爱古人”，于《大雅》《小雅》、阮籍、左思、谢灵运、何逊、阴铿、庾信、初唐四杰、沈佺期、宋之问皆有所学，故能集诗之大成。

如杜诗“云白山青万余里，愁看直北是长安”，从沈佺期“两地江山万余里，何时重谒圣明君”来，杜诗“春水船如天上坐，老年花似雾中看”，从沈佺期“人疑天上坐，鱼似镜中悬”来。盖其祖杜审言与佺期等为友，杜律诗自沈开拓也。

有人问，唐代佛教甚盛，何以杜甫绝不受其影响。按：杜集亦有与上人来往者，如钱笺本卷三有《寄赞上人》《别赞上人》二首。卷四《赠蜀僧闾丘师兄》末句“惟有摩尼球，可照浊水源”，卷五《谒文公上方》云“愿闻第一义，回向心地初。金篦刮眼膜，价重百车渠。无生有汲引，兹理傥吹嘘”，等等。

李杜比较

李杜同时人，当时已齐名，韩愈以之并称。

李白拟古代乐府，杜的乐府是新定的、创造的。

李白为道家，为神仙家，杜甫纯粹儒者。杜甫关心时事，李白对于时事，不甚关心。如玄宗幸蜀，杜甫痛哭流涕，而李白乃作《上皇西巡南京歌》极轻清流丽之至，大有蜀间乐不必长安之意。

李白思想近于浪漫、颓废、出世，而杜甫则纯粹积极。

虽韩愈并推李杜，而同时的元微之著论已扬杜抑李，云杜甫为千古诗人之宗。李诗是天才的流露，杜诗是用苦工做出来的。

论影响后世，李亦远不及杜。唐代韩（愈）、白（居易）、李（商隐）、杜（牧），宋则苏（轼）、黄（庭坚）、陈（师道）、陆（游）皆学杜，金则元好问，明则袁海叟（凯）《白燕诗》学杜，李空同学杜，清人则钱（谦益）、吴（伟业）、顾亭林辈皆学杜。诗中之有杜派为诗之正宗也。学李者，则长吉、苏轼、杨诚斋略有之，屈翁山、黄仲则有才如李白之称，实则不逮远甚也。

唐人选唐诗甚少收入李杜之作，或者认为时人不重李杜诗，此说未必，或因当时李杜二集风行普遍，当时选家不愿多录耳。

李杜二人交情很好。《唐诗纪事》录"饭颗山头逢杜甫，头戴笠子日卓午。借问别来太瘦生，总为从前作诗苦"诗，谓李嘲杜作，此乃小说家所为。

（据文学史讲稿整理）

苏轼的思与诗

一、苏轼的超然与达观

苏轼与欧阳修、王安石、曾巩等同为古文家，与他们不同的，他不完全是受孔孟儒家思想影响，也接受了庄子的思想和佛学中的禅宗哲学思想。苏轼从小就喜欢《庄子》，他说："吾昔有见，口未能言，今见此书，得吾心矣。"足见他受庄子思想影响之深，他的思想与庄周有拍合之点。

《超然台记》是苏轼知密州任上所写。他从杭州通判到胶西密州任知州，离开了江南富庶之区、湖山胜地，到一清苦的小地方。此时密州"岁比不登，盗贼满野，狱讼充斥；而斋厨索然，日食杞菊"。水灾、旱灾，生活很苦，连太守也不能吃饱，但苏轼却不以苦，自得其乐，"处之期年，而貌加丰，发之白者，日以反黑"。一年之后，筑超然台，相与登览，并撰《超然台记》，发挥了他的超然主义思想，“凡物皆有可观。苟有可观，皆有可乐，非必怪奇伟丽者也。铺糟啜醨，皆可以醉，果蔬草木，皆可以饱。……吾安往而不乐”？“人之所欲无穷，而物之可以足吾欲者有尽。美恶之辨战乎中，而去取之择交乎前，则可乐者常少，而可悲者常多。”他认为人之所以不乐者，是因为有欲望而不能得到之故。减少欲望则减少痛苦；追求欲望则可乐常少，而可悲常多。“岂人之情也哉！物有以盖之矣。彼游于物之内，而不游于物之外；物非有大小也，自其内而观之，未有不高且大者也。彼其高大以临我，则我常眩乱反复，如隙中之观斗，又焉知胜负之所在？是以美恶横生，而忧乐出焉；可不大哀乎！”在他看来，“万物皆有可观。苟有可观，皆有可乐”。人有情感，但不能溺于物欲。去除物欲，就能常得物之可乐。苏轼登上台，曰：乐哉游乎！题台名曰“超然”。“以见余之无所往而不乐者，皆游于物之外也。”

苏轼所谓超然的态度，就是“游于物外”。这种人生哲学是接近于庄子《逍遥游》中的思想的。虽然属于主观唯心论的范畴，但在困苦的境遇中积极、乐观，不悲观、沮丧。“游于物外”的超然思想要求一种自由的意志。要求思想上的解放，这也就形成了苏轼文学创作中豪放、旷达的风格。

他的这种超然物外的思想也表现在他的认识论方面，如《题西林壁》诗说：“横看成岭侧成峰，远近高低各不同。不识庐山真面目，只缘身在此山中。”他认为要超然于物外，方才能认识物的本体。这种思想也是从庄子和禅宗哲学派生出来的，可是不完全是唯心论的，而是比较客观的、唯物的。

超然物外的人生观也体现在苏轼的艺术观和艺术评论上。他批评王维和吴道子的画说：“吴生虽妙绝，犹以画工论。摩诘得之于象外，有如仙翮谢笼樊。吾观二子皆神俊，又于维也敛衽无间言。”他说吴道子尚拘泥于形似，王维则能超脱。所谓“象外”，即形象之外。他认为最高的艺术是超乎象外的。如果把“象”解释成个别的事物，超乎象外就是体现艺术的典型。当时有驸马都尉王晋卿者，善于书画，常请苏轼题跋。苏轼在为他写的《宝绘堂记》中说：“君子可以寓意于物，而不可以留意于物。寓意于物，虽微物足以为乐，虽尤物不足以为病；留意于物，虽微物足以为病，虽尤物不足以为乐。”他认为王晋卿爱好书画是好的，每个人都可以有所爱好，但不要爱好太过。他对于一切爱好的东西抱艺术家欣赏的态度，而不抱功利主义的态度。苏轼认为人不妨有嗜好，但他反对沉溺其中。

苏轼超然游于物外的思想形成他在人生态度上和文学上的

达观主义。这在他的《赤壁赋》中有鲜明体现。当时苏轼在黄州团练副使任上，生活很清苦，但他极为达观。从上司那里要来一块地，自己经营，建雪堂，名其地曰“东坡”，自此遂自号“东坡居士”。此间，他多次游历黄州赤壁，写下了前后赤壁赋。在《赤壁赋》（即《前赤壁赋》）中，先借客之口抒发了功业不就、人生苦短的感慨，接着以苏子作答的形式，明确地说：“盖将自其变者而观之，则天地曾不能以一瞬”，宇宙万物是不断变化的；但是“自其不变者而观之，则物与我皆无尽也，而又何羡乎”！从无限宇宙的角度看，宇宙和人类都是无穷尽的，有什么可悲观的呢？苏轼就在这变与不变和物我不尽的形象描述中，寄托了他的达观的人生态度。所以，尽管一生颠沛流离，他总能在达观中求得解脱，且能自得其乐。苏轼主张超然、达观，但并不一味反对仕进。有感于灵璧张氏园亭有“开门而出仕”“闭门而归隐”之妙，写了《灵璧张氏园亭记》抒发自己的感慨：“古之君子，不必仕，不必不仕。必仕则忘其身，必不仕则忘其君。譬之饮食，适于饥饱而已。”他不赞成“违亲绝俗”的隐遁派，更反对“怀禄苟安”追逐功名富贵之人，认为两种人都是极端，都不达观，不近人情。应该以义为节，追求心之所安。

最后要说明的，苏轼的超然物外的达观主义思想，并不是脱离现实生活。他的《水调歌头》里说："明月几时有，把酒问青天。……我欲乘风归去，又恐琼楼玉宇，高处不胜寒。起舞弄清影，何似在人间。"他的达观主义在哲学上是唯心的，但对人生还是执着爱好的，因此他说："但愿人长久，千里共婵娟。"

二、苏轼诗的特点

历来评苏轼诗者，如沈德潜云："苏子瞻胸有洪炉，金银铅锡，皆归熔铸；其笔之超旷，等于天马脱羁，飞仙游戏，穷极变幻，而适如意中所欲出，韩文公后，又开辟一境界也。"（《说诗晬语》卷下）

赵翼云："大概才思横溢，触处生春，胸中书卷繁富，又足以供其左旋右抽，无不如志。其尤不可及者，天生健笔一支，爽如哀梨，快如并剪，有必达之隐，无难显之情，此所以继李、杜后为一大家也。"（《瓯北诗话》卷五）

根据两家的评论，我们可以看到苏诗有以下特点：

（1）题材的丰富。苏轼博学多能，他代表他的时代文学修养极高的文人。于经史子集、释道经典，无所不窥，加以到处宦游，生活经验丰富，所以他的诗也包罗万象，内容丰富。苏轼对于人生是爱好的，因此善于对平淡朴素的东西给予诗意的描写。山川名胜，草木鸟兽，都有题咏，为李杜以后的一大家。沈德潜所谓“金银铅锡，皆归熔铸”是也。题材和博物知识只是原料，“熔铸”是艺术的处理。他以诗人的观点、诗人的感受了解和表现世界与人生。

（2）能达。苏轼以为文学要“达”。他说：“孔子曰：‘言之不文，行而不远。’又曰：‘辞，达而已矣。’夫言止于达意，即疑若不文，是大不然。求物之妙，如系风捕影；能使是物了然于心者，盖千万人而不一遇也，而况能使了然于口与手者乎！是之谓辞达。辞至于能达，则文不可胜用矣。”（《答谢民师书》）苏轼诗歌纵横曲折，无不能达，且能达前人之所不能达。正如赵翼谓“天生健笔一支，爽如哀梨，快如并剪，有必达之隐，无难显之情”。就是说他的诗能够爽快达意，达他人所不能达者。苏轼自负他的文笔，说：“吾文如万斛泉源，不择地而出。在平地滔滔汩汩，虽一日千里无难，及其与山石曲折，随物赋形而不可知也。所可知者，常行于所当行，常止于不可不止，如是而已矣。其他吾亦不能知也。”（《文说》）又云：“某平生无快意事，惟做文章。意之所到则笔力曲折，无不尽意。自谓世间乐事，无逾此者。”（何薳《春渚纪闻》所引）东坡虽然在说他的文，也可以论到他的诗。他的诗也是笔力曲折，无不尽意，大概以散文的风格写诗。用散文的做法写诗，是宋诗的一个特点。这个特点远从韩愈开始，配合古文运动的发展延续下来。所以宋诗多议论、多说理。苏诗以说理、议论畅达见长。不过诗到底和散文不同，散文纯用论辩逻辑达意，而诗之达在“求物之妙，如系风捕影”。并不只是形似，而是要表达出其精神实质，所以他咏吟山水、人物，都能表现出神韵与动态。他以为最善者能体贴物情、畅达物情，如“竹外桃花三两枝，春江水暖鸭先知”，寥寥数字，生动有致，可谓善于体贴物情，是一种达。“三过门间老病死，一弹指顷去来今”，十四字达尽感慨之情，深入浅出。

（3）多妙悟。苏轼诗多妙悟，含哲理，有理趣。他以诗人的眼光、诗人的感受能力观察世界，了解人生生活，有许多妙悟。例如“横看成岭侧成峰，远近高低各不同。不识庐山真面目，只缘身在此山中”。（《题西林壁》）在山景的形象描绘中寄寓着耐人寻味的理趣，实精辟妙悟之言。“人生到处知何似，应似飞鸿踏雪泥；泥上偶然留指爪，鸿飞哪复计东西。”（《和子由渑池怀旧》）以鸿飞来比人生之际遇，这就并非诉诸感情，而是托于哲理了。苏轼主张自我解放，游于物外。他对于艺术包括诗的见解，不以求形似为满足，而要“得自然之数，不差毫末，出新意于法度之中，寄妙理于豪放之外”。他推崇吴道子，更赞扬“摩诘得之于象外”。得于象外，便能够自由解放。沈氏所谓“等于天马脱羁，飞仙游戏”，即是诗意不受题材拘束，能求得象外的真理，而妙悟也须如此。宋诗使人悟理，唐诗动人感情。我们读苏诗，获得许多智慧。“自言静中阅世俗，有如不饮观酒狂。”“吾虽不善书，晓书莫如我。苟能通其意，常谓不学可。”凡此均似得道者言，其所谓道，即象外、物外、超旷之道，亦即庄子之道。而此道与诗相通，与书画艺术亦相通也。

苏轼观物之妙，求物之妙，于日常现实生活的小事物中，发挥其人生哲学，于诗中往往发出其对事物的妙悟，也就是深微的理解。苏诗亦多议论，并不干枯，而是高超旷达的。他用艺术家的态度，爱好人生，摆脱功名富贵的追求，引导读者爱好自然与艺术。

（4）善比喻。苏诗长于比喻，且立意新奇，不落前人窠臼。前述《题西林壁》以观庐山整体设喻，寓发新意。《和子由渑池怀旧》以“雪泥鸿爪”喻人生境遇，已成千古绝唱。苏轼有许多写西湖诗作，如“欲把西湖比西子，淡妆浓抹总相宜”，十分通俗、亲切，千百年来成为吟西湖的定评之作，再如“春风如系马，未动意先骋。西湖忽破碎，鸟落鱼动镜”，“微风万顷靴纹细，断霞半空鱼尾赤”，“船上看山如走马，倏忽过去数百群”，“岭上晴云披絮帽，树头初日挂铜钲”。有静看，有动观，山如马，湖如镜，晴云如絮帽，初日如铜锣，喻意贴切，栩栩如生。再看《百步洪》诗中“长洪斗落生跳波，轻舟南下如投梭。水师绝叫凫雁起，乱石一线争磋磨。有如兔走鹰隼落，骏马下注千丈坡。断弦离柱箭脱手，飞电过隙珠翻荷”。这些诗句，其中一连串的生动比喻也令人赞叹不已。

（5）诙谐。有人说苏轼“嬉笑怒骂皆成文章”。苏轼的人生观是达观主义的，他襟怀旷达，写起诗来“触处生春”，妙语诙谐。石苍舒喜欢写字，筑醉墨堂，日夕学书，草书颇有成就，请苏轼做诗论书法，苏轼送他诗曰：“人生识字忧患始，姓名粗记可以休。”借项梁告诫项羽书不足学的故事幽默地开了头，诗结尾说“不须临池更苦学，完取绢素充衾裯”。又很风趣地说，不须像张芝那样在绢帛上苦练书法，可以用绢来做被褥。苏轼以花甲之年谪居海南之儋耳，生活很苦，人很消瘦，得知同遭贬谪的弟弟人也很瘦，于是作《闻子由瘦》一诗云：“海康别驾复何为？帽宽带落惊童仆。相看会作两臞仙，还乡定可骑黄鹄。”达观坦然，机趣横生。

（据讲稿综合整理并加标题）

辛弃疾的词

辛弃疾的诗和散文留下的不多，他主要是词人。他的词的创作极为丰富，有六百多首，是词人中创作最多的。他的词集叫《稼轩长短句》（四印斋所刻词本）或《稼轩词》（《宋六十名家词》）。

辛弃疾平生“以气节自娱，以功业自许”。（范开语）但他的理想并未实现。他的满腔爱国热情无法吐泄，于是悲歌慷慨的心情在词中得到了最为充分的表现。他的词就是他的抱负和纵横的才气在他当时最流行的文艺形式中的表现。

辛弃疾进一步发展了苏轼所开拓的词的境界，题材极广阔，有抒情，有说理，有怀古，有伤时。笔调是多方面的，无意不可入，无事不可言。悲愤、牢骚，嬉笑怒骂，皆可入词。

稼轩词豪放雄壮，充满爱国思想，有英雄气概，和放翁诗近似，而痛快淋漓，又过于苏轼。辛弃疾“舟次扬州”，回忆当年在此参加抗敌事业的轩昂气概：

落日塞尘起，胡骑猎清秋。汉家组练十万，列舰耸层楼。谁道投鞭飞渡，忆昔鸣髇血污，风雨佛狸愁。季子正年少，匹马黑貂裘。

——《水调歌头》

披貂裘，骑骏马，目睹打败完颜亮的南宋军队军容大盛，辛弃疾对中兴充满希望。而当他回忆年轻时骤马驰金营于数万敌军中生擒叛徒的情景，更是豪情满怀：

壮岁旌旗拥万夫，锦襜突骑渡江初。燕兵夜娖银胡觮，汉箭朝飞金仆姑。

——《鹧鸪天》

但是壮志难酬，所以辛词更多的则是表现磊落抑塞之气：

更能消、几番风雨，匆匆春又归去。惜春长怕花开早，何况落红无数。春且住，见说道、天涯芳草无归路。怨春不语，算只有殷勤、画檐蛛网，尽日惹飞絮。 长门事，准拟佳期又误。蛾眉曾有人妒。千金纵买相如赋，脉脉此情谁诉？君莫舞，君不见玉环飞燕皆尘土。闲愁最苦。休去倚危栏，斜阳正在，烟柳断肠处。

——《摸鱼儿》

国难当头，报国无门，不免发出“烟柳断肠”的哀怨。陈廷焯《白雨斋词话》评曰：“词意殊怨，然姿态飞动，极沉郁顿挫之致。起处‘更能消’三字是从千回万转后倒折出来，真是有力如虎。”梁启超评云：“回肠荡气，至于此极。前无古人，后无来者。”（《艺蘅馆词选》）据罗大经《鹤林玉露》说：宋孝宗看了这首词，虽然没有加罪于辛弃疾，但很不高兴。作为爱国志士，忧怀国事的哀愁，无处倾诉，只有借词宣泄出来。“江南游子，把吴钩看了，栏干拍遍，无人会，登临意。”（《水龙吟》）“郁孤台下清江水，中间多少行人泪！西北望长安，可怜无数山。 青山遮不住，毕竟东流去。江晚正愁予，山深闻鹧鸪。”（《菩萨蛮》）前词写英雄无用武之地，直抒胸臆；后词“惜水怨山”（周济《宋四家词选》），登台远望，北方山河，仍在敌手，只有借鹧鸪鸣声来抒发自己羁留后方、壮志未酬的抑塞苦闷心情了。

在辛弃疾笔下，壮志不酬的愤懑之情也能表现在别词里：

绿树听鹈鴂，更那堪、鹧鸪声住，杜鹃声切！啼到春归无寻处，苦恨芳菲都歇。算未抵人间离别：马上琵琶关塞黑，更长门、翠辇辞金阙。看燕燕，送归妾。　将军百战声名裂，向河梁、回头万里，故人长绝。易水萧萧西风冷，满座衣冠似雪，正壮士悲歌未彻。啼鸟还知如许恨，料不啼清泪长啼血。谁共我，醉明月？

——《贺新郎》

辛茂嘉是弃疾族弟，因事贬官桂林，辛弃疾写了这首在辛词中很著名的《贺新郎·送茂嘉十二弟》。他把兄弟别情放在家国兴亡的大背景下来写，借历代英雄美女去国辞乡的恨事，来抒发山河破碎、同胞生离死别的悲情。梁启超指出："算未抵人间离别"句"为全首筋节"。(《艺蘅馆词选》) 这是切中肯綮的评论。陈廷焯评曰："稼轩词自以《贺新郎》一篇为冠。沉郁苍凉，跳跃动荡，古今无此笔力。"(《白雨斋词话》) 王国维的《人间词话》说："稼轩《贺新郎·送茂嘉十二弟》，章法绝妙，且语语有境界，此能品而几于神者。然非有意为之，故后人不能学也。"

辛弃疾继承了苏轼的豪放一派。不过苏轼的豪放，在思想上是超旷的，类似陶渊明、李白；而辛弃疾的豪放，风格上是雄浑而壮伟，同时沉郁而悲愤。这是辛弃疾所处的时代和他的遭遇所决定的。他有些像词中的杜甫。

当然，稼轩词也有清新的一面。他的才能是多方面的。他不但善于写回肠荡气、慷慨激昂的壮词，还能写情致缠绵、浓丽绵密的婉词。著名的《祝英台近》就是这方面的代表：

> 宝钗分，桃叶渡，烟柳暗南浦。怕上层楼，十日九风雨。断肠片片飞红，都无人管，更谁劝、啼莺声住？鬓边觑，试把花卜归期，才簪又重数。罗帐灯昏，哽咽梦中语："是他春带愁来，春归何处，却不解、带将愁去。"

深闺女子的相思之情写得细腻传神，温婉清丽，与稼轩大部分词词风迥异。沈谦在他的《填词杂说》里说："稼轩词以激扬奋厉为工；至'宝钗分，桃叶渡'一曲，昵狎温柔，魂销意尽，词人伎俩，真不可测。"这其实正说明辛词风格是多样化的。更可喜的是，在十年退隐的日子里，辛弃疾和农民有了亲密的交往，了解了农民朴素的生活，情感和农民接近了，写了不少清新自然、富有情致的农家生活的词：

茅檐低小，溪上青青草。醉里吴音相媚好，白发谁家翁媪？　大儿锄豆溪东，中儿正织鸡笼，最喜小儿无赖，溪头卧剥莲蓬。

——《清平乐》

一幅农家生活画图。此外，像“东家娶妇，西家归女，灯火门前笑语。酿成千顷稻花香，夜夜费、一天风露”。(《鹊桥仙》)；“父老争言雨水匀，眉头不似去年颦。”(《浣溪沙》)反映了农村温厚的风俗，也分担了农民的欢愁。

辛弃疾善于从前人典籍中学习语言，融入自己词中。如《踏莎行》的：

衡门之下可栖迟，日之夕矣牛羊下。

是《诗经》的句子：“衡门之下，可以栖迟”；“日之夕矣，牛羊下括”。又如《水调歌头》：

余既滋兰之九畹，又树蕙之百亩，秋菊可餐英。

是《离骚》的句子。《水龙吟》：

人不堪忧，一瓢自乐，贤哉回也！料当年曾问：饭蔬饮水，何为是栖栖者？

是《论语》的句子。《哨遍·秋水观》全是《庄子》的话句。

苏东坡用诗的笔调来写抒情的词，辛弃疾则用的是散文笔调，加入说理部分，更把词扩大了。词就代表辛弃疾的谈吐。

辛词爱用典故，这是前人所极少的，所以有“掉书袋”之讥。用典故自然在旁人理解上增加一些困难，但它可以增加词的表现力。

对辛词的评价，从前不算高，苏辛词是被看作别派的，这是由于囿于词以婉约为宗的说法。其实辛弃疾的成就是很大的，他集词之大成，把词发展到最高峰。他的词是爱国主义的。

辛弃疾的遭遇局限了他，他的词对于生活的反映，不能写得更直接、更明显、更广泛、更丰富，而且用文言、用典故，不能很好结合口语，不能歌唱。

辛弃疾的朋友陈亮和刘过的词，风格上都和他相近。陈亮主要是哲学家和政论家，刘过有《龙洲词》，才气不及辛弃疾。

（据讲稿综合整理并加题目）

奠定剧坛基础的大作家关汉卿

一、关汉卿的生平和剧作

关汉卿是奠定元代剧坛基础的大作家，但他的生平材料却很少。

钟嗣成《录鬼簿》称："关汉卿，大都人，太医院尹，号已斋叟。"未著明年代。已斋，一作已斋。

与钟氏同时，比钟氏约后之杨维桢在其《元宫词》中有云："开国遗音乐府传，白翎飞上十三弦。大金优谏关卿在，伊尹扶汤进剧编。""大金优谏"，则为金末遗老。

陶宗仪《辍耕录》记关氏与王和卿同时，则为元中统（忽必烈年号）时人。

郑经《〈青楼集〉序》称，"我皇元初并海宇，而金之遗民若杜散人、白兰谷、关已斋辈，皆不屑仕进，乃嘲风弄月，留连光景”。亦以关氏为由金入元之人物，时代较早。

明蒋仲舒《尧山堂外纪》卷六十八则云：“（关汉卿）金末为太医院尹，金亡不仕。”未知所据。

按《太和正音谱》以关氏“初为杂剧之始，故卓以前列”。非在关氏前无杂剧，宋金杂剧渊源极古，乃关氏为元杂剧作家之首，即为元杂剧第一个作家。关汉卿当与白仁甫（白朴，号兰谷）约同时或较前，白朴生于1226年（据元王博文《〈天籁集〉序》，仁甫生七岁而遭壬辰之难）。金亡时年九岁。

关汉卿之生年约为1220年左右，金亡时年不过十余岁。其为太医院尹，身份在元代。《尧山堂外纪》所谓金亡不仕，未可信也。《太平乐府》有关汉卿〔南吕一枝花〕散套，咏杭州景，有“普天下锦绣乡，寰海内风流地，大元朝新附国，亡宋家旧华夷。水秀山奇，一到处堪游戏”云云，非遗老口吻。汉卿至元朝一统宋亡时，年当在六十左右，南人与汉人在模糊观念下，目之为遗老云。

今定关氏之生卒年为1220？—1300？为稳妥。

《尧山堂外纪》称关氏著有《鬼董》。又称《西厢记》是实甫撰，至“草桥惊梦”止，此后乃关汉卿足成者。王国维谓“《鬼董》五卷末有元泰定丙寅临安钱孚跋云‘关解元之所传’，后人皆以解元为即汉卿。《尧山堂外纪》遂误以此书为汉卿所作”。王氏谓“所传”非“所作”，亦殊牵强。关氏得解当在金末，至元惟太宗九年，其后废而不举者七十八年，按王氏必以解元为真解元，其说非也。

或谓关氏有《大德歌》散曲（见《阳春白雪》）十支，其末首云“吹一个，弹一个，唱新行大德歌，快活休张罗”。“大德”为元成宗年号（1297—1307），元贞、大德为元代稳定太平之年时，关氏此曲作于大德时，则关氏大德时尚存，遂谓关氏之卒最早当在1307年左右，因此定关氏之生卒年为1224？—1307？，亦为一种推测的说法。（《祖国十二诗人》之冯钟芸文《关汉卿》）而孙楷第则又据明钞说集本《青楼集·朱帘秀传》有“胡紫山宣慰尝以〔沉醉东风〕曲赠，冯海粟亦赠以〔鹧鸪天〕，关已斋亦有〔南吕〕数套梓于《阳春白雪》”云云（今通行本《阳春白雪》无之，当存于别本），遂以关氏与胡祗遹、冯子振时代相接，约略同时，不能太早。亦与卢疏斋（挚）同时。结论谓关氏生当在蒙古乃马真后称制元年与海迷失后称制三年之间（1241—1250），其卒当在延祐七年之后，泰定元年以前（1320—1324）（见《文学遗产》第二期，1954年3月）。

王季思考证，关氏生1227年以后，卒1297年以后。谓关汉卿《诈妮子》杂剧第二折〔五煞〕曲“你又不是残花酝酿蜂儿蜜，细雨调和燕子泥”二句见胡紫山《阳春曲》。紫山生于1227年，关氏引用他的曲词，当在胡氏成名之后，因此，他应生在1227年后。又关氏有《大德歌》十首，大德是元成宗1297年所改年号。元贞、大德为元代戏曲最盛的时期，关氏末首说“唱新行大德歌”，可见《大德歌》的得名与《庆元贞》同样。据此，关应卒于1297年以后。（《关汉卿和他的杂剧》，见《人民文学》1954年4月号）

关于关汉卿的籍贯，除《录鬼簿》注大都人外，还有：

祁州人。《祁州志》乾隆二十年新修本卷八，有关汉卿故里条：关氏，祁之任仁村人，作《西厢记》脱稿未定而死。今任仁村有高庵一所，传为汉卿故宅。

解州人。《元史类编》卷三十六，文翰卷：关汉卿，解州人，工乐府，著北曲六十种。

祁州，今河北安国，旧称蒲阴县，宋属祁州，元中书省所属，即可称大都，解州则今山西解县。大概关氏久居大都，而晚年亦到过杭州。

冯沅君认为关汉卿可能有两个：一个解州人，金末入元，为遗老，如元遗山、杜善夫辈，于曲曾染指；一个是大都人，元时人，为人风流浮浪，能演剧，当生于1240年左右。

关氏少年喜游历，至晚年仍风流自赏，与王和卿、杨显之辈为友，有散套《南吕一枝花·不伏老》云：“半生来折柳攀花，一世里眠花卧柳。”（《雍熙乐府》卷十）除作剧外，尚能扮演。臧晋叔《〈元曲选〉序》云：“关汉卿辈……至躬践排场，面傅粉墨，以为我家生活偶倡优而不辞。”（票友身份）又贾仲明续《录鬼簿》吊词云：“风月情忒惯熟，姓名香四大神州。驱梨园领袖，总编修帅首，捻杂剧班头。”

今诸种考证，尚不能得明确的结论。

我们定关汉卿为1220？—1300？为妥。生于陆游卒后约十年，金亡时仅十余岁（十四岁？）宋亡，元统一，年已六十年，故为元开国遗老也。

钟氏《录鬼簿》首录关汉卿，著录关剧五十八种。贾仲明续《录鬼簿》多五种少一种，为六十二本，两书合共六十三本。《太和正音谱》六十种，少《相如题柱》《玉堂春》二本而多《钱大尹鬼报》一种。故三书合，关氏剧本共约六十四本，现存有十七八种：

《窦娥冤》《救风尘》《切鲙旦》（《望江亭》）《鲁斋郎》《玉镜台》《谢天香》《胡蝶梦》《金线池》

——以上《元曲选》本

《诈妮子调风月》《单刀会》《拜月亭》《双赴梦》（《西蜀梦》）

——以上元刊本《杂剧三十种》本

《绯衣梦》

——顾曲斋《古杂剧》本

《裴度还带》（？）《陈母教子》《五侯宴》《哭存孝》

——以上孤本《元明杂剧》复排本

《西厢记》第五本（？）

其中《鲁斋郎》一剧见《元曲选》，《录鬼簿》不著录，徐调孚疑此种非关作。另《西厢记》第五本无定论。《裴度还带》《五侯宴》二剧徐调孚亦疑之。另有《尉迟恭单鞭夺槊》一本，徐录入而亦致疑词。

关汉卿还有散曲作品。

关氏既为元剧第一个作家，而所作亦最多。由于关氏的伟大创作精神，开创元人杂剧的全盛时期，关氏奠定了剧坛基础。

二、关汉卿的代表作《窦娥冤》

现存的关汉卿剧本十八种中，《窦娥冤》是他的代表作品。王国维《宋元戏曲史》谓：“其最有悲剧之性质者，则如关汉卿之《窦娥冤》、纪君祥之《赵氏孤儿》。剧中虽有恶人交构其间，而其蹈汤赴火者，仍出于其主人翁之意志，即列之于世界大悲剧中，亦无愧色也。”《窦娥冤》描写一个善良无辜的妇女，受迫害不屈而死，具备悲剧的本质。

《窦娥冤》的题材，无他书可证。此故事不见于笔记、话本，但来历很悠久。此剧当是取民间流传的故事，而关氏加以处理经营者。

窦娥故事的来源最为古远：

（1）《汉书·于定国传》中东海孝妇的故事。因为冤杀了一个孝妇，东海郡枯旱三年。

（2）干宝《搜神记》记东海孝妇周青被冤杀，临刑车载十丈竹竿，上悬五幡，对众誓愿：青若有罪，血当顺下，青若无罪，血当逆流。

（3）《淮南子》：“邹衍事燕惠王尽忠，左右谮之王，王系之狱；仰天哭，夏五月，天为之下霜。”（《太平御览》卷十四转引）又，张说《狱箴》：“匹夫结愤，六月飞霜。”

凡此，皆冤狱感动天地的故事。由于一个冤狱，天降灾变，使六月飞霜，使血飞上旗，使大旱三年，都出于民间传说。想来，关汉卿并非捏合此数事以创造此剧本的故事，乃是东海孝妇等的故事在民间流传着，渐渐取得窦娥故事的形式，而关汉卿取之以为剧本的题材，而加以剪裁，写成此剧，并非他凭空架构的。

《窦娥冤》的故事有深厚、悠久的民间文学基础。元人杂剧故事都有深厚的民间文学基础。

由周青而变为窦娥，神话式的故事到关汉卿的创作里成为现实主义的作品。《窦娥冤》以一个微小的人物被冤死而感天动地，具有深厚的人民性。

《窦娥冤》未说明它的时代，说窦天章上京赴考“远践洛阳尘”，设想时代在东汉。楚州山阳郡是宋代地名（今江苏淮安县），时代不明。所写的社会情况是宋元社会。《窦娥冤》具体地描写了小市民的生活现实，真实地暴露了当时社会的黑暗。《窦娥冤》所反映的社会现实是宋元时代的社会，不是汉朝、魏晋时代。尽管窦天章赴考是去洛阳，而不去汴都或大都。像窦娥、蔡婆婆、赛卢医、桃杌太守、窦天章、张驴儿等这几个人物是宋元时代的人物。

蔡婆婆所放的高利贷，一年对本对利的。这是元代所通行的“斡脱钱”，又称“羊羔儿息”。高利贷的剥削使得贫者益贫，富者益富，是促使阶级尖锐对立的一个原因。这是迫害平民最厉害的东西。其次，加重人民灾难的是到处横行的贪官污吏。据《元史》载：“成宗大德时，七道奉使宣抚使罢赃官污吏万八千七十三人。顺宗时，苏天爵抚京畿，纠贪吏九百四十九人。”（见钱穆《国史大纲》下）又据史载，元大德七年，就有冤狱五千七百件之多。（《文学遗产》增刊一辑，李束丝《关汉卿底〈窦娥冤〉》）。元时差不多无官不贪，包括蒙古人、色目人、汉人、南人的官吏，贪污成为风气。大德在元代还称作是开明兴盛的时期，尚且如此，其他可知。剧本中虽然没有正面攻击高利贷，通过这样一个悲剧性的故事，自然可以看出高利贷剥削是一个罪恶因素。窦天章为了向蔡婆婆借债不能偿还，因此把女儿割舍了，送入死地；蔡婆婆向赛卢医讨债，几乎被勒死；财富和女色引起了不良之徒的觊觎，而最终断送了窦娥的性命。张驴儿父亲被错误地毒死，张驴儿以后被凌迟处死。这几个人的丧失生命直接、间接都和高利贷制度有关。至于贪官污吏，在元代更为普遍。在本案里，虽然没有写到桃杌受张驴儿贿赂，可是作者刻画桃杌太守云：“我做官人胜别人，告状来的要金银……但来告状的，就是我的衣食父母。”寥寥几句话就知道，他不但是个糊涂官，而且是个贪官。糊涂—贪污—残酷，三位一体。在那个时代，贪官污吏普遍存在，冤狱不知道有多少，所以窦娥和桃杌等都有其典型的意义。屈打成招是常事，窦娥被打得“肉都飞，血淋漓，腹中冤枉有谁知！……天那，怎么的覆盆不照太阳晖”！呼天抢地，见不到光明，眼面前只有一片黑暗。窦娥愤怒呼喊道：“这都是官吏们无心正法，使百姓有口难言。”“这的是衙门从古向南开，就中无个不冤哉！”这些都是强烈的正面攻击贪官污吏的话。

通过窦娥这样一个善良可爱的女性所受到的种种不幸的遭遇，使我们认识到那个社会的本质。毫无疑问，反抗的矛头是指向统治阶级的。这是《窦娥冤》的现实主义和它的人民性所在，而且它的现实性和人民性比《西厢记》更高。因此，《窦娥冤》这个剧本一向为中国人民所喜爱，直到现在京戏里还有《六月雪》这一个剧本。窦娥成为在封建社会里被压迫而有强烈反抗性的女性的一个典型人物。毫无疑问，《窦娥冤》是为人民服务的一个剧本，不是为统治阶级服务的剧本。剧的末尾，窦娥唱道：“从今后把金牌势剑从头摆，将滥官污吏都杀坏，与天子分忧，万民除害。”又窦天章白：“今日个将文卷重行改正，方显得王家法不使民冤。”这里似乎又有肯定统治阶级的话，我们不能如此看。这个剧本申诉出被压迫的人民的愿望，用坚强无比的斗争精神，促使统治者的反省。在封建社会里有没有清官呢？当然是可能有的，但是少数。剧本借窦娥之口说过“衙门从古向南开，就中无个不冤哉”！冤狱倒是普遍的，窦娥血债得以申雪，靠冤死者鬼魂的控诉，足见人间许多冤案是不能得到昭雪的。所以窦娥得以申冤，借助于天地的力量。由于她的控诉，感动了天神，显出威灵：楚州大旱三年，冥冥之中，正义得申。固然人民受灾害，也影响了统治者的剥削，于是方始有廉访使的查案（东海孝妇的故事便是如此）。冤狱得申，这是偶然的。所以，《窦娥冤》剧本无一歌颂统治阶级的话，非常显然，作者的立场，自在人民这一边。

按照统治阶级的立场，像窦娥那样一个微小的市民算不得什么，冤枉杀死一个小民，有什么关系？古书上说：“邹衍下狱，五月飞霜。”邹衍是一位谋臣，有了不起学问的人。《前汉书平话》说吕后杀了韩信，“其时，天昏地暗，日月无光”。这些都是冤枉所感召的。而窦娥哪能比邹衍、韩信？窦娥这样一个童养媳、寡妇、小市民的身份，竟能够感天动地。这种民间故事以及发挥民间故事的关汉卿的剧本都体现了人类平等、人民要求有人权保障的民主思想（人命关天关地，不管是大人物或是小百姓）。

《窦娥冤》属于公案剧、社会剧，以冤狱为主题。它控诉冤枉，希望能使人心一天道一王法三者合一没有矛盾，主要以合乎人心为衡量的尺度，统一矛盾，求致封建社会的太平天下。用新观点、用阶级分析来看，这个剧本的主题应该是小市民对官僚统治的斗争。围绕这个主题，错综复杂地描写了其他各方面的真实社会风貌，有丰富的现实内容，主要是揭露那个时代的黑暗面，人民的生活普遍的都很苦。

剧中人物除窦娥外，其他都说不上是正面人物。赛卢医、张驴儿是反面人物。张驴儿更为无赖。桃杌太守是反面人物，糊涂官。蔡婆婆是高利贷者，但在此剧中并非纯为反面人物，其人似乎还善良，待窦娥不错，婆媳的感情，同于母女。可是她很软弱，不能反抗张驴儿父子，甚至不止一次地劝窦娥顺从张驴儿，乃是没见识的庸碌之辈，是一城市居民的形象。窦娥对她也有不少讽刺。对于窦天章，关汉卿并没把他作为反面人物写，而是作为正面人物的。这是因为关汉卿是读书人，也属于士这个阶层。知识分子求找出路，为统治阶级服务，结果是自己的女儿受屈而死，这是极惨的，所以寄予同情，可是，也并没有歌颂他。窦天章这个人物，与包公有别，包公是一个清官，体现人民的愿望，窦天章不然，他是个悲剧人物。他热衷于功名富贵，用女儿抵债，等于卖掉，把自己唯一的骨肉抛弃了。第四折中窦娥的冤屈得以昭雪，是由于窦娥的主动，窦天章完全被动，几度把案卷忽略过去，而鬼魂又把此卷弄上来。此景凄惨阴森。他读古书、讲礼教，非常迂腐，自己把女儿送死了，还在用三从四德一套大道理教训女儿的鬼魂。关汉卿在剧里让他大讲其三从四德，怕也有讽刺意味。

窦娥是正面人物，她是代表贞孝兼备的封建道德的完美人物，也是封建制度、封建道德下的被压迫者、牺牲者。她是最受压迫的。在封建时代，女性受压迫是普遍的，而她呢，又是幼年丧母，离父，为童养媳；早婚，为寡妇。凡女性的种种不幸集于一身，后来又受强梁的蓄意欺侮与太守的酷刑。但是她的性格，从关汉卿剧中所塑造的，是聪明、勤劳、稳重、仁慈、勇敢、坚贞不屈，有女性的种种美德。她聪明，有见识。如识透张驴儿父子之为人，劝婆婆不应该留着他们，识透毒药出于张驴儿之手。到官对答清楚，分析事理明白。她富于感情，如对于父亲、对婆婆、对已亡的丈夫的感情，都充分表现出来。她坚贞不屈，不肯顺从张驴儿，遭毒打也不肯招。她有反抗性，如责问天道，立下誓愿，变鬼要求昭雪，报复仇人。有这样美德的窦娥而有那样的遭遇，所以怪不得要埋怨天地，认为天地也糊涂了盗跖颜渊，欺软怕硬，顺水推舟的了！天地是不是如此呢？一般说来，是如此的，所以古今不平的事真多。而《窦娥冤》这个悲剧有普遍的人民性，这也是一个原因。

有人认为关汉卿在这个剧本里宣扬贞孝观念，不能算是进步的。在市民文艺里，进步的思想表现在好几个方面。反恶霸、反贪官污吏是一种人民立场；反礼教，表现自由婚姻的又是一种进步思想。《窦娥冤》不是爱情戏剧，不以婚姻为主题，并不妨碍它是一个优秀剧本。窦娥被塑造为贞孝性格，乃是一个典型性格，她是封建时代的完人（标准的优良品性，具备真实封建道德者），因而她的被迫害，更能够获得观众、听众的同情心，达到戏剧的效果。这本戏是严肃的，是悲剧型的。关汉卿有《救风尘》《切鲙旦》这样的喜剧，并不以贞为女性道德。《救风尘》中宋引章，既嫁周舍后，又改嫁安秀实。《切鲙旦》中女主角谭记儿是极聪明伶俐的，她原是寡妇，改嫁文人白士中。关汉卿剧中的女性人物，各有不同，不过在《窦娥冤》剧本中要求一个贞孝性格女性而已，并不宣扬贞节思想。既有，在剧本中也是次要部分。

窦娥对丈夫有感情是自然的，对张驴儿憎厌也是自然的。

窦娥对蔡婆婆是好的，但说不上怎样孝顺，不失礼教而已。此与她出身有关，她是读书人的女儿。她不忍蔡婆婆挨打而屈招了，乃是对老年人的一片怜悯仁慈之心，所谓恻隐之心，人皆有之。这是一种伟大的自我牺牲精神和人道主义精神所驱使，并不是服从封建礼教中孝道的教条。她想虽一时招了，免去严刑拷打，未必即成定狱。此意在第四折中窦娥鬼魂补说于父亲前，谁知官吏们糊涂无心正法呢？

桃杌既没有受贿，为什么要毒打逼供呢？不认真、糊涂是一个原因。因为人命案件，必须要破案的，有人抵命的。所以，马马虎虎能定罪就好，出于屈打成招的一途，其事如《错斩崔宁》一样。法律重人命案，但不求细心勘案，则草菅人命。

血溅、飞雪、三年之旱，并非追求浪漫。在中世纪人们的思想意识中有天神、鬼的存在。鬼报仇，同《碾玉观音》，而更为凄惨。此因市民力量还薄弱，未形成资产阶级，封建约束力大，所以市民与封建统治阶级的斗争一般的是悲剧性的，只能在天道和鬼神的帮助之下，得到胜利。反封建势力包含有封建思想，如天道、鬼神、命运、善恶报应思想等，这是当时的实际。鬼魂出现一场是浪漫主义手法，体现人民的愿望，整个剧本仍是悲剧，这种誓愿报应的思想，和希腊悲剧的有些主题是相仿的。

由于窦娥的强烈反抗，责问天道，使天应验其三个誓愿，这是神话式的处理，以及第四折鬼魂出现平反案卷的场面，都带有浪漫主义（理想主义）色彩，也是现实主义精神的继续。第三、四折悲剧气氛非常浓厚，演出效果是很好的。亚里士多德对于希腊人喜欢看悲剧的解释，认为有 Purification（净化）的效能，这里也可以应用。

到底“天从人愿”，天不主动，天的作为，是人心、人的意志感召的结果，人是主动的。因而，这个剧本还是积极的，并非迷信的、消极的。

结末表示愿金牌势剑把天下滥官污吏都杀尽，为天子分忧，为万民除害，是正旨，是儒家思想。此剧把天心、人意、王法统一起来，并未根本推翻封建制度，只是要去除封建社会中最为人民痛恶的一些痼疾。其进步意义在此，其局限性亦在此。

本剧结构严密，故事情节并无勉强巧合之处，逻辑因果，都合乎当时的社会现实。曲词是通俗的，没有华丽铺张的毛病。词曲到此，已经做到十分接近大众口语，其中最精彩的是第三折。

《窦娥冤》有不朽的生命，一直活到今日的剧坛。惟从《窦娥冤》到《六月雪》，故事有改动，悲剧气氛冲淡了，不如关氏原作之佳。《窦娥冤》一剧到明代传奇中改为《金锁记》，今不存全本。情节不完全知道。据程砚秋最近所排《六月雪》戏，大概即据明代传奇古本的。情节与关剧不同，张驴儿为蔡家女佣工之子，张随窦娥之夫上京赴考，途中陷之，推入河中，蔡郎并未死，而张归即以不幸闻。此后又计谋蔡婆婆，欲毒死她；蔡婆不吃此汤，递与张母吃了，张母死去。张驴儿欲霸占窦娥，窦娥不从，遂鸣官，屈打成招，判死罪。因对天鸣冤设誓，六月飞雪，遂被放回，未斩。其后，海瑞来重审，把事弄明，张驴儿判死刑。窦娥之夫中举回来，团圆结局。此类改本，实无可取。把强烈的斗争性，全给冲淡了。

三、关汉卿的其他作品

关汉卿的作品，佳作甚多。但仍当以《窦娥冤》为代表作，非盲从王国维氏。

《蝴蝶梦》叙包拯勘一奇案。有一权豪名葛彪，打死人不偿命（反映元代社会之不平等，参考朱东润《衙内考》），撞死王叟，其子王大、王二、王三共同报仇，将葛彪打死，三人争欲偿命。其母特欲王三偿命。先是包公得一梦，梦见蜘蛛网中飞进一个蝴蝶，见一大蝴蝶来救将出去，又有蝴蝶飞来，打入网中，大蝴蝶又救将出去。又有小蝴蝶飞进，大蝴蝶三番两次只在花丛上飞，不救那小蝴蝶。包公梦中为救出之。醒后升堂，适遇此案。再细推询，方知王大、王二非其所生，王三乃是亲生之子。包公感其贤德，特将王三赦免，并知三人皆知书识礼，皆与荐举，封其母为贤德夫人。此剧有关伦理，中间颇有感人之处。如第三折探监一节，王大、王二、王三皆在牢中，其母将别，问有何话说，王大云：母亲，家中有一本《论语》，卖了替父亲买些纸烧。王二云：母亲，我有一本《孟子》，卖了替父亲做些经忏。王三哭云：我也没的分付你，你把你的头来我抱一抱。写出至情，使人泪下。剧本表彰了一个贤德的母亲与三个十分友爱有义气的兄弟。

《救风尘》一剧写歌伎宋引章从良，误嫁周舍，嫁后受其虐待，奄奄待毙。其友赵盼儿救之，伪与周善，使其与宋休离。骗出休书后，扬长而去。全剧均用俗语，精妙绝伦，实可推为第一佳作。写赵盼儿侠义之概，诚足为勾栏吐气也。非深入下层社会、人生经验丰富的不能如此。

《鲁斋郎》是一个锄恶霸的佳剧。写鲁斋郎有权有势，任意抢掠，任意霸占平民的妇女。写银匠李四夫妇与孔目张珪夫妇的受迫害，直到包公智斩鲁斋郎，方得夫妻团圆，报了仇恨。但李、张等并未怎样与鲁斋郎直接斗争，反抗性显得不强烈。包公斩鲁斋郎也是虚写，效果不如《窦娥冤》。

《谢天香》剧为柳耆卿故事。《玉镜台》剧为温峤故事，皆不详所本。均才子佳人戏，感情不厚，非关氏出色之作。《玉镜台》剧颇多艳词，为关剧他作所少见。

《单刀会》《双赴梦》皆三国故事。《单刀会》之第三、四两折即今昆剧中《训子》《刀会》也，文字保存关氏原作不少。

《拜月亭》蒋世隆、王瑞兰事或云即金末元初兵乱之际之故事，是则关氏同时代之新闻也（不知或是南宋事否）。南戏《拜月亭记》本此。（参《国色天香》小说）

《绯衣梦》中的女主角亦好，全剧乃重在情节，非个性突出的作品，形象不鲜明。

《救风尘》《望江亭》情节结构都佳。赵盼儿、谭记儿亦女性中爽朗、乐观、侠义、智慧的人物，极可推崇。除她们以外，《蝴蝶梦》中之母亲、燕燕（《调风月》之主角，丫头身份），都为关氏所雕塑极成功之女性。各人性格不同，赵之侠义，谭之聪明、机智、勇敢，王母之贤惠，燕燕之聪慧多情，各为典型。

鲁斋郎、葛彪、杨衙内是恶霸、地主、官僚的形象。银匠李四夫妇、孔目张珪夫妇、王老头儿、宋引章等是被压迫者。

四、关汉卿剧作的特点

（1）描写的社会生活面广，真实地反映了社会现实。关氏多写社会问题剧，他距离剧艺人自己创作剧本的时代近，不是一位高高在上、脱离生活的文人。

（2）关氏剧作存于今者，女主角多于男主角，以社会下层女子为多，各有各的个性。当时演杂剧者多系歌伎，关氏为契合她们的身份，宣泄她们的情感而找求题材。他的风格是大方的，绝不是小巧玲珑的。如坚贞不屈的窦娥，侠义心肠的赵盼儿，贤惠、自我牺牲的王母，聪明机智的谭记儿，聪明多情的燕燕等，都具有女英雄的气派。

（3）朴素、雄伟的辞章，使用当时的口语十分成熟，不尚藻绘，曲多如说白，抒情而有力。《太和正音谱》评马致远"如朝阳鸣凤"，列为第一；评王实甫的词"如花间美人"，乃就其妍丽而言。而关汉卿之词则评之为"如琼筵醉客"，未见得当，又谓"观其词语乃可上可下之才"，此则未能理解关氏辞章的优点，因风格朴素白描，不为尚辞章华丽者所欣赏。

关汉卿辞章大方，不雕琢，无纤巧习气。人物吐露真实的感情，坦白直率，不须修饰词藻。如《窦娥冤》通本如此。《救风尘》《蝴蝶梦》亦均如此。《救风尘》写风月中人物，非风花雪月作品。《救风尘》第一折，赵盼儿唱："〔胜葫芦〕你道这子弟情肠甜似蜜，但娶到他家里，多无半载周年相弃掷，早努牙突嘴，拳椎脚踢，打的你哭啼啼。〔幺篇〕恁时节船到江心补漏迟，烦恼怨他谁？事要前思免后悔，我也劝你不得。有朝一日，准备着搭救你块望夫石。"

《拜月亭》亦佳。

《单刀会》是另一方面的代表作。《单刀会》第三折〔尧民歌〕"我关某匹马单刀镇荆襄，长江，今经几战场，却正是后浪催前浪"。第四折〔双调新水令〕"大江东去浪千叠，引着这数十人驾着这小舟一叶。又不比九重龙凤阙，可正是千丈虎狼穴。大丈夫心别，我觑着单刀会似赛村社"。词章壮伟。〔驻马听〕"水涌山叠，年少周郎何处也？不觉的灰飞烟灭，可怜黄盖转伤嗟。破曹的樯橹一时绝，鏖兵的江水犹然热，好教我情惨切！二十年流不尽的英雄血"！气魄雄伟。

（据文学史讲稿整理）

第三编　作品讲解

《羽林郎》与《董娇饶》

一、《羽林郎》

辛延年

昔有霍家奴，姓冯名子都。依倚将军势，调笑酒家胡。胡姬年十五，春日独当垆。长裾连理带，广袖合欢襦。头上蓝田玉，耳后大秦珠。两鬟何窈窕，一世良所无。一鬟五百万，两鬟千万余。“不意金吾子，娉婷过我庐。银鞍何煜爚，翠盖空踟蹰。就我求清酒，丝绳提玉壶。就我求珍肴，金盘脍鲤鱼。贻我青铜镜，结我红罗裾。不惜红罗裂，何论轻贱躯！男儿爱后妇，女子重前夫。人生有新旧，贵贱不相逾。多谢金吾子，私爱徒区区。”

此诗郭茂倩《乐府诗集》入杂曲歌辞。《文选》不收，见《玉台新咏》，与《董娇饶》同。

辛延年，无考，与宋子侯当均为东汉时人，或歌工伎人也。

《汉书》，武帝太初元年置建章营，后更名羽林骑。羽林骑属南军，执金吾掌北军之中尉。此诗题名《羽林郎》，中言金吾子，是混南北军而言。大概武帝后，且通俗民间之称谓，已不分别耳。

《汉书·霍光传》“光爱幸监奴冯子都”。又光曾为大司马大将军。本诗叙子都仗霍光势力调戏酒家胡女事。此诗东汉人作，托往事以讽。或云东汉时如窦将军宪辈之家奴横行，故作此曲以刺之。军人之横行，无代无之，难以坐实刺某辈耳。

《羽林郎》写一个羽林郎（小军官）调戏当垆的胡姬的。这首诗里面有几句道及女子的服装，很可爱：“胡姬年十五，春日独当垆。长裾连理带，广袖合欢襦。头上蓝田玉，耳后大秦珠。两鬟何窈窕，一世良所无。”辛延年大概是俗乐乐工之流，和民间接近的，并不是什么士大夫。

“霍家奴”，一本作“霍家姝”。《乐府诗集》《玉台新咏》作姝。《古乐府》作奴。丁福保认为“姝”可能指男人，如《诗经·鄘风·干旄》中之“彼姝者子”。黄晦闻谓《古乐府》（左克明）作“奴”者是。

“胡”，西域贾胡。“襦”，短袄。“裾”，《尔雅》“衱谓之裾”。衱，交领，应是前襟。《玉篇》，裾，衣袌也。袌衣，前襟也。亦有认为裾亦可为后襟者，乃前后襟之通称。此处仍宜作前襟讲。

“大秦”，《后汉书》：大秦海西国，一名犁鞬，今人考者有三说，一谓罗马帝国，一谓埃及之亚历山大城，一谓当叙利亚地。吾意此东汉时大秦必泛指月支安息之两大国，是罗马帝国，惟不定是罗马本土，乃其在近东之部分耳。《后汉书·西域传》：大秦土有夜光璧、明月珠。鱼豢《魏畧》：大秦国出明珠、夜光珠、真白珠。

“鬟”，《说文解字》：总发也。鬟髻有别，有时又混称。此处，沈德潜云：“一鬟五百万，两鬟千万余，须知不是论鬟。”黄晦闻谓鬟通环，“环，妇人首饰，琢玉为之”。今按：上既言“头上蓝田玉”，此处另更言玉环，不嫌复耶？且玉环亦值不到如此。意者，一鬟、两鬟句承上而言，言鬟髻，而所以值五百万、千万余者，即鬟上缀饰，蓝田玉、明月珠等须值如此耳。是上文先举宝饰，下文总论所值，饰在鬟上，鬟在头上，耳后也。

"窈窕"，美也。"娉婷"，美貌。"煜爚"（音育叶）：光明貌。《诗经·豳风·东山》："熠燿宵行""熠燿其羽"可通。"翠盖"，翠羽饰盖，高车，美车也。"踟蹰"，逗留，欲进不进。"清酒"，美酒，与浊酒、浊醪对称。

"丝绳提玉壶""金盘脍鲤鱼"：丝绳、玉壶、金盘、侈言器皿之华美，或店中所有，或羽林郎携来，见其豪华，动胡姬之心也。"青铜镜"，汉时铜镜有精美绝伦，价值巨万者。"结我红罗裾"，戏之也，关照上文之连理带。"不惜红罗裂，何论轻贱躯"：女子拒之，裾为之裂。"不惜"两句言不但不惜红罗之裂，更不惜轻贱之躯，虽死不从也。"男儿"四句是criticism of life（对世事的批评），一诗之moral（道德上的寓意）。"区区"，《古诗十九首》之《孟冬寒气至》有"一心报区区"句，《文选》李善注："李陵《与苏武书》曰：区区之心，窃慕此尔。《广雅》曰：区区，爱也。"

二、《董娇饶》

宋子侯

洛阳城东路，桃李生路旁。花花自相对，叶叶自相当。春风东北起，花叶正低昂。不知谁家子，提笼行采桑。纤手折其枝，花落何飘扬。请谢彼姝子："何为见损伤？""高秋八九月，白露变为霜。终年会飘堕，安得久馨香。""秋时自零落，春月复芬芳。何时盛年去，欢爱永相忘？"吾欲竟此曲，此曲愁人肠。归来酌美酒，挟瑟上高堂。

郭茂倩《乐府诗集》、左克明《古乐府》同载，列为杂曲歌辞。宋子侯无考。董娇饶应是人名，一作娇娆。《玉台新咏》《艺文类聚》《乐府诗集》皆作娇饶。唐人诗，如元稹"为占娇饶分"，李商隐"风蝶强娇饶"，温庭筠"昔年于此见娇饶"，杜甫"佳人屡出董娇饶"。娇饶，佳人之意。

方舟《汉诗说》云："'请谢彼姝子'二句是问句，'高秋八九月'四句是姝子答词。'秋时自零落'四句又是答姝子之词，正意全在'吾欲竟此曲'四句，见欢日无多，劝之及时行乐尔。"

今按：凡此问答，皆是假设之辞，并非花为责询而姝子返答耳。做曲者假定有此，诗意反复转折。

姝子不一定是女子，如《诗经·鄘风·干旄》"孑孑干旄，在浚之郊。素丝纰之，良马四之。彼姝者子，何以畀之”。姝，美好也。姝子，指卫大夫。此诗中之姝子是女子，一者采桑是女子之事，二者诗言“纤手折其枝”可证。

诗中不必有实际问答，此诗非叙事也。只是对折花一件事，加以反省和批评，从此见出对于人生的反省来。折花是损伤的，但如不被折，秋时也要飘堕，所以花可悲。但花也可自开自落，明春再荣。人之盛年一去，欢爱虚实，即被捐弃，更不坚牢。是人之可悲，更甚于花，如此转折遂深。刘希夷《代悲白头翁》“古人无复洛城东，今人还对落花风。年年岁岁花相似，岁岁年年人不同”。即用此诗意。林黛玉《葬花词》更推行之。纳入小说故事中，似更动人，以美人之命运比花，是花人合一，花之拟人化personification，同时也是人之情感移到花empathy（感情移入）（移情作用）。但吾人因欢喜林黛玉或同情林黛玉，然后再欣赏此《葬花词》，觉得它好。这样并非单单欣赏诗，而借重了诗的背景烘托、陪衬诗的东西。《葬花词》诗情在《董娇饶》这一首里已经具备充足了。

“何时盛年去”，《艺文类聚》作“何如盛年去”，“如”字胜。丁福保云：“此四句本言花落仍可重开，不如人之盛年一去，即遭捐弃，而从前之欢爱俱忘，乃以一篇立言寄慨之本旨。‘如’作‘时’字，则此句竟不可解，全篇文义俱阂矣。”

"挟瑟上高堂"，亦见《相逢狭路间行》"小妇无所作，挟瑟上高堂"，足证此《董娇饶》诗亦为乐府诗篇，乃伎乐所歌，或以侑酒，不忍多作悲哀语，以欢乐语作结。方舟所云主意全在此结尾数语，妄说也。结句并非全篇宗旨。

再者，此诗述洛阳城东桃李之茂，花花相对，叶叶相当，比兴也。言太平盛世，少年夫妻美合，花叶匹配相当。其后遭遇乱离，折花人来，花落飘扬，此曲愁人。似言董卓乱时，洛阳遭难，迁都长安。夫妇离散，或被掠杀，或被迫从贼，又被捐弃。可与蔡琰《悲愤诗》比看。故云：此曲愁人肠也。董娇饶者其董卓部下所掠美女乎?

（据文学史讲稿整理并加标题）

古诗十九首

一、作者问题

我们现在看《古诗十九首》。苏李诗是假的[①]，但是《古诗十九首》是真的，不过年代不如从前人所说的远。《文选》把它放在苏李诗的前面，因为不知作者名字，疑其甚古。

《文选》总称“古诗”，不写作者姓名。《玉台新咏》［南朝宋徐陵编。徐陵（507—583）比萧统（501—531）晚，《玉台新咏》编于梁代，成书比《昭明文选》略晚。］以《西北有高楼》《东城高且长》《行行重行行》《涉江采芙蓉》《青青河畔草》《兰若生春阳》《庭中有奇树》《迢迢

① 本文选自浦先生文学史讲稿第六章，前一节为《苏（武）李（陵）诗的真伪问题》。

牵牛星》《明月何皎皎》九首题枚乘作。九首中除《兰若生春阳》外，八首为《昭明文选·古诗十九首》中诗。枚乘生活在文景时代，我们前面已讨论过，此时不可能有这样好的五言诗。昭明太子在前，文选楼诸君都不知，何以徐陵忽然知道？且《文选》有陆机《拟古诗十二首》，拟《行行重行行》《今日良宴会》《迢迢牵牛星》《涉江采芙蓉》《青青河畔草》《明月何皎皎》《兰若生春阳》《青青陵上柏》《东城一何高》（即《东城高且长》）《西北有高楼》《庭中有奇树》《明月皎夜光》。只云“拟古诗”，不云“拟枚乘”。《玉台新咏》载陆机“拟古诗”十二首中之七首，题为《拟古七首》，亦不云“拟枚乘”。《世说新语·文学篇》：“王孝伯在京，行散至其弟王睹户前，问：‘古诗中何句为最？’睹思未答。孝伯咏‘所遇无故物，焉得不速老’：‘此句为佳。’”此为《古诗十九首》中《回车驾言迈》一首中的诗句。《世说新语》称“古诗”，不云枚乘。《南史》宋南平穆王刘铄传云：铄字休玄，文帝第四子，未弱冠，拟古三十余首。时人以为亚迹陆机。

按：1. 今有四首拟《行行重行行》《明月何皎皎》《孟冬寒气至》《青青河畔草》，均曰“拟古”，不言曰“拟枚乘”；2. 六朝人拟前人诗，有主名者皆题主名，如谢灵运《拟魏太子邺中集诗八首》，鲍照《学刘公干体诗五首》《代陈思王京洛篇》《拟阮公夜中不能寐诗》《学陶彭泽体诗》皆是。

《文心雕龙·明诗篇》曰："古诗佳丽，或称枚叔；其《孤竹》一篇，则傅毅之词。"可知对《古诗十九首》，到齐梁之间，方有异说。"或称枚叔"，表示了刘勰的疑惑。傅毅，东汉章帝时人，说《古诗十九首》中之《冉冉孤生竹》一首为傅作，亦有误。

《诗品》曰："《古诗》其体源出于《国风》。陆机所拟十四首，文温以丽，意悲而远，惊心动魄，可谓几乎一字千金。其外，《去者日以疏》四十五首，虽多哀愁，颇为总杂。旧疑是建安中曹、王所制。《客从远方来》《桔柚垂华实》，亦为惊绝矣。人代冥灭，而清音独远，悲夫！"曹（植）王（粲）旧制之说，亦不可靠。曹丕《与吴质书》曰："少壮真当努力，年一过往，何可攀援！古人思秉烛夜游，良有以也。"显然与《生年不满百》中"昼短苦夜长，何不秉烛游"有关联，明指"古人"，绝非"当代"耳。

《文选》李善注云：五言"并云古诗，盖不知作者，或云枚乘，疑不能明也。诗云'驱车上东门'，又云'游戏宛与洛'。此则辞兼东都，非尽是乘，明矣"。对枚乘之作持基本否定态度。

二、年代问题

《古诗十九首》产生于何时？有谓西汉，有谓东汉。《文选》将《古诗十九首》排在“杂诗”之首，似在显示其为西汉之作，徐陵《玉台新咏》将其中多首诗列枚乘名下亦在证明产生于西汉。然古诗盖诗之雏形，五言诗至东汉才发展成熟。《古诗十九首》当为东汉时期作品。前已指出，枚乘生活在文景时代，比司马相如、东方朔等文人生活年代要早，何以后二位并无五言诗？

《青青陵上柏》一首有“驱车策驽马，游戏宛与洛”诗句，李善注曰：“《汉书》，南阳郡有宛县。洛，东都也。”又“两宫遥相望，双阙百余尺”句，李善注曰：“蔡质《汉官典职》曰‘南宫北宫，相去七里’。”吕延济注曰：洛阳有南北两宫，相望七里。上云洛中冠带，下云王侯宫阙。其为东京无疑。

《驱车上东门》一首前两句诗云：“驱车上东门，遥望郭北墓。”李善《文选·阮籍咏怀诗》注引《河南郡图经》云：“东有三门，最北头曰上东门。”上东门为洛阳城门之一。洛阳北门外有邙山，郭北墓北邙之墓也。显然是东京人语。朱珔曰："上东门乃洛阳之门，长安东面三门，见《水经注》，无上东门之名。"据此，李善注谓古诗"辞兼东都"，是矣。梁任公以为年代大概在公元120—170年之间，比建安黄初略先一期而紧相衔接。

还有一个证据，那就是顾亭林《日知录》中提出的：孝惠讳"盈"，枚乘诗"盈盈一水间"在武、昭之世而不避讳，又可知其为后人之拟作，而不出于西京矣。顾氏所说枚乘诗"盈盈一水间"即《古诗十九首·迢迢牵牛星》中诗句。此外，《古诗十九首》中《青青河畔草》一诗中有"盈盈楼上女"，《庭中有奇树》一诗中还有"馨香盈怀袖"，均犯西汉惠帝讳，故必是东汉人作。对此，古直在《汉诗研究》中举出许多汉代文字，中间有"盈"字，证明汉时临文自有不避讳者，以为不能成立。

还有一个反证，《明月皎夜光》一首中有"玉衡指孟冬，众星何历历。白露沾野草，时节忽复易。秋蝉鸣树间，玄鸟逝安适"的诗句，特别是"玉衡指孟冬"的句子，有人证明此诗为汉武帝太初未改历以前之诗，因太初以前，汉以十月为岁首，故孟冬恰当于七月，诗中"促织""秋蝉"方讲得通。但有许多人反对此证。以为汉太初以前，虽以十月为岁首，但只是正朔关系，与四季无涉，并非以秋作冬，以春作夏。张庚《古诗十九首解》引《史记·天官书》解“玉衡指孟冬”语，以为斗杓与玉衡分指，玉衡指孟冬，则斗杓正指孟秋也。玉衡者，北斗第五星也。

《古诗十九首》中《东城高且长》（诗中有“岁暮一何速”句）、《凛凛岁云暮》皆言秋景，而曰“岁暮”大是问题。而《凛凛岁云暮》一首有“锦衾遗洛浦”则又东都人语矣。

司马相如《封禅颂》曰：“孟冬十月，君徂郊祀。”在太初前十四年。元刘履《选诗补注》以为“冬”字乃“秋”字之误。

其实，“古诗”专称，不止十九首。有五六十首，年代作者不一。（见上引《诗品》）

以上总算把苏李诗和《古诗十九首》考证学说略叙了。但是这个官司至今还没有打好。古直《汉诗研究》信苏李诗为真，《古诗十九首》中有西汉人作，是信五言诗在西汉已成立。最近游国恩君在武汉大学《文哲季刊》上发表了一篇《五言诗成立的时代问题》，也同此见。他们也有些理由，可以参看。

三、《古诗十九首》的文学价值

我们现在批评《古诗十九首》的文学价值。

1. 作风

沈德潜《说诗晬语》曰："《古诗十九首》，不必一人之辞，一时之作。大率逐臣弃妻、朋友阔绝、游子他乡、死生新故之感；或寓言或显言或反复言，初无奇辟之思、惊险之句，而西京古诗，皆在其下。是为《国风》之遗。"《楚辞》以来，始终不见《风》，直至《古诗十九首》，而《古诗十九首》较《国风》进步。

顾炎武《日知录》作了比较，他说："诗用迭字最难。《卫风》'河水洋洋，北流活活，施罛涉涉，鳣鲔发发，葭菼揭揭，庶姜孽孽'。连用六迭字，可谓复而不厌，赜而不乱矣。古诗'青青河畔草，郁郁园中柳。盈盈楼上女，皎皎当窗牖。娥娥红粉妆，纤纤出素手'。连用六迭字，亦极自然。下此即无人可继。"洪亮吉以为本于《楚辞·九章》之《悲回风》。

《古诗十九首》是平民文学，自然，不加雕琢。

用比兴的地方很多，都是抒情诗，与汉赋之铺张、典丽相反，是有生气的文学，是将发达的文学。

前引《世说新语·文学篇》王孝伯与其弟谈《古诗十九首》佳句，以为“所遇无故物，焉得不速老”为最佳。此亦孝伯一时感慨，至于《古诗十九首》究竟哪句为好，各人所见所感不同。诗到讲技术、讲雕章镂句时方有警句可摘也。如“人生天地间，忽如远行客”之阔大，“采之欲遗谁，所思在远道”之淡远含蓄，“白杨多悲风，萧萧愁杀人”之写物凄绝，均是佳句。

类似名句还有:“生年不满百，常怀千岁忧。”“人生寄一世，奄忽若飙尘。”

王夫之曰：“兴观群怨，诗尽于是矣。诗三百篇而下，惟《十九首》能然。”（《姜斋诗话》）

《诗经·秦风·晨风》有“鴥彼晨风，郁彼北林。未见君子，忧心钦钦。如何如何，忘我实多”句，刺康公忘穆公之业弃贤臣也，云怀苦心，欲飞不得意。晨风，鸟名，《毛传》：鹯也。《古诗十九首》两用“晨风”（“亮无晨风翼”“晨风怀苦心”）、一用“蟋蟀”（“蟋蟀伤局促”）、一用“促织”（“促织鸣东壁”）、一用“秋蝉”（“秋蝉鸣树间”）、一用“蝼蛄”（“蝼蛄夕鸣悲”），皆秋冬之际景象，颇萧瑟悲愁，以物兴人。

沈德潜云："《十九首》大率逐臣弃妻、朋友阔绝、死生新故之感。无十分渲染语，皆悲苦之调。"亦是东汉末年将乱未乱之世，音响一何悲也。

梁任公说，《迢迢牵牛星》借牛女做象征，没有一字实写自己情感。

此外，对仗也很自然。如《行行重行行》诗中"胡马依北风，越鸟巢南枝"对仗工整，胡马对越鸟别有意味，是"各在天一涯"的形象注脚。

如此种种，所以，早在齐梁时期的刘勰、钟嵘对《古诗十九首》都有过极高的赞誉。

刘勰《文心雕龙·明诗篇》曰："观其结体散文，直而不野；婉转附物，怊怅切情，实五言之冠冕也。"

钟嵘《诗品》曰："惊心动魄，可谓几乎一字千金。"

2. 背景和诗的文学价值

梁任公说：《古诗十九首》为东汉安、顺、桓、灵间作品，此时"正是将乱未乱，极沉闷、极不安的时代了。当时思想界，则西汉之平实、严正的经术，已渐不足以维持社会，而佛教的人生观，已乘虚而入（桓、灵间安世高、支娄迦谶二人所译出佛经已数十部）"。

在人心不安之际，佛教的悲观人生观乘机而入，及时行乐的思想也弥漫起来，消极、乐天、苟安，各种思想错综复杂交织，在《古诗十九首》中体现出来。

《古诗十九首》多人生短促的反省。此种思想，在《诗经》中不多有，周人的诗，现实、朴质。《楚辞》中就有这一类思想。《离骚》《九歌》中都含蓄着有。庄子“我生也有涯”，《养生主》提倡养生。道家养生的思想，例如嵇康的《养生论》，认为神仙养生虽不必有，而药石尚为有效。

《楚辞》“恐年岁之不我与，恐修名之不立”，与古诗“荣名以为宝”，意同。曹丕的“年寿有时而尽，荣乐止乎其身，二者必至之常期，未若文章之无穷”的观念，均此。

古人解决人生问题，分消极和积极两派。积极，立德、立功、立言。消极，如“极宴娱心意”“为乐当及时”的享乐思想。《古诗十九首》近于后者，此乃宴乐所歌的诗，是以如此。故不作严正话，但有劝享乐及感慨牢骚语。《古诗十九首》虽未必即是乐府，至少也是受乐府影响很深的诗。

陶渊明的诗，已脱离乐府，脱离宴乐，完全走上吟诵派，也完全走上诗言志派。是开新同时也是复古，再返《诗经》时代，脱离汉魏乐府。那么，他的思想是在消极与积极之间。

《古诗十九首》中《青青陵上柏》诗曰：“青青陵上

柏，磊磊涧中石。人生天地间，忽如远行客。”正是物是人非之意。人事非永久的，光阴者百代之过客，觉得人生的不可靠。归结到“极宴娱心意，戚戚何所迫”，是超脱旷达语。《今日良宴会》“人生寄一世，奄忽若飙尘”，归结到“何不策高足，先据要路津”，是求立功，热衷语，亦愤慨语。《回车驾言迈》诗曰“人生非金石，岂能长寿考？奄忽随物化，荣名以为宝”。包括立德、立言、立功，而期后世之名。至《驱车上东门》，又言服食之无用，归结到“不如饮美酒，被服纨与素”，是享乐主义。诗中“人生忽如寄”，言人生是暂时的，是哲学思考，是《诗经》《楚辞》所缺失的。这和佛教人生观有关。

上述种种，都是要解决生死问题，是对人生的一种处理方法。诗以人生为对象，而是人生的批评与反省。但并不如哲学家、宗教家的积极立教，钻研究竟，意思亦不严正，而且可以自相矛盾冲突的。因为人生本来是矛盾冲突的。诗主抒情，不是确定一种哲学思想，否则变成说教了。

《东城高且长》篇，沈氏云：“燕赵多佳人”下或另为一首者误，语气未完。

这首诗中“思为双飞燕”与伪托苏武诗中“愿为双黄鹄”意同。

说生死如“人生天地间”“人生寄一世”“人寿非金石”“生年不满百”等概念式的说法，尚不动人，至《驱车上东门》《去者日以疏》两章，最为悲痛。文学是具体的、形象的。

“去者日以疏，生者日以亲”，一作“来者日以亲”。李善注引《吕氏春秋》曰：“死者弥久，生者弥疏。”“以”五臣作“已”，“生”五臣作“来”。李周翰曰：去者谓死也，来者谓生也。不见容貌故疏，欢爱终日故亲也。

此章与《涉江采芙蓉》同为游子思乡念远之作。一则家人在乡，一则久客不得归，且恐老死他乡耳。

《生年不满百》章与乐府《西门行》同，《西门行》增加字句，以就音乐，非文选楼诸人隐括乐府以成此诗。朱彝尊误。钱大昕曾为驳正，据魏武《短歌行》衍《鹿鸣》之诗以为乐府为例。

《冉冉孤生竹》与《凛凛岁云暮》有相同处，一言订婚后久不来娶，一言新婚后即别，惟梦想见之。

《明月何皎皎》一首与《凛凛岁云暮》又同，但转折较少，取以结章，恰恰又回到《行行重行行》一首。

《凛凛岁云暮》有“徙倚怀感伤”句，徙倚，《楚辞·哀时命》曰：“独徙倚而彷徉”。王逸注曰：“徙倚，犹低徊也。”亦低徊、徘徊、彷徨意。“眄睐以适意”，《古诗源》本作“盼睐”。

《东城高且长》篇有“秋草萋已绿”句，萋通“凄”，谓绿意已凄，与“芳草萋萋”异。

《生年不满百》篇有“仙人王子乔”句，据《列仙传》王子乔者，周灵王太子晋。吹笙上嵩山成仙，亦洛阳附近。

《客从远方来》诗中有“遗我一端绮”句。一端绮：《左传·昭公二十六年》：“申丰从女贾，以币锦二两缚一如瑱，适齐师。”杜预注：二丈为一端，二端为一两，所谓匹也。每匹长四丈，中分之，向里卷，其末为二端。“著以长相思，缘以结不解。”赵德麟《侯鲭录》：“《文选·古诗》云‘著以长相思，缘以结不解’。注：‘被中著绵谓之长相思，绵绵之意；缘被四边，缀以丝缕，结而不解之意。’余得一古被，四边有缘，真此意也。著谓充以絮。”著，充也。

《古诗十九首》为五言诗中很古很好的诗，是无名氏所作，也许是民间的而经过文人的修改，尚未失去天籁，所以好。曹子建以后好诗固多，然没有超乎《古诗十九首》的。

3. 入乐问题

《古诗十九首》是民间的歌曲，想来是伴俗乐的。后世采入乐府时本辞又有改动，例如《生年不满百》一首，《宋书·乐志》里面收《大曲·西门行》如下：

出西门，步念之；今日不作乐，当待何时？（一解）

夫为乐，为乐当及时。何能坐愁怫郁，当复来兹！（二解）

饮醇酒，炙肥牛。请呼心所欢，可用解愁忧。（三解）

人生不满百，常怀千岁忧。昼短而夜长，何不秉烛游？（四解）

自非仙人王子乔，计会寿命难与期！自非仙人王子乔，计会寿命难与期！（五解）

人寿非金石，年命安可期？贪财爱惜费，但为后世嗤。（六解）

此为《宋书·乐志》文，昔《乐府诗集》之《西门行》本辞则又异，抄《生年不满百》更少。又如《冉冉孤生竹》，亦入《乐府诗集·杂曲歌辞》。

和《古诗十九首》大概同时的民间还有许多很好的乐歌，不纯是五言，是杂言的，例如《妇病行》《孤儿行》。这种杂言的乐歌受到了《古诗十九首》五言的势力，创造了许多

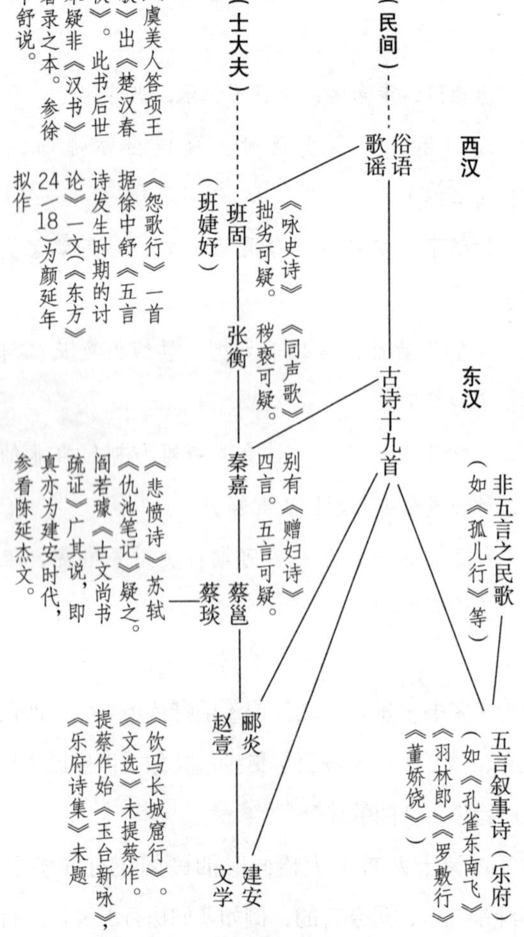
西汉
东汉
（民间）
俗语歌谣
古诗十九首
非五言之民歌（如《孤儿行》等）
五言叙事诗（乐府）（如《孔雀东南飞》《羽林郎》《罗敷行》《董娇饶》）
建安文学
（士大夫）
班固（班婕妤）
张衡
秦嘉
蔡邕
蔡琰
郦炎
赵壹
《咏史诗》拙劣可疑。
《同声歌》秽亵可疑。
别有《赠妇诗》四言。五言可疑。
《虞美人答项王歌》出《楚汉春秋》。此书后世本疑非《汉书》著录之本。参徐中舒说。
《怨歌行》一首据徐中舒《五言诗发生时期的讨论》一文（《东方》24／18）为颜延年拟作。
《悲愤诗》苏轼《仇池笔记》疑之。阎若璩《古文尚书疏证》广其说，即真亦为建安时代。参看陈延杰文。
《饮马长城窟行》。《文选》未提蔡作。提蔡作始《玉台新咏》，《乐府诗集》未题

（据文学史讲稿整理）

顶好的五言歌行，也称五言乐府。大部分是纪事的，最著名的如《羽林郎》，还有一首《董娇饶》。比《董娇饶》更好的是《日出东南隅行》，一名《陌上桑》。

此类歌诗，皆女子之歌，还有如《陇西行》自夸为贤妇，《艳歌行》之自明心迹。

再有一首非常著名的歌，那么便是我国古代最长的长篇记事诗《孔雀东南飞》了。

这些乐歌在上章《乐府》一节已详讲，因为它们与《古诗十九首》有关联，再次提及。

民间文学和文人文学的承续发展和相互关联，有着千丝万缕的联系，《古诗十九首》在其中占有突出的位置。试列图表以说明之。

诗词的情与理[1]

近乡情更怯，不敢问来人。

——宋之问《渡汉江》

少小离家老大回，乡音无改鬓毛衰。
儿童相见不相识，笑问客从何处来。

——贺知章《回乡偶书》

诗说人情，入情入理，身历其境者，愈觉其诗之妙，故人生之经验愈多，对于诗的欣赏也更其深切。而且不但诗词如此，一切文学作品，莫不如此。不过在一切文学体制中间，诗的历史最古，也是文学中间最基本的、最精粹的一体，西洋文

① 本文原为未定稿。未刊布，现据手稿整理而成，题目是编者加的。

学最古的是希腊史诗，中国文学最早的是《诗经》。人类最高的情绪由歌曲中表现出来，而诗词呢，乃是从歌曲进化脱胎出来的。

诗说人情，最好的诗乃是说人人欲说的情，不限于一个人的经验。贺知章诗，里面的情景，千万人都可以领略，没有这种经验的人，可以想象得到，有这种经验的人，更其能够体验。凡于文学家诗人，就是深刻地体验人生的滋味的人。诗人的作品是从人生的经验中间提出来的精华，好比化学家提炼化学原质，营养学家提炼维他命似的。

科学研究物理，文学研究人生。诗的入情入理，在感觉及感情方面，不是理智的、科学的。例如写距离之远，必说万里。古诗“相去万余里，各在天一涯”，写楼之高，“上与浮云齐”“振衣千仞岗，濯足万里流”。夔州与江陵相去一千二百里，也许一天的舟程不能到，而李白诗“朝辞白帝彩云间，千里江陵一日还”。李白有一首词里说“暝色入高楼，有人楼上愁”。暝色就是暮色，根本是不可捉摸的东西，无所谓入，也无所谓出，只是楼中人感觉四围暝色，渐渐侵入到楼中来，从白天到了黄昏。这是完全感官作用。用科学的头脑，就不容易了解诗词了。近代科学发达，人的思想都渐渐科学化，把宇宙看成唯物的，因此现代的诗不得不转移方向。想象力减少了。像苏东坡“明月几时有，把酒问青天，不知天上宫阙，今夕是何年”那样的词也就作不出了。天文家可以算出月球的年龄，也可以证明天上没有宫阙。植物学家把花草分类研究，辨别雌蕊雄蕊，诗人不管这些，说了“夜来风雨声，花落知多少？”着重在因为鸟啼花落，使人感觉到春光老去，有“伤春”的情绪。似乎花的生命同人的生命打成一片，花并不单是一种不相干的外物。

在中国诗词中，尤其把草木鸟兽赋予一种人格化。我们谈到比兴。触物起兴，以物拟人。《诗经》“关关雎鸠，在河之洲，窈窕淑女，君子好逑”，雎鸠不管是哪一种鸟，或者是黄鸟或者是鸳鸯鸂鶒之类。雌雄和鸣，比拟男女配偶。诗词里面最多比兴。比兴是一句老话，现在新文学里称为比喻、联想、象征。例如从雎鸠联想到男女，以雎鸠比喻男女，雎鸠是男女配偶的象征，等等。

唐以前的诗比兴最多。因为唐以前的诗多乐府，接近歌曲，杜甫以后诗，用赋的笔墨，直叙其事及描写笔墨多了。例如杜诗《佳人》，开始即直叙“绝代有佳人，幽居在空谷”，好像完全是叙事；接叙此佳人乃是良家之女，因为关中丧乱，兄弟遭杀戮，又被轻薄的夫婿所弃，如何伤心。到了后面“合昏尚知时，鸳鸯不独宿”，“在山泉水清，出山泉水浊”用比兴语。此诗是赋比兴三种笔墨互用的例子。最后“摘花不插发，采柏动盈掬。天寒翠袖薄，日暮倚修竹”。从表面看，但说花柏修竹等，实则以竹柏比拟此妇人之贞洁的节操。所以不是泛泛的叙事写景。

在这里，我们知道中国文人喜欢以人格赋予给生物。画家画梅兰竹菊，乃是欣赏其贞洁的品格，以幽兰修竹等比拟君子美人的品格。这一个传统很远，最早从《诗经》楚辞里来。

单是看杜甫《佳人》一首，作为描写叙述一个女子的看法，还是很浮浅的。曾国藩看这首诗，认为“前后皆以美人喻贤者”，是贤人不得志，被弃在野，而幽贞自赏的意思，所谓怨而不怒是也。这也等于西洋诗里所谓象征的一种艺术。中国人称为“寄托”。唐人朱庆余《近试上张水部籍》，“洞房昨夜停红烛，待晓堂前拜舅姑。妆罢低声问夫婿，画眉深浅入时无？”表面是写新媳妇闺房中的私谈，实际是新进士问问老辈，自己的诗文好不好，合格不合格。诗的真意在文章的背面，要读者去探索出来，希望有知音能够了解欣赏也。

不但中国诗有此种写法，西洋诗人的象征写法也很多。今不具述。

补遗

入情入理者	杜甫“故人入我梦，明我长相忆”
融情于景	李白词“寒山一带伤心碧”
想象	杜甫“水深波浪阔，无使蛟龙得”
比兴	张志和词“西塞山前白鹭飞”
寄托	李后主词“春花秋月何时了”全首

（据手稿整理并加题目）

词的讲解

一、菩萨蛮

李　白

平林漠漠烟如织，寒山一带伤心碧，暝色入高楼，有人楼上愁。

玉梯空伫立，宿鸟归飞急，何处是归程，长亭连短亭。

考证

此词相传李白作。南宋黄昇《唐宋诸贤绝妙词选》及时代不明之《尊前集》皆载之，其后各家词选多录以冠首，推为千古绝唱。至近人则颇有疑之者。据唐人苏鹗《杜阳杂编》等书，《菩萨蛮》词调实始于唐宣宗时，太白安能前作？惟此说亦有难点，缘崔令钦之《教坊记》已载有《菩萨蛮》曲名，令钦可信为唐玄、肃间人也。

考此词之来历，北宋释文莹之《湘山野录》云：“‘平林漠漠烟如织，寒山一带伤心碧，暝色入高楼，有人楼上愁。玉梯空伫立，宿鸟归飞急，何处是归程，长亭连短亭。’此词不知何人写在鼎州沧水驿楼，复不知何人所撰，魏道辅泰见而爱之，后至长沙得古集于子宣内翰家，乃知李白所作。”（以上据《学津讨源》本。《词林纪事》引《湘山野录》，“古集”作“古风集”）倘文莹所记可信，则北宋士夫于此词初不熟悉，绝非自来传诵人口者，魏泰见此于鼎州（今湖南常德）沧水驿楼，其事当在熙宁、元丰间（约1070），后至长沙曾布处得见藏书，遂谓李白所作。所谓《古风集》者，李白诗集在北宋时尚无定本，各家所藏不一，有白古风数十篇冠于首，或即以此泛指李白诗集而言（如葛立方《韵语阳秋》云“李太白古风两卷，近七十篇”云云），或者此“古集”或“古风集”乃如《遏云》《花间》之类，是一种早期之词集，或者此“古集”泛指古人选集而言，不定说诗集或词集，今皆不可知矣。

李白抗志复古，所作多古乐府之体制，律绝近体已少，更非措意当世词曲者。即后世所传《清平调》三章，出于晚唐人之小说，靡弱不类，识者当能辨之。惟其身后诗篇散佚者多，北宋士夫多方搜集，不遑考信。若通行小曲归之于李白者亦往往有之。初时疑信参半，尚在集外，其后阑入集中。沈括《梦溪笔谈》云："小曲有'咸阳沽酒宝钗空'之句，云是李白所制，然李白集中有《清平乐词》四首，独欠是诗，而《花间集》所载'咸阳沽酒宝钗空'乃云张泌所为，莫知孰是。"沈括与文莹、魏泰皆同时，彼所见李白集尚仅有《清平乐词》四首。此必因小说载李白曾为《清平调》三章，好事者遂更以《清平乐词》四首归之。其后又有"咸阳沽酒""平林漠漠""秦娥梦断"等类，均托名李白矣。至开元、天宝时是否已有《菩萨蛮》调，此事难说。观崔令钦之《教坊记》所载小曲之名多至三百余，中晚唐人所作词调，几已应有尽有，吾人于此，亦不能无疑。《教坊记》者乃杂记此音乐机关之掌故之书，本非如何一私家专心之撰述，自可随时增编者。崔令钦之为唐玄宗、肃宗间人，固属不诬，惟此书难保无别人增补其材料也。故其所记曲名，甚难遽信为皆开元、天宝以前所有。

明胡应麟《少室山房笔丛》，疑相传之《菩萨蛮》《忆秦娥》两词皆晚唐人作嫁名太白者，颇有见地。此词之为晚唐抑北宋人作，所不可知，惟词之近于原始者，内容往往与调名相应。《菩萨蛮》本是舞曲，《宋史·乐志》有菩萨蛮队舞，衣绯生色窄砌衣，冠卷云冠，或即沿唐之旧。《杜阳杂编》谓“危髻金冠，璎珞被体”，或亦指当时舞者之妆束而言。温飞卿词所写是闺情，而多言妆束，入之舞曲中，尚为近合。若此词之阔大高远，非“南朝之宫体”“北里之倡风”（此两句为《花间集序》中语，实道破词之来历，晚唐、五代词几全部在此范围之内），不能代表早期的《菩萨蛮》也。至胡应麟谓词集有《草堂集》，而太白诗集亦名《草堂集》，因此致误，此说亦非。词集有称为《草堂诗余》者乃南宋人所编，而此词之传为李白，则北宋已然。北宋士夫确曾有意以数首词曲嫁名于李白，非出于诗词集名称之偶同而混乱也。

《湘山野录》所记，吾人亦仅宜信其一半。载有此词之《古风集》仅曾子宣有之，沈存中所见李白诗集即无此首，安知非即子宣、道辅辈好奇谬说。且魏道辅不曾录之于《东轩笔录》中，文莹又得之于传闻。惟赖其记有此条，使吾人能明白当时鼎州驿楼上曾有此一首题壁，今此词既无所归，余意不若归之于此北宋无名氏，而认为题壁之人即为原作者。菩萨蛮之在晚唐、五代，非温飞卿之“弄妆梳洗”，即韦端己之“醇酒妇人”，何尝用此檀板红牙之调，寄高远阔大之思，其为晚出无疑。若置之于欧晏以后、柳苏之前，则于词之发展史上更易解释也。

讲解

“平林”是远望之景。用语体译之，乃是“远远的一排整齐的树林”，此是登楼人所见。我们先借这两字来说明诗词里面的词藻的作用，作为最初了解诗词的基本观念之一。乐府、诗、词，其源皆出于民间的歌曲，但文人的制作不完全是白话，反之，乃是文言的词藻多而白话的成分少，不过在文言里夹杂些白话的成分，以取得流利生动的口吻而已。词曲是接近于白话的文学，但只有最初期的作品如此，后来白话的成分愈来愈少，成为纯粹文言文学。而且民间的白话的歌曲虽然也在发展，因为不被文人注意采集，所以我们不大能见得到。晚唐、五代词流传下来的也都是文人的制作，真正的民歌看不到多少。“平林”是文言，不是白话，是诗词里面常用的“词藻”。

在白话里面说“树林”，文言里面只要一个“林”字。何以文言能简洁而白话不能，因文字接于目，而语言接于耳，接于目的文字可以一字一义，如识此字，即懂得这一个字所代表的意义。接于耳的语言因为同音的“单语”太多，要做成双音节的“词头”，方始不致被人误解。如单说“林”，与“林”同音的单语很多，你说“树林”，人家就明白了。所以在白话里面实在以双音节的词头作为单位的。（关于这一点，我们仅就中古以来的中国语而言，上古的情形暂不讨论。）现在的问题是：在文言里面固然可以单用一个“林”字表达“树林”的意思，但是乐府诗词是摹仿民歌的，在民间的白话里既然充满了双音节的单位，那末在诗词里面为满足声调上的需要，也应该充满双音节的单位的。文人既不愿用白话作诗词，他们在文言里面找寻或者创造双音节的词头，于是产生“春林、芳林、平林”等的“词藻”。我们暂时称这些为“词藻”（古人用“词藻”两字的意义很多，这里暂时用作特殊的意义），假如科学地说，应该称为“文言的词头”。这些“词藻”和白话里的“词头”相比，音节是相同的，而意义要丰富一点，文人所以乐于用此者亦因此故。所以把“平林”两字翻译出来，或者要说“远远的一排整齐的树林”这样一句噜苏的话，而且也不一定便确切，因为当初中国的文人根本即在文言里面想，而不在白话里面想之故。

何以中国的文人习用文言而不用他们自己口说的语言创造文学，这一个道理很深，牵涉的范围太广，我们在这里不便深论。要而论之，中国人所创造的文字是意象文字而不用拼音符号（一个民族自己创造的文字，应该是意象文字，借用外族的文字方始不得不改为拼音的办法），所以老早有脱离语言的倾向。甲骨卜辞的那样简短当然不是商人口语的忠实的记录。这是最早的语文分离的现象，由意象文字的特性而来，毫不足怪。以后这一套意象文字愈造愈多，论理可以作忠实记载语言之用，但记事一派始终抱着简洁的主张，愿意略去语言的渣滓。只有记言的书籍如《尚书》《论语》，中间有纯粹白话的记录。而《诗经》是古代的诗歌的总汇，诗歌是精炼的语言，虽然和口头的说话不同，但《诗经》的全部可以说是属于语言的文字。所以在先秦的典籍里实在已有三种成分：一是文字的简洁的记录，二是几种占优势的语言如周语、鲁语的忠实的记录，三是诗歌或韵语的记录。古代的方言非常复杂，到了秦汉的时代，政治上是统一了，语言不曾统一，当时并没有个国语运动作为辅导，只以先秦的古籍教育优秀子弟，于是即以先秦典籍的语言作为文人笔下所通用的语言，虽然再大量吸收同时代的语言的质点以造成更丰富的词汇（如汉代赋家的多采楚地的方言），但文言文学的局面已经形成，口语文学以及方言文学不再兴起。以后骈散文的发展我们且不说，乐府诗词的发展是一方面在同时代的民歌里采取声调和白话的成分，一方面在过去的文言文学里采取词藻的。文言的词汇因为是各时代、各地方的语言的质点所归纳，所以较之任何一个时代、一个地方的语言要丰富。历代的文人即用文言来表情达意，同时，真实的语言或方言，从秦汉到唐代一千多年，始终没有文人去陶冶琢磨，不曾正式采用作为文学的工具，所以停留在低劣和粗糙的状态里，不足作为高度的表情达意的工具的。宋元以后方始有小说家和戏曲家取来作一部分的应用。

文言的性质不大好懂。是意象文字的神妙的运用。中国人所单独发展的文言一体，对于真实的语言，始终抱着若即若离的态度。意象文字的排列最早就有脱离语言的倾向，但所谓文学也者要达到高度的表情达意的作用，自然不只是文字的死板的无情的排列如图案画或符号逻辑一样；其积字成句，积句成文，无论在古文、在诗词，都有它们的声调和气势，这种声调和气势是从语言里摹仿得来的，提炼出来的。所以文言也不单接于目，同时也是接于耳的一种语言。不过不是真正的语言，而是人为的语言，不是任何一个时代或一个地方的语言，而是超越时空的语言，我们也可以称为理想的语言。从前的文人都在这种理想的语言里思想。至于一般不识字的民众不懂，那他们是不管的。

词人的语言即用诗人的语言。不过词的最初是从宫体诗发展出来，到了两宋的词人虽然已把词的境界扩大，但到底不能比诗的领域，所以词人也只用了诗的词汇的一部分。此外词人又吸收了唐宋时代的俗语的质点，因为词的体制即是摹仿唐宋时代的民间的歌曲的。

上文说到白话里面充满了双音节的词头，所以诗词里面也充满了双音节的单位。我们不说"山"而说"高山"，不说"水"而说"流水"，不说"月"而说"明月"，那"高、流、明"等类字眼，在文法上称为形容词，或附属词，是加于名词之上以限制或形容名词的意义的。但如上面所举的例，它们限制或形容的意义是那样的薄弱，只能说帮助下一个名词以造成一个双音节的单位而已。"平"字也是帮助"林"字以造成双音节的，但意义上不无增加。假如我们要在"林"字上安放一个字而不增加任何意义，只有"树"字。如说"青林"就带来一点绿色，说"芳林"就带来一点花香。有些带来的意义我们认为需要的，有些我们认为不需要的。因此就有字面的选择。"平"字带来了"远远的、整齐的"的印象，此正是登楼人所见之景，亦即是词人所要说的话，所以我们说他用字恰当。

我们说他用字恰当，有两种意义。一是说作者看见远远的一排整齐的树林，很恰当地用"平林"两字表达出来。二是说他对于文字上有素养，直觉地找到这两个好的字面，或者他曾用过推敲的工夫，觉得“平林”远胜于别的什么“林”。这是两种不同的文艺创作的过程，前者是先有意境找适当的文字来表达，后者是以适当的文字来创造意境。读者或者认为前者是文艺创作的正当过程，后者属于文字的技巧，其弊必至于堆砌造作；写景必须即目所见，方为不隔的。但也未必尽然。以即目所见而论，诗人（我们说诗人也包括词人在内）看见一带树林，他可以有好几个看法，以之写入诗词可以有好几种说法。譬如着重它的名目，可以说“桃林、枫林”，着重它的姿态和韵味可以说“平林、远林、烟林、寒林”之类，着重当时的时令可以说“春林、秋林”。都是即目所见，但换一个字面即换一个意境，在读者心头换了一幅心画。诗人要把刹那的景物织入永久的作品中，他对于景物的各种不同的看法是必须有去取的。而字面的选择就是看法的去取。再者，诗人也不必完全写实的，我们应该允许他有理想的成分，他可以不注重“即目所见”，而注重诗里面的境界，不然贾岛看见那个和尚推门就说推，敲门就说敲，何必更要推敲呢？

以推敲字面而论，“平”字的妥当是显然的。“林”字上可安的字固然很多，例如“桃林、杏林、枫林”等是一组，但试问从楼上人望来何必辨别这些树的名目呢？“春林、秋林”点醒时令，作者或者认为不必需。“烟林、寒林”都可以传神，但与下文无碍。“晓林、暮林、远林”等另是一组，上面一个字面是仄声，而《菩萨蛮》的首句宜用“仄平平仄”起或“平平仄仄”起（读者可参看温庭筠、韦庄诸作），若用“仄平仄仄”，声调上不够好（除非下面不用“漠漠”）。

而且上面那些字都不能比“平林”的浑成。什么叫作浑成？浑成就是不刻划的意思。像“芳林、烟林”等类，上面一个字的形容词性太多，是带一点刻划性的。有些地方宜于刻划，有些地方宜于浑成。譬如这一句，下面连用“漠漠烟如织”五个字来刻划这树林，那末“林”字上不宜更著一个形容词意味过多的字面，否则形容词过多，名词的力量显得薄弱，全句就失于纤弱。“平林”所以浑成的原因，因为这一个词头见于《诗经》，原先是古代的成语，是一片浑成的，不是诗人用一个形容字加上一个名词所造成的双音节的单位。照《诗经·小雅》毛氏的训诂：“平林，林木之在平地者。”我们不知道这一个训诂正确不正确，也许原是古代的成语，汉人的解释是勉强的。即照毛氏的训诂，“平林”乃别于“山林”而言，也普遍地指一大类的树林，比“桃林、春林、暮林”等类要没有个别性和特殊性，意义含浑得多。就是我们望文生训地觉得它带来有远远的齐整的意义，那些意义也是内涵的而不是外加的，因为它原是成语。因为“平林”是一片浑成的十足的结合名词，所以即使下面连用五个形容词，这一句句子不觉得纤弱，还有浑厚的意味。

此词意境高远阔大，开始用“平林”两字即使人从高远阔大处想。“漠漠”不是广漠的意思，它和“密密、蒙蒙、冥冥、茫茫”等都是一音之转，所以意义也相近。翻成文言式的白话是“迷茫地、蒙蒙地”或“弥漫地”，说烟气。如考察它的语源，正确的翻译应是“纷纷密布”。陆机诗“廛里一何盛，街巷纷漠漠”，谢朓诗“远树暖阡阡，生烟纷漠漠”，皆以“漠漠”与“纷”连用，“漠漠”即是“纷”字的状词。即是诗经里面的“维叶莫莫”，也是茂密之意。烟的密布可以说“漠漠”，细雨的密布就说“蒙蒙”，雾的密布说“茫茫”。（花的密布有人用“冥冥”的，例如杜诗“树搅离思花冥冥”，苏诗“芙蓉城中花冥冥”）但彼此通用亦无不可，所以“花漠漠”“叶漠漠”“雾漠漠”“雨漠漠”乃至于街巷的“漠漠”都可以说。甚至于秦少游的“漠漠轻寒上小楼”说寒意的弥漫。王维的名句是：“漠漠水田飞白鹭”，我不知他的意思是说水田上的水汽弥漫呢，还是说分布着的水田，若引证陆机的诗，应从后解。《千忠戮·惨睹》折（俗称《八阳》）建文帝唱：“历尽了渺渺程途，漠漠平林，垒垒高山，滚滚长江。”说分布着的平林未免不妥吧？作者就取用这《菩萨蛮》的词藻，但吃去了一个烟字，所以弄得意义含糊。

这一句七言就是谢朓两句五言古诗的紧缩。但“如织”两字是刻划语，谢朓诗里没有。古诗含浑，词则必须施以新巧的言语。虽写同样的景物，而意味不同。

第一句说远处树林里的烟霭纷织已足够引起愁绪，到第二句便径直提出“伤心”两字。山无伤心的碧，亦无不伤心的碧，这是以主观的情感移入客观的景物，西洋文论家所谓移情作用，中国人的老说法是“融情于景”。这一句句子原是两句话并合在一起说，一句话是那一带的山是碧色的，另一句话是那一带的青山看了使人伤心。在语序方面作者愿意前面一种说法，因为这地方仍是在写景，登楼人看见一带的远山到眼而成碧色，作者要顺着上面的一句句子写下；但他的主要的意思倒在后面一种说法，要把主观的感情表达出来。两句话同时夺口而出，要两全其美时，就做成这样一句诗句，把“伤心”作为状词，安在“碧”上，这是诗人的言语精彩而经济的地方。那一带寒冷的山是看了使人伤心的青绿色的。

但“寒山”不一定是“寒冷的山”。“寒山”和“平林”一样是双音节的单位，可以作结合名词看。在诗人的词藻里除了“泰山、华山、小山、高山”以外，还有“寒山”。什么叫作“寒山”？“寒”字的形容词性比“平林”里面的“平”字要显著。“寒”字所带来的意义有两种：一是荒寒，说那些山是郊外的野山，并无人居，亦无亭台楼阁之胜；二是寒冷，此词所写的景恐是秋景，又当薄暮之际，山意寒冷。到底诗人指哪一种，或者是否两种意思兼指，他没有交代清楚。何以没有交代清楚？他认为不需要的，而且也想不到要交代清楚。我们在上面说过，那时候的诗人、词人即在文言里思想，在他们的语言里有“寒山”这一个词头代表一种山，而在我们的语言里没有。所以也不能有正确的翻译。所以“寒山”只是“寒山”，我们译成“寒冷的山”或者“荒寒的山”只是译出它的一种意义。诗词里面的词藻往往如此，蕴蓄着的意义不止一层，要读者自己去体会。好比一个外国字我们也很难用一个中国字把它的意义完全无遗地翻译出来。没有两种语言是完全相同的。从前人说诗词不能讲，只能体会，这些个地方真是如此。但从前人说不能讲，因为不肯下分析的工夫，假如我们肯用一点分析的工夫，未始不可以弄明一点；不过说可以把一首诗、一句诗句、一个词藻的含蕴的意义完全探究明白是不大可能的。

即如“伤心碧”的“碧”字又是一例。我们译为“青绿色”也不一定对。它不一定是青色、绿色、青绿色。若问词人，“碧是什么颜色”？他的回答是：“碧是山的颜色。”此登楼人所见的一带远山，可以有几种颜色，例如青色、浅灰色、褐色等，他其实不在讲究那些山的颜色，也并不因为山的青绿色而使他伤心。他只用一个碧字来了却这些山的颜色，因碧是山的正色，假如我们不要特写山的不同的几种颜色时，可以一个碧字来包括一切山的颜色，等于我们说“青山绿水”的“青”和“绿”一样。有一位学生，他认为这首词写的是春景，举青绿色的山为证，并且说这伤心包含有伤春之意。这完全是误解。这“碧”字不但不写草木葱茏的景象，而且倾向于黯淡方面，其实也不指明一种颜色。所以“寒山一带伤心碧”等于说“寒山一带伤心色”。不过“色”字是一个无色的字，而“碧”字有活跃的色感印到读者的心画上去，所以后者远胜于前者。

我们说“伤心”是移情作用，是“融情于景”，似乎说得太浅。“伤心”是否单属于人而不属于山呢？所谓以主观的情感移入客观的景物，其中必有可移之道。诗人善于体物，诗人往往以人性来体察物情，他给予外物以生命的感觉。辛稼轩词：“我见青山多妩媚，料青山见我应如是。”明说青山的妩媚。陶诗："采菊东篱下，悠然见南山。"不但渊明悠然，他也看出南山的悠然。所以在此秋景萧瑟之际，这位登楼的词人看见这一片荒寒的山似乎愁眉不展地有伤心的成分。到底是他的郁郁的心境染于山呢？还是这些山的悲愁的气氛感于人呢？这其间的交涉不很清楚。所以我们与其说"融情于景"，不如说"情景交融"更为妥当。

"暝色入高楼"这一句更出色。暝色带来浅灰色的点染，最适合于这首词的意境。"入"字用得很灵活，是实字虚用法。倘是实质的东西进入楼中，不见入字的神妙，惟其暝色是不可捉摸的东西，无所谓入也无所谓出，但在楼中人的感觉，确实是外面先有暝色，渐渐侵入楼中，所以此"入"字颇能传神。并且这一个"入"也是"乘虚而入"，借以见楼中之空寂，此人独与暝色相对。凡诗人所写的真是人情上的真，是感觉上的真，非科学上的真也。

"有人楼上愁"，到此方点出词中的主人，知上面所说的一切，皆此人所见所感。诗词从人心中流出，往往是些没头没脑的话，但这首词的理路很清楚，从外面的景物说起，由远及近地说到楼中的人。这楼中的人便是作者自己。词有代言体和自己抒情体两种，如温飞卿的《菩萨蛮》写闺情，是代言体，此词是一旅客所作，说旅愁，是自己抒情体。词本是通行在宴席上的歌曲，即是自己抒情体也取人人易见之景、易感之情，使歌者、听者皆能体会和欣赏作者原来的意境和情调。所以词人取刹那之感织入歌曲，使流传广远和永久，不啻化身千万，替人抒情。有这一层作用，所以用不着说出是姓张姓李的事，最好是客观的表达。这“有人”的说法是第一人称用第三人称来表达的一种方式。

“玉梯空伫立”，通行本作“玉阶”。《湘山野录》及黄昇的《绝妙词选》均作“玉梯”，是原本。后人或因为“梯”字太俗，改为“玉阶”（《尊前集》已如此），颇有语病。第一，玉阶是白石的阶砌，楼上没有阶砌，除非此人从楼上下来，步至中庭，这是不必需的，我们看下半阕所写的时间和上半阕是一致的。第二，“玉阶”带来了宫词的意味，南朝乐府中有“玉阶怨”一个名目，内容是宫怨，而这首词的题旨却不是宫词或宫怨。诗词里面的词藻都有它们的正确的用法，或贴切于实物，或贴切于联想。因实物而用“玉阶”，普通指白石的阶砌，特殊的应用专指帝王宫廷里面的“玉殿瑶阶”。在联想方面则容易想到女性，这是因为“玉阶怨”那样的宫体诗把这个词藻的联想规定了之故。虽然不一定要用于宫词，至少也要用于“闺情”那一类的题目上面去的。而这首词的题旨既非宫怨，亦非闺情，那楼中之人，虽然不一定不是女性，也未见得定是女性，来这样一个词藻是不称的。若指实物，那末步至中庭，又是不必需的动作。《白香词谱》把这首词题作"闺情"，即是上了一个错误的改本的当！

"梯"字并不俗，唐诗宋词中屡见之。刘禹锡诗："江上楼高十二梯，梯梯登遍与云齐。人从别浦经年去，天向平芜尽处低。"周邦彦词："楼上晴天碧四垂，楼前芳草接天涯，劝君莫上最高梯。"这两处是以梯代层，十二梯犹言十二层，最高梯犹言最高层也。用"玉梯"者，卢纶诗"高楼倚玉梯，朱槛与云齐"；李商隐诗"楼上黄昏望欲休，玉梯横绝月如钩"；丁谓《凤栖梧》中"十二层楼春色早，三殿笙歌，九陌风光好，堤柳岸花连复道，玉梯相对开蓬岛"；姜白石《翠楼吟》中"玉梯凝望久，叹芳草萋萋千里"。"梯"何以称"玉"？不一定是白石的阶梯。这一个词藻相当玄虚，疑是道家的称谓。古代帝王喜欢造楼台（如汉武帝造通天台之类），原本是听了道家方士的话，以望气，降神仙的。而道家好用"玉"字，如"玉殿、玉楼、玉台、玉霄、玉洞、玉阙"之类，梯之可称玉由于同一的理由，带一点玄虚的仙气。我们看曹唐诗"羽客争升碧玉梯"，与丁谓词"玉梯相对开蓬岛"就可以明了。现在这首词的作者登在一座水驿楼上与神仙道家一点没有关系，不过他拿神仙道家所用的字面来作为诗词中的词藻而已。同时也许他知道卢纶和李商隐的诗，摭拾这两个字眼。他说“玉梯空伫立”，和后来姜白石的“玉梯凝望久”一样，是活用，不是真的伫立在什么梯子上弄成不上不下的情景。其实这“玉梯”是举部分以言全体，举“梯”以言楼，犹之举“帆、橹”以言舟，举“旌旗”以言军马。他说“玉梯空伫立”等于说“楼中空伫立”。当然他也可以说“阑干空伫立”，举“阑干”以言楼亦是一样，或者他嫌阑干太普通，并且绮丽一点，他要求境界的高远缥缈所以用上“玉梯”，后来人因不懂而改做“玉阶”，反而弄成闺阁气，这是他所想不到的！

“玉梯空伫立”的“空”等于“闲”，即是说“楼中闲伫立”，与姜白石“玉梯凝望久”的“凝”字意味相似。当然“空”字有“无可奈何”之意，但这里的无可奈何是欲归不得，而不是盼望什么人不来。自从“玉阶空伫立”的改本出来，于是后人断章取义似的单看这一句，看成“思妇之词”，加上“闺情”的题目了。其实这首词里所说的愁是“旅愁”，也可称为“离愁”，是行者的离愁，不是居者的离愁。下面三句写得非常明白。

“宿鸟”是欲宿的鸟。这一句是比兴，鸟的归飞象征着人生求归宿。从宿鸟的归飞引起乡思，诗人、词人常常用此。秦少游词："但倚楼极目，时见栖鸦，无奈归心，暗随流水到天涯。"与此一般说法。

"宿鸟归飞急"这一句是比兴，从宿鸟归飞触起思乡的情绪，所以是"兴"，以鸟比喻人，所以是"比"，假如我们仿效朱子的说《诗经》，这一句是"兴而比也"。下面两句"何处是归程，长亭连短亭"，是直抒胸臆，是"赋也"。诗词主抒情，但如只是空洞地说出那情感，作者固有所感，读者不能领略那一番情绪。作者要把这情绪传递给别人时，必须找寻一个表达的艺术。假如他能把触发这一类情绪的事物说出，把引起这一类的情绪的环境烘托出来，于是读者便进到一个想象的境界里，自然能体验着和作者所感到的那个同样的情绪，所以诗词里面有"赋"、有"比"、有"兴"。这虽是一首短短的词，里面具备着赋、比、兴三种手法。从"平林漠漠"起到"暝色入高楼"是写景语，是烘托环境，是"赋"。"有人楼上愁"和"玉梯空伫立"是叙事，也可以说是"赋"。"宿鸟归飞急"虽然也是登楼人所见，也是写景，也是"赋"，但楼头所见的事物不一，何以要单提这些飞鸟来说，是它的"比兴"的意义更为重要。"何处是归程"两句也是"赋"，不过这是抒情语，和上面的写景语不同，古人说诗粗疏一点，除了比兴语外都算是"赋"，我们可以再辨别出"写景、叙事、抒情”等各种不同的句法。

这结尾两句点醒上半阕“有人楼上愁”的“愁”的原因。这愁便是旅愁，是离愁，是游子思乡的愁。“长亭连短亭”把归程的绵邈具体地说出来，单说家乡很远是没有力量的。“亭”是官道或驿路上公家所筑的亭子，一名“官亭”，便旅客歇息之用，因各亭之间距离不一，是以有“长亭、短亭”之称。这是俗语，但这俗语已经很古，庾信《哀江南赋》：“十里五里，长亭短亭。”齐梁时已有此称谓了。“连”通行本作“更”（一本作“接”）。“连”写一望不断之景，“更”有层出不穷之意，前者但从静观所得，后者兼写心理上的感觉，各有好处，无分高下。大概原本是“连”，后人觉得在音调上此句可用“平平仄仄平”，所以改为“接”或“更”。其实《菩萨蛮》的结句，音调可以有几种变化，最好是“仄平平仄平”，第三字实宜于用平声。“平平仄仄平”是变格，因人习于五律内的句法，所以觉得谐和些。至于用“平平平仄平”者，亦不足为病，如温飞卿之“双双金鹧鸪”，韦端已之“还乡须断肠”“人生能几何”皆可为例。所以我们仍从原本，不去改。

此楼纵高，可望者不过十数里以内，今说“长亭连短亭”，是一半是真实所见，一半是此人默念归路的悠远而于想象内见之，因此亦增添读者的想象，好像展开一幅看不尽的长卷图画。这样一句结句有悠然不尽的意味。

评

此词被推为千古绝唱，实因假托李白大名之故。但平心而论，它不失为第一流的作品。第一，这首词的意境高远阔大，洗脱《花间集》的温柔绮靡的作风，但也不像苏辛词的一味豪放，恰恰把《菩萨蛮》这个词调提高到可能的境界。第二，它的章法严密。上半阕由远及近，下半阕由近再及远，以“有人楼上愁”一句作为中心。上半阕以写景为主，下半阕以写情为主，结构完整，但并不呆板，在规矩中见出流动来。由远及近再从近推到远是一个看法，另一个看法，这首词由外物说到内心是一贯的由外及内的，而意随韵转，情绪逐渐在加强的。

以内容而论，登楼望远惹起乡思，这是陈旧的题材，从王粲《登楼赋》起到崔颢《黄鹤楼题诗》，中间不知有多少文人用过。但我们在上面已说过，词也者原取人人易见之景、人人易感之情以入歌曲，内容的陈旧是无法避免的，还是看言语是否新鲜脱俗。并且照现代的文艺批评家的说法，内容和形式是不能分离的，一个旧的题材当其采取了新的表现的方式时，同时也获得新的内容。所以这一首词到底不是《登楼赋》，也不是崔颢诗，而是另有它的新的意境的。

这首词没有题目。早期的词都没有题目，原是盛行于倡楼歌馆、宴会酒席上的歌曲，无非是闺情旅思、四时节令、祝寿劝觞之类，当箫管嗷嘈之际、歌伎发吻之时，听懂也好，听不懂也好，用不到报告题目的。直到后来文人要借这一种体裁来写特殊的个人的经验时，方始不得不安放一个题目。假如我们要替这词补上一个题目，可以依据《湘山野录》，题为“驿楼题壁”。

作者不知何人，也不知是何等样人物。或是一位普通的文人，经过鼎州，留宿在驿楼上，偶有此题。也许是一位官宦，迁谪到南方，心中不免牢骚，他所说的归程，不指家乡而指国都所在。如此则有张舜民的“何人此路得生还，回首夕阳红尽处，应是长安”的天涯涕泪在其中，亦未可知。

二、忆秦娥

李　白

箫声咽，秦娥梦断秦楼月。秦楼月，年年柳色，霸陵伤别。　　乐游原上清秋节，咸阳古道音尘绝，音尘绝，西风残照，汉家陵阙。

考证

此词相传李白作。南宋黄昇之《唐宋诸贤绝妙词选》首载之，与《菩萨蛮》篇同视为百代词曲之祖。以后各家词集依之。《尊前集》录李白词，无此首。

明人胡应麟疑此为晚唐人作，托名太白者，颇有见地。北宋沈括之《梦溪笔谈》述及当时李白集中有《清平乐词》，未言有《忆秦娥》。惟贺方回之《东山乐府》有《忆秦娥》一首，其用韵及句法，似步袭此词，则北宋时当已有此。稍后，邵博《闻见后录》卷十九全载此词，邵氏云："'箫声咽，秦娥梦断秦楼月，秦楼月，年年柳色，霸陵伤别。　乐游原上清秋节，咸阳古道音尘绝，音尘绝，西风残照，汉家陵阙。'李太白词也。予尝秋日饯客咸阳宝钗楼上，汉诸陵在晚照中，有歌此词者，一坐凄然而罢。"邵博为北宋末南宋初年人，知此时已甚传唱，且确定为太白词矣。

崔令钦《教坊记》载唐代小曲三百余，无《忆秦娥》。沈雄《古今词话》引《乐府纪闻》谓唐文宗时宫伎沈翘翘配金吾秦诚，后诚出使日本，翘翘制《忆秦郎曲》，即《忆秦娥》云云。今沈翘翘词未见，莫得而明也。《花间集》亦无《忆秦娥》，惟冯延巳之《阳春集》中有一首，则五代时已有此调。此调因何而得名，又最先宜歌咏何种题材，今不可考。此词有“秦娥”而无“忆”，冯词有“忆”而无“秦娥”，又句法互异，疑均非祖曲。

近人亦有主张此为李白之真作者。谓李白所作原为乐府诗篇，后人被之管弦，遂流为通行之小曲，凡三言七言四言之句法错杂，固古乐府中所有，毫不足怪。此论似为圆到，但细究之，殊不尽然。一、此词有上下两片，除换头略易外，其余句法全同，此唐人小曲之体制，非古乐府之体制也。二、若以李白之乐府谱为小曲，则此词即为祖曲，别无可本，何以冯延巳不依调填词，复加改易乎？且冯词古简，此有添声，冯之五言，此为七言，冯之二言，此为三言，冯之七言，此破为四言两句。凡音调由简而繁则顺，冯词固非祖曲，当别有所本，但所本者必非此词，若谓李白创调，冯氏拟之，此说之难持者矣。

今定此词为晚唐、五代无名氏之作，其托名太白，当在北宋。

此调别名《秦楼月》，即因此词而得名。又有平韵及平仄换韵体，均见万树《词律》。

讲解

这首词的作法与上面一首《菩萨蛮》不同。《菩萨蛮》以登楼的人作为中心，写此人所见所感，章法严密，脉络清楚。这《忆秦娥》，初读过去，不容易找到它的中心，似乎结构很散漫。其中虽然也有个称为“秦娥”的人物，但可不可以作为词的中心呢，很令人怀疑。年年柳色，暗示着春景，下半阕却又明点秋令。霸陵在长安东，乐游原在长安东南，咸阳古道在长安西北。论时间与空间都不一致。然则此词的中心何在，此词的统一性何在？

其实这首词不以一个人物作为中心，而是以一个地域的景物作为题材的。无论它说东说西，总之不离乎长安，故长安的景物即是这首词的统一的题材。读者可以把它做一幅长安的风景画、一幅长安的素描看。绘画可以移动空间，但不能移动时间，惟诗词更为自由，既可以移动空间，也可以移动时间，所以上半阕说春，下半阕说秋，倒也没有什么妨碍。绘画的表现空间是有连续性的，诗词较为自由，尽可以从东边跳到西边。此词作者原不曾写长安全景，他只是挑选几处精彩的部分来说，所以我们比之于一幅长安素描还不很恰当，不如说是几幅长安素描的一个合订本。

若说是几幅素描的合订本，试问有何贯串的线索，否则岂不是散漫的零页吗？单靠这题材同是长安的一点，似乎还不够。这里，我们讨论到诗词的组织的问题。诗词的组织与散文的组织，根本上不同。诗词是有韵的语言，这韵的本身即有粘合的力量，有联接的能力。这些散漫的句子，论它们的内容和意义，诚然是各自成立为单位，中间没有思想的贯串，但是有一个一韵到底的韵脚在那里连络贯串，这韵脚便是那合订本的主要的针线（音律的连锁和情调的统一作为辅助）。诗词的有韵，可以使散漫的句子粘合，正如花之有蒂，正如一盘散珠可以用一条线来穿住。

诗歌和散文是两种不同性质的语言，我们不能说哪一种比较古，总之，是语言的两个不同的方向的发展。当人类把最先仅能表示苦乐惊叹的简单的声音和指示事物的短语，连串起来巧妙运用，以编成一个歌谣，或者发展成一段长篇的谈话，是向着这个或那个不同的方向发展，用了不同的艺术。这便是诗歌和散文的开始。一首歌谣是原始的诗词，一篇谈话是原始的散文。诗词和散文的源头不同，虽然以后的发展，免不了交互的影响，但也有比较纯粹的东西。那诗词里面接近于原始民歌的格式的东西，其中不含有散文的质点，不含有思想的贯串和逻辑的部分，只是语言和声音的自然连搭，只是情调的连属，这样的东西，我们称之为“纯诗”。这首《忆秦娥》是纯诗的一个好例子。中国人的词多半可以落在纯诗的范围里，不过其中也有程度的等差，例如那首《菩萨蛮》有很清楚的思想的线索，这首《忆秦娥》中间就没有思想的贯串，凭借于语言和声音的连搭更多，所以这《忆秦娥》是更纯粹的纯诗。

假如我们对于歌谣下一点研究工夫，对于诗词的了解上大有帮助。譬如韵的粘合的力量在民歌里面更显得清楚。“大麦黄，小麦黄，花花轿子娶新娘”，“阳山山上一只篮，新做媳妇许多难”，这里面除了叶韵以外没有任何思想的连属。苗傜民族，男女递唱歌谣以比赛智慧时，也有并无现成的词句，要你脱口而出连接下去，思想的连贯与否倒在其次，主要的是要传递这个韵脚。柏梁台联句各说各的，无结构章法之可言，不过是一个韵的传递而已。那样的各人说各人自己的事，给人一种幽默感，实在不是一首高明的诗，然而我们也不能不承认它是诗。原来韵的力量可以使不连者为连，因为韵有共鸣作用，叶韵的句子自然亲近，好像有血统关系似的。所以有韵的语言和无韵的语言自然有些两样，无韵的语言不得不靠着那思想的密接，有韵的语言凭借了韵的共鸣作用，凭借了它的粘合力和亲近性，两句之间的思想因素可以有相当的距离而不觉其脱节。

这是当初诗歌的语言与散文的语言向着两个不同的方向发展的现象。一边是认为这一种关联是巧妙的言语，一边是认为另外一种关联是有意义的言语。假如我们处处用散文的理致去探索诗词，即不能领略诗词的好处。因为思想的连贯是一种连串语言的办法，却不是惟一的办法，诗词的语言另外走了别条路子，诗词的句子，另外有几种连接法。

在散文，句和句的递承靠思想的连属，靠叙事或描写里面事物的应有的次序和安排。在诗歌里面另外有几种连接法。散文有散文的逻辑，诗词有诗词的逻辑，也可以说没有逻辑，是拿许多别的东西来代替那逻辑的。如果以散文的理致去探索诗词，那末诗词的句法，句和句之间距离比较远，中间有思想的跳越。

这“跳越”是诗词的语言的一种姿态。但绝不是无缘无故而跳，乃是在诗词里面存在着几种因素可以帮助思想的跳越。从“关关雎鸠，在河之洲”跳到“窈窕淑女，君子好逑”，其间不是逻辑而是比兴。比兴也是思想的一个跳越，是根据类似或联想以为飞度的凭借，这是属于思想因素本身的，不关于语言的。比兴在诗词的语言里有代替逻辑的作用，比兴是诗词的思想的一种逻辑。从“潜虬媚幽姿”跳到“飞鸿响远音”，一句说天空，一句说池水，这是对偶。从“画省香炉违伏枕”跳到“山楼粉堞隐悲笳”，一句说京华说过去，一句说夔府说现今，这也是对偶。对偶也可以说是一种联想，但这是思想因素与语言文字的因素双方交融而成。用对偶的句法，两个思想单位可以距离得很远，但我们不觉其脱节，因为有了字面和音律的对仗，给人以密接比并的感觉。这是一方有了比并，有了个着实，所以在另一方能够容忍这思想的跳越的。假如你不跳，反显得呆滞了。在律诗和词曲里，音律的安排成为一条链子，成为一个图案，成为一个模型，思想的因素可以凭借这条链子而飞度，可以施贴到这图案上去，可以镕铸在这模型里，不嫌其脱节，不嫌其散漫，凡此都是凭借了一种形式上的格律，使散漫的思想能够镕铸而结晶的。所以律诗和词曲不容易翻译成另外一种语言，因为如果你拆去这条链子，拆去这个模子，于是乎只见散漫的思想零乱到不可收拾的地步，也许你能够另外找寻格律，想些另外连串起来的办法，但是在译文里所见的美必不是原文的美了。

《忆秦娥》的总题材是长安景物。作者挑选几处精彩的景物，凭借着语言的自然连串，蝉联过渡，这是一个纯粹歌曲的作法。主要的线索是一个韵的传递，中间又有三字句的重复，以加强音律的连锁性。“箫声咽”唤起“秦娥梦断秦楼月”，中间有联想。“秦楼月”再重复一句，在意义上并不需要，只是音调上的需要，对上句尽了和声的作用，同时却去唤逼出下面一个韵脚来，好像有甲乙两人递唱联吟的意味。这里面充满了神韵。上下两阕一共有四五幅景物画，我们可以细细讨论。但这一类的纯诗，不容易有确定的讲法，因为我们讲解诗词不免掺入散文的思路，不同的读者即可以有不同的看法。所以下面的解释只能说是我个人的领会。

起句“箫声咽”是词中之境，亦是词外之境。词中之境下度“秦楼”，词外之境是即物起兴。所以两边有情，妙在双关。说是词中之境者，这呜咽的箫声乃“秦娥”梦醒时所闻，境在词内，这一层不消说得。说是词外之境者，词本是唐宋时代侑酒的小曲，往往以箫笛伴着歌唱，故此箫声即起于席上。歌者第一句唱“箫声咽”，是即物起兴。听歌者可以从此实在的箫声唤起想象，过渡到秦楼上的“秦娥”，进入词内的境界。于是词内词外融合成一片，妙处即在这一句的双关，故曰“两边有情”。凡词曲多以春花秋月即景开端，亦同此理，因春花秋月是千古不易之景，古人于春日歌春词，秋令唱秋曲，取其曲中之情与当前之景能融合无间也。今此词以箫声起兴，为宴席随时所有，尤为高妙。在词里面，同于这个起法的，冯延巳的“何处笛，深夜梦魂情脉脉”，庶几似之。

从“箫声咽”度到“秦娥梦断秦楼月”，可分两层说。第一层是暗用弄玉的典故。《列仙传》云：箫史善吹箫，秦穆公以女弄玉妻之，日教弄玉吹箫作凤鸣，夫妇居凤台上，一旦皆随凤凰飞去。古人所谓台即今之所谓楼。这是箫声与秦楼的一层关联。但这词里的秦娥，并不实指弄玉，不过暗用此典，以为比拟，增加关联性而已。《忆秦娥》这词牌原来与弄玉有没有关系，因现存早期的作品太少，无从臆断。

第二层是实有这箫声，不只是用典。这开始两句说长安城中繁华的一角。“秦娥”泛说一长安女子。“秦楼”只是长安一座楼，与《陌上桑》的“日出东南隅，照我秦氏楼”的“秦楼”无关，倒是如后世小说里所谓“秦楼楚馆”的“秦楼”。这位长安小姐多半是倡楼之女，再不然便是“昔为倡家女，今为荡子妇”的一个身份。凡词曲的题材被后世题为“闺情”之类的东西，实在与真正的闺阁不相干，读者幸勿误会。唐代文人所交际的是李娃、霍小玉之辈，所以在文学上所表现的也是这一流人物。至少早期的词是如此，欧阳炯所谓“自南朝之宫体，扇北里之倡风”，一语破的。这位秦娥也非例外，秦楼所位正是长安的北里，乃冶游繁华之区。但是她蓦地半夜梦醒，见楼头之明月，听别院之箫声，从繁华中感到冷静。这是幅工笔的仕女画。作者泛说一秦娥，读者要当多数看亦无不可，中文里面多数与单数无别。诗词本在写意，并非写实，所以用中文写诗却有多少便利，意境的美妙正在这些文法不细为剖析的地方。此处写了月夜中的长安北里，作者的起笔已带来凄凉的意味，与全首词的情调相调和的。

作者说了秦娥，随即撇开，下面乃是另外一幅画。借“秦楼月”三字的重复叫唤出下面一韵，过渡到长安东郊外的霸陵景色，这里面路程跳过了数十里。“秦楼月”的重复固然只是构成音律的连锁作用，说在意义上有些过渡也未始不可。其意若曰：此照于少女楼头之明月亦照于长安东郊外的霸陵桥上，当晓月未沈之际，桥上已很有些人来往了，那是离京东去和送别的人。霸陵者，汉文帝的陵墓，在霸水经流的白鹿原上，离长安二十里。“霸”一作“灞”。程大昌《雍录》云：“汉世凡东出函潼，必自灞陵始，故赠行者于此折柳为别。”这折柳赠别的风俗，一直保存到唐代。唐时跨着霸水的桥有南北两座，均称为霸桥或霸陵桥，而且有“销魂桥”的诨名。

“年年柳色”是一年一番的柳色，虽不明说春天，含有柳色青青之意。所以在这幅画里点染的是春景。这一年一番的柳色青青，不知经多少离人的攀折，故曰：“年年柳色，霸陵伤别。”即使词人不比画家的必须着定颜色，他尽可以泛说年年的景色如此，而不确实点出一个时令，总之也不能说是秋。

所以《白香词谱》把这首词题为“秋思”，是只顾了后面半阕，把这里暗藏的春色竟没有看出来，犯了个断章取义的毛病。

或曰，这两幅画合是一幅，楼头的少女所以半夜梦醒者，莫非要送客远行吧？或者见着这“杨柳月中疏”之景，因而想到昔年离别的人吧？这“霸陵伤别”是回忆，是虚写，不是另外一幅实在的景物。这样讲法是以秦娥作为词的中心，单在上半阕里可以讲得通，到了下半阕即难于串讲下去，因为至少像“西风残照，汉家陵阙”那种悲壮怀古的情绪很难再牵涉到秦娥身上。若说上半阕有一主人，是主观的写情，下半阕撇开这主人而是客观的写景，那末前后片的作法违异，真正没有统一性了。所以我们参照下半阕的作法，知道上半阕里应该有两幅画境，不必强为并合。至于这两幅画，一幅是月夜怀人，一幅是清晨送别，笔调很调和而一致。假如我们说作者由月色而过渡到杨柳，从杨柳而联想到霸陵送别，这样的说法是可以的，但不必把秦娥搬到后面来，因为这首词的作法是由语言的连串创造成画境的推移，同电影里镜头的移动差不多的。

“乐游原上清秋节”，单立成句，写景转入秋令。乐游原在唐代长安城中的东南角上，有汉宣帝乐游庙的故址。此处地势甚高，登之可望全城，其左近即曲江芙蓉园等游览名胜之区，每逢三月三日、九月九日，士女杂遝，倾城往游。“清秋节”即指九月九日而言。这是一幅人物众多的画，非常热闹，可是翻下一页，恰恰来了个冷静的对照。通咸阳的官道在长安西北，这一跳又是几十里路程。两句之间并没有三字句的重复，靠“节”“绝”两字的共鸣作用，以及排句的句法，作为比并式的列举。

“音尘绝”三字意义深远，有多种影子给我们摸索。一是说道路的悠远，望不见尽头，有相望隔音尘之意。二是说路上的冷静，无车马的音尘。总之，这三个字给我们以悠远及冷静的印象。有人说还有一层意思含蕴在里面，是音信隔绝的意思，因为西通咸阳之道，即是远赴玉门关的道路，有征人远去绝少音信回来之意。有没有这种暗示，很难确定地说。要是听歌者之中刚巧有一位闺中之思妇，那末这一层暗示她一定能强烈地感觉着的吧。

借“音尘绝”的重复再唤逼下面一韵，作用在构成音律的连锁，并不是意义上的需要。但是这三个字音，再重复一遍，打入我们的心坎，另外唤起新的情绪、新的意念。其意若曰：咸阳古道的道路悠远是空间上的阻隔，人从咸阳古道西去，虽然暂隔音尘，也还有个回来的日子。夫古人已矣，但见陵墓丘墟，更其冷静得可怕，君不见汉家陵阙，独在西风残照之中乎？这是古今之隔，永绝音尘，意义更深刻而悲哀。

原来汉帝诸陵，如高祖的长陵、惠帝的安陵、景帝的阳陵、武帝的茂陵，都在长安与咸阳之间，所以作者一提到咸阳古道，便转到这些古代帝王的陵墓上来，以吊古的情怀作结。映带着西风残照，这幅斑驳苍老的山水画便作了这本长安画集的压卷。“吊古”者，也不是替古人堕泪，乃是对于宇宙人生整个的反省。王静安云：“太白纯以气象胜，‘西风残照，汉家陵阙’寥寥八字，关尽千古登临之口。”对此推崇备至。夫西风乃一年之将尽，残照是一日之将尽，以流光消逝之感，与帝业空虚，人生事功的渺小，种种反省，交织成悲壮的情绪。胡应麟认为衰飒，未免门外。无论在情绪或声调上，这不是衰飒，而是到了崇高的境地。

此词原无题目。《白香词谱》题为“秋思”，断章取义，未窥全豹。如果要一题目，我们可借用初唐诗人卢照邻的诗题，题之曰“长安古意”。细味此词，箫声与秦楼暗用弄玉的典故，是秦穆公时事，霸陵为汉文帝的陵墓，折柳赠别是汉代遗风，乐游原因汉宣帝的乐游庙而得名，咸阳是秦始皇的都城，古道是阿房宫的古道，不等到提出汉家陵阙，已无处不见怀古之意。作者挑选几处长安的景物，特别注重它们历史的意义。虽是一支小曲，能把长安的精神唱了出来。一般人的见解认为词总比诗低一级，但如这首《忆秦娥》却在卢照邻的长篇七古之上。如以鲍防、谢良辅等人的“忆长安”比之，更不啻有霄壤之别。以《菩萨蛮》作为比较，则《菩萨蛮》是能品，《忆秦娥》是神品，《菩萨蛮》有刻划语，《忆秦娥》的音韵天成，《菩萨蛮》是有我之境，《忆秦娥》是无我之境。作者置身极高，缥缈凌空，把长安周遭百里，看了个鸟瞰，而且从箫声柳色说起，说到西风残照，不受空间时间的羁勒，这样的词真可说是千中数一，虽非李白所作，要不愧为千古绝唱也。

三、菩萨蛮

温庭筠

一

小山重叠金明灭，鬓云欲度香腮雪。懒起画蛾眉，弄妆梳洗迟。

照花前后镜，花面交相映。新帖绣罗襦，双双金鹧鸪。

二

水精帘里颇黎枕，暖香惹梦鸳鸯锦。江上柳如烟，雁飞残月天。

藕丝秋色浅，人胜参差剪。双鬓隔香红，玉钗头上风。

[校]“颇黎枕”《金奁集》作“珊瑚枕”。

三

蕊黄无限当山额，宿妆隐笑纱窗隔。相见牡丹时，暂来还别离。

翠钗金作股，钗上双蝶舞。心事竟谁知，月明花满枝。

[校]“双蝶舞”《金奁集》作“蝶双舞”。

四

翠翘金缕双鸂鶒，水纹细起春池碧。池上海棠梨，雨晴红满枝。

绣衫遮笑靥，烟草粘飞蝶。青琐对芳菲，玉关音信稀。

五

杏花含露团香雪，绿杨陌上多离别。灯在月胧明，觉来闻晓莺。

玉钩褰翠幙，妆浅旧眉薄。春梦正关情，镜中蝉鬓轻。

六

玉楼明月长相忆，柳丝袅娜春无力。门外草萋萋，送君闻马嘶。

画罗金翡翠，香烛销成泪。花落子规啼，绿窗残梦迷。

七

凤凰相对盘金缕，牡丹一夜经微雨。明镜照新妆，鬓轻双脸长。

画楼相望久，阑外垂丝柳。意信不归来，社前双燕回。

[校]“意信”《金奁集》作“音信”。

八

牡丹花谢莺声歇，绿杨满院中庭月。相忆梦难成，背窗灯半明。

翠钿金压脸，寂寞香闺掩。人远泪阑干，燕飞春又残。

九

满宫明月梨花白，故人万里关山隔。金雁一双飞，泪痕沾绣衣。

小园芳草绿，家住越溪曲。杨柳色依依，燕归君不归。

十

宝函钿雀金鸂鶒，沈香阁上吴山碧。杨柳又如丝，驿桥春雨时。

画楼音信断，芳草江南岸。鸾镜与花枝，此情谁得知。

[校]“阁上”《金奁集》作“关上”。

十一

南园满地堆轻絮，愁闻一霎清明雨。雨后却斜阳，杏花零落香。

无言匀睡脸，枕上屏山掩。时节欲黄昏，无憀独倚门。

［校］“匀睡脸”《尊前集》作“弹睡脸”。

十二

夜来皓月才当午，重帘悄悄无人语。深处麝烟长，卧时留薄妆。

当年还自惜，往事那堪忆。花落月明残，锦衾知晓寒。

［校］“重帘”《尊前集》作“重门”。

十三

雨晴夜合玲珑日，万枝香袅红丝拂。闲梦忆金堂，满庭萱草长。

绣帘垂箓簌，眉黛远山绿。春水渡溪桥，凭栏魂欲销。

［校］“玲珑日”《尊前集》作“玲珑月”。

十四

竹风轻动庭除冷，珠帘月上玲珑影。山枕隐秾妆，绿檀金凤凰。

两蛾愁黛浅，故国吴宫远。春恨正关情，画楼残点声。

考证

以上温庭筠《菩萨蛮》十四首，见《花间集》，用《四印斋所刻词》本。《彊邨丛书》本《金奁集》载十首，《尊前集》载五首，合共十五首，惟其中“玉纤弹处真珠落”一首，通体咏泪，题材不协，且为《花间集》所无，兹从刊落。

温庭筠本名岐，字飞卿，太原人。长于诗赋，唐宣宗大中初应进士，累年不第。能逐弦吹之音，为侧艳之词。唐懿宗咸通中，失意归江东。后为方城尉，再迁隋县尉，卒（《旧唐书》卷百九十）。按孙光宪《北梦琐言》卷四：“温庭云，字飞卿，或云作筠字，旧名岐，与李商隐齐名，时号曰温李，才思艳丽，工于小赋。宣宗爱唱《菩萨蛮》词，令狐相国假其新撰，密进之，戒令勿泄，而遽言于人，由是疏之。”所谓令狐相国者，令狐绹也。

唐人苏鹗《杜阳杂编》：“大中初，女蛮国贡双龙犀，明霞锦。其国人危髻金冠，璎珞被体，故谓之菩萨蛮，当时倡优遂制《菩萨蛮》曲，文士亦往往声其词。”又云：“上（懿宗）创修安国寺，台殿廊宇，制度宏丽……降诞日于宫中结彩为寺，赐升朝官已下锦袍，李可及尝教数百人，作四方菩萨蛮队。”《菩萨蛮》疑从信奉佛教的边裔之国进奉，由佛曲脱化而出，后为宫中舞曲，始盛于唐宣、懿之世。崔令钦《教坊记》虽已著录，但崔氏之书可能为后人所缀补。苏鹗云：“当时倡优遂制菩萨蛮曲，文士亦往往声其词。”温飞卿好游狭邪，又能逐弦吹之音，为侧艳之词，正当宣宗大中初年，当时倡优好此新曲，飞卿遂倚声为词，本作倡楼之乐府，原非宫词也（辨详后）。令狐绹假之以献，其可信与否，无关宏旨。

《宋史·乐志》："女弟子队凡一百五十三人，一曰菩萨蛮队，衣绯生色窄砌衣，冠卷云冠。"又于小曲条下"因旧曲造新声者"中吕调中有《菩萨蛮》曲。是《菩萨蛮》在宋时有女弟子之队舞，又有小曲，此皆沿唐之旧，所不容疑。《香奁》《尊前》两集载《菩萨蛮》均入中吕宫，《宋志》乃入中吕调，此非唐时之宫调至宋而入羽调，殆《香奁》《尊前》两集之宫调乃元明人所题，此时中吕调与中吕宫已并合。此曲在唐时入何宫调所不可知，其在宋时为俗乐之中吕调，亦即雅乐之夹钟羽，可确定也。

或问飞卿词中之人物，有可考否？答曰：初期之词曲皆为代言体，乃代人抒情达意，非自己个人生活之经验，故不必举人以实之。盖文士取当时流行之歌曲，而被以美艳之文辞，其所用之题材，即南北朝乐府之题材，亦即当时民间流行小曲之题材也。其达意抒情，誉之为空灵美妙亦可，毁之为空泛而不深刻亦可，此为一事之两面。惟飞卿如不作冶游，绝无倡楼之经验，则亦不能道出个中之情绪，无缘作此等艳词。今据其诗集以考之，如《偶游》云："曲巷斜临一水间，小门终日不开关，红珠斗帐樱桃熟，金尾屏风孔雀闲，云髻几迷芳草蝶，额黄无限夕阳山，与君便是鸳鸯侣，休向人间觅往还。”《经旧游》（一作《怀真珠亭》）云：“珠箔金钩对彩桥，昔年于此见娇娆，香灯怅望飞琼鬓，凉月殷勤碧玉箫，屏倚故窗山六扇，柳垂寒砌露千条，坏墙经雨苍苔遍，拾得当时旧翠翘。”《偶题》（一作《夜宴》）云：“孔雀眠高阁，樱桃拂短檐，画明金冉冉，筝语玉纤纤，细雨无妨烛，轻寒不隔帘，欲将红锦缎，因梦寄江淹。”知其颇有相熟之倡家女子，则此等艳词即缘此类人而作矣。

惟此十四首《菩萨蛮》中所写，所设想之身份亦不同，如“新帖绣罗襦，双双金鹧鸪”，则是歌舞之女子，“青琐对芳菲，玉关音信稀”，则征夫远戍，设为思妇之词，不必倡女。凡此皆当时歌曲中最普通之情调也。又有人谓此十四首《菩萨蛮》首尾关联，首章是初起晓妆，末章为夜深入睡，若叙一日之情景者然，此论亦非。其中如“藕丝秋色浅，人胜参差剪”，则是正月七日，“牡丹花谢莺声歇”，已是春末夏初，“雨晴夜合玲珑日”，则是五月长夏之景，安能谓之一日乎？故每章各为起讫，并不连贯，惟作者或编者稍稍安排，若有一总起讫存乎其间耳。

讲解

在《忆秦娥》的讲解中，我们曾讨论到诗词的语言与散文的语言，各有各的路子，本来是不相同的。在散文里面，句与句的递承靠着思想的连贯，靠着叙事与描写里面事物的应有的次序和安排。在诗词里面，句与句之间，另外有几种连接法，往往有思想的跳越。也有人不承认这跳越，他们认为诗词是精粹的语言，是经济的语言，本来只说了些精要的话，把不重要的粗糙的部分省略了，所以显得不连贯，其实暗中有脉络通连的。这说法同我们的意见不很相远。既是有了省略，也即是有了跳越。譬如一带冈峦起伏的山岭，若是脚踏实地翻山越岭地走，好比是散文的路子，诗词的进行思想，好像是在架空飞渡，省略了不少脚踏实地的道路。又好比在晴朗的天气里，那一带山的来龙去脉，自然可以看得很清楚，若遇天气阴晦，云遮雾掩，我们立身在一个山头上，远远望去，但见若干高峰，出没于云海之中，似断若续，所谓脉络者，也只能暗中感觉其存在而已。诗词的朦胧的境界有类于是。

讲解诗词，不免要找寻那潜伏着的脉络，体贴作者没有说出来的思绪，实际上等于把诗词翻译成散文，假想走那脚踏实地的道路，这是一件最笨的工作，永远不能做得十分圆满的。古人对于诗词认为只可以意会，而不可以求甚解者即因此故。并且对于脉络的找寻，各人所见，未必相同，有人看见的多，有人看见的少，有人看得深，有人看得浅，有人看是这样一层关联，有人看是那样一层关联。譬如说吧，“箫声咽”与“秦娥梦断秦楼月”，知道弄玉的典故的人认为其中有一层关联；不知道的呢，就看不出这一个脉络。有人认为“霸陵伤别”是秦娥的回忆，有人认为与秦娥无关，只是韵的传递作用，早已跳开，这又是各有各的看法。作者的原意，作者既然不曾自下注脚，他人何从得知，读者也只能就诗论诗、就词论词，而读者之中又各有不同的见解，所以诗词的意义难得有客观的决定。有时作者的原意是甲，而多数的读者看成是乙，那末或者因为时代的隔阂，古人的诗词今人往往有解错的，只有文学史家及考据家能够帮我们的忙，把古人的作品看得清楚一点。也有同时代的作品，甚至于我们的熟朋友的作品，也不能使我们完全了解原意的，或者是作者的修养太高，寄托遥深，不可测度；或者是作者有辞不达意之病，运用语言文字的手腕尚欠高明。所谓有些不通者是也。照这样说，作者的原意是不尽可知了。第二，作者既立于默然无言的地位，那末作品的意义随读者之所见，而读者之中又各有各的了悟，甲之所见，未必能同于乙。因此，文艺作品的解释与批评总是不免有主观性的。

话虽如此，于主观之中求其客观，第一，对于古人的作品应该应用历史的知识，知人论世。我们对于作品所产生的时代各方面的知识愈益丰富，即对于作品的认识愈近于客观。第二，文学作品以语言文字为表达的工具，我们对于这一种语言文字有较深的修养，方能吟味作品的意义。作者与读者之间有默契与了悟的可能者全恃此语言文字之有传达性。古人认为诗词只可以意会而不能求甚解者，因为诗词的语言是特殊的，需要读者特殊的修养。现代的诗学理论家以及从事于形而下的文法、修辞、章句的分析者，用意即在帮助读者的修养。要之，诗词自有其客观的意义，这客观的意义即存在于多数同有诗词修养的读者共同之所见。

温飞卿的《菩萨蛮》对于有些读者也许只给了一个朦胧的美，假如我们要了解清楚，必得明了晚唐词的性质以及温飞卿的特殊的作风。古人对于这些作品只加以笼统的评语，不曾细细解释。张惠言是词学名家，他的《词选》也是一个有名的选本，可是他的议论亦很主观，反而引后学者入于迷途。他要提高词的地位，就特别推崇这位词的开山祖师，比之于屈原、司马相如，而且附会上一个“感士不遇”的宗旨，却不知道在晚唐时代，词是新兴的乐府，原是教坊及北里中的小曲，作者并不看作严正的文学的。直到宋以后的词家，方始特意在寄托方面用心。飞卿于别的诗文中尽有些士不遇的感慨，但这些《菩萨蛮》恰巧作于这个曲调最盛行于长安北里之日，也正是他“不修边幅”，随着“公卿家无赖子弟相与蒲饮酣醉”的时候，不曾想到要寄托些什么。《旧唐书》上说他能“逐弦吹之音为侧艳之词”，最说得明白。这位词的开山祖师，因为好游狭邪，接触倡楼女子，也就为她们制造了许多新鲜歌曲，除文词美艳、情致缠绵，可以看出是名人手笔外，论题材和内容同当时俗工所制并无二致。《诗经·国风》本多儿女风情之篇，而春秋时代士大夫的应对赋诗，往往借以美刺，到了汉人讲诗便一概本着美刺立说。所以古人说诗往往有论寄托的一个传统，张惠言的说词，用了汉人说诗的家法。他要开创一个家法，所以如此，实是把飞卿词看深了一层，不在应用历史的知识，知人论世，而在说出个义理，这种义理，反而是欣赏飞卿词的障碍。到底当时长安酒楼，一般新进士的命妓征歌，绝不是春秋士大夫朝会应对的气象。“照花”四句明写妓女的梳妆，并无“离骚初服之意”，与屈大夫之行吟泽畔，全异其趣，此意使飞卿闻之，亦将失笑吧。

张氏的第二个错失在乎把十四首看成一个整篇，比之于司马相如的《长门赋》。在这些篇章里面，他找不到别的线索，只能拈出一个梦字，以为从第二首“暖香惹梦”以下，均叙梦境，直到末了“画楼残点”，方是梦醒时的情景，是首章先说晨起晓妆，其后则补叙昨宵之“残梦迷情”。所以说：“用节节逆叙”法。这样一个大结构的看法也是主观的，无中生有，自陷于迷离惝恍之境。第一，温飞卿的《菩萨蛮》不知有多少首，《花间集》存录此十四章，也许是编者的安排。第二，《菩萨蛮》在《教坊记》里列入小曲类中，自是零支小令，不是一套大曲。惟《杜阳杂编》以及《宋史·乐志》均有菩萨蛮队舞的记载，那末也许需要许多支的连唱，但唐代的大曲也是杂采诗词的零章以歌唱，往往每篇各为词章，并非一意相贯的，或取题材体制相同的作品零首类编以入乐，其情形同于南朝乐府里的《子夜歌》《襄阳乐》等，却不同于宋元以后的套数。飞卿的《菩萨蛮》，是晚唐的新乐府，论性质可以比之于晋宋之间的《子夜歌》，这许多首，可以连唱，也可以摘唱，原不拘泥，绝不能看成一个整篇。论时令则春夏不一，非一日情事，论人物则或为倡家女，或为荡子妇，亦非一人。张惠言以《长门赋》拟之，作“宫怨”看，亦不甚合。凡此皆不可以不辨。

关于梦境一说，俞平伯《读词偶得》中已提疑问。俞先生为了解释第二首“江上柳如烟，雁飞残月天”两句，发了一大段议论：

旧说“江上以下，略叙梦境”，本拟依之立说，以友人言，觉直指梦境，似尚可商。仔细评量，始悟昔说之殆误。飞卿之词，每截取可以调和的诸印象而杂置一处，听其自然融合。在读者心眼中，仁者见仁，知者见知，不必问其脉络神理如何如何，而脉络神理按之则俨然自在。譬之双美，异地相逢，一朝绾合，柔情美景，并入毫端，固未易以迹象求也。即以此言，帘内之清秾如斯，江上之芊眠如彼，千载以下，无论识与不识，解与不解，都知是好言语矣。若昧于此理，取古人名作，以今人之理法习惯，尺寸以求之，其不枘凿也几希。

俞先生说明飞卿词的作风在“截取可以调和的诸印象而杂置一处听其自然融合”，他的说法比张惠言为精到。这种作风即有今人所谓印象派或唯美派的倾向，给人以朦胧的美。张惠言但感到这朦胧之美，而无法说明，遂一概以梦境解释之，这是错觉。

其实“江上”两句，只是开宕的句法，并不朦胧。以帘内的陈设与楼外的景物，两相对照，其意境亦甚醒豁。这首词所点的时令是初春，稍微拘泥一点，则说是正月七日，因为下面有“人胜参差剪”之句，惟唐代妇女的剪胜簪戴，也不一定限于那一天，说是初春的服饰可以得其大概。如烟的柳色以及雁飞残月正见初春晓景。俞先生更找出薛道衡《人日诗》“人归落雁后，思发在花前”两句以实之，说明“雁”字的有来历，寻出暗中的脉络，无论飞卿是否想到，这样对于词藻中所含蕴的意味的探索是有助于读者的体会的。这也是“脉络神理按之则俨然自在”的一个例证。

“江上”两句既是醒豁的实境，而且又有它的脉络，并非横插无根，那末俞先生的一大段议论也可以不发了。但这段议论的本身有关于诗词作法的一个原理，很有讨论的价值。

在《忆秦娥》的讨论中，我们说到诗词的句法不同于散文，就思想因素而言，往往是跳越的，可以以不连为连。所以能够如此的原因，是诗词的语言的连属性不仅仅凭借于思想因素，也有凭借于语言本身的连属的，例如排句对偶等，自然给人以密切比并的感觉，即押韵一事，亦有粘合语句的能力。所以思想尽管跳，而文章仍旧连，多方面的脉络存在于暗中，不必显示。这单说明了诗词的句法，还不曾详细讨论到章法。若讨论到章法问题，我们接触一个更基本的原则。

诗词的章法可以分两面说，一面是思想的章法，例如相传是李白所作的那首《菩萨蛮》说登楼望远引起旅愁，上半阕由远及近，下半阕由近及远，作为一个开合者是。一面是语言本身的章法，语言的章法即是诗词的格律。古诗有古诗的格律，律诗有律诗的格律，每只词牌有每只词牌的格律。诗词的语言必定采取某种格律，所以诗词是格律化的语言。格律是形式，思想是内容，这内容和形式互相拍合，有密切的关系。内容托形式以表现，形式由内容而完成，好比结晶的东西，物质托于结晶的格式以呈现，而这结晶的格式是由物质充实而完成的。诗词的创作是以思想镕铸于格律化的语言之中，正如物质的结晶。

英人麦凯尔氏（Mackail，曾任牛津大学诗学教授）在一篇有名的论文《诗的定义》里说，诗所以别于散文者，可以分内容和形式两面来说，这两面并非不可以贯通的，他提出“拍登”（Pattern）一个要义来贯通这两方面。他说，诗的形式是“拍登”化的语言，有重复的单位，有回旋的节奏，散文虽然也可以有节奏，但是一往不返的，没有图案式的回环。而诗的内容乃是“拍登”化的人生。“拍登”的意义有“模型、图案”等，立体的“拍登”是模型，平面的“拍登”是图案，若是抽象的“拍登”呢，就是格律。所以麦氏所给诗的定义，即认为诗的形式是格律化的语言，诗的内容是格律化的人生。本来一切文字的内容即是人生，所谓人生者，包括一切人类的思想和情绪，乃至于自然的景物经文人赋予以人类的情趣的，皆属于人生的范围以内。不过这人生原是无边无际粗糙而散漫的，当诗人剪裁人生的题材，放在模子式的语言里表达出来时，已经经过"镕裁"的作用，所以诗里面所表现的人生也是格律化的人生了。也许读者认为麦氏的说法相当守旧，好像他忽略了自由诗，不过我们借此以论中国的诗词，则甚为恰当。而且自由诗既然成为一体，即也有这一体的形式，就此形式而论，即是一种格律，易言之，即以打破旧有的格律为格律者也。

楼头的景物可以想象的很多，我们但取"杨柳、飞雁"等类以入词，即是对于题材先加以剪裁了。但必须说出"江上柳如烟，雁飞残月天"两句，方才是《菩萨蛮》中间的语言，此时是想象迁就了格律，经过了这镕铸作用，散漫的意绪方才得了定型。而且，这两句的意境确然是词的意境而不是古诗的意境，同时，这两句的格调是词的格调，而不是古诗的格调。明乎此，说诗词的内容是格律化的人生，这句话是无可怀疑的至理名言。

词的格律很严，每个词调成为一个模型。把可以调和的许多意象（image），放在这模型里听其自然融合是可能的一种处理。打一个粗浅的譬喻，譬如在镂花的板子上，把白糖、米粉、桂花、薄荷之类装进去，听其自然融合，然后敲出各色各样的细巧茶食，有的是扇子形的，有的是葫芦形的，那《浣溪沙》《菩萨蛮》《蝶恋花》等，正是各种图案格式，春花、秋月、相思、别恨等的题材，亦即是白糖、米粉之类。所选择的题材既然是可以调和的，那末自然的融合并不很难。当然艺术手腕有高明与拙劣之分，高明的有神理脉络可寻，拙劣的即成为堆砌。所以填词一道很容易倾向于印象派或唯美派的作风，所谓“七宝楼台，炫人眼目，拆卸下来，不成片段”者，这是因为在词里面，声律的安排非常完整，本身成为一个图案，填词家容易拿词藻施贴上去，神理脉络随读者自己去看，作者自己也说不清楚的。

飞卿逐弦管之音而施贴以美艳的词句，与其说思想在进行，毋宁说腔调在进行，至少是诗意随着声调的曲折流转而联度下去的一种韵味。读古文，宜乎一口气读下，所谓文势急者是也，文势急即是思想连贯而下，波澜起伏的意思。至于词曲，则文势甚缓，原是歌者曼衍其音节，字字称量而出，若文意太连，反而斫断，所以词曲的文章，皆不是单线的进行，不但曲折多姿，而且积聚着许多的词藻，那些词藻带来一连串的图画的意象，由歌者缓缓歌唱时，这一连串的图画的意义，呈现到听者的心眼，耐人寻味。吟诵的东西与歌唱的东西不完全相同，因为思想和情感要在繁音促节里表达出来，所以词曲成为细腻的文学。

这十四首《菩萨蛮》可以比之于十四扇美女屏风，各有各的姿态，而且是七宝镶嵌的琉璃屏风，光彩射目，美艳绝伦。其中花纹斗榫，颇见匠心，读者倘以同地位的词句在这些篇章里任意移易，即发见其不适合，所以脉络是暗中存在的，而每章各自有它的章法。

这些《菩萨蛮》都属于“闺情”的一个题目之下。有人认为是宫怨或宫词者，其说非是。以为宫词者举“青琐对芳菲”“故国吴宫远”“满宫明月梨花白”为证。今按：青琐固为汉代宫中门窗之饰，但后来豪贵之家皆已僭用。《后汉书·梁冀传》：“冀大起第舍，窗牖皆有绮疏青琐。”《晋书·贾谧传》：“充每宴宾僚，其女辄于青琐中窥之。”后代诗人用此词藻，意义有二，或指宫中，或用作“闺闼、绮窗”的同义词，故不可拘泥。而况下文所接是“玉关音信稀”，明点民间思妇之词，不说宫中美人也。“故国吴宫远”与“家住越溪曲”同，泛泛用西施的典故以比拟美人。只有“满宫明月梨花白”一句最难解释，但下文说“故人万里关山隔”，亦不是宫人口吻。岂必如刘无双之复忆王仙客乎？

飞卿诗集中有《舞衣曲》，结句云“满楼明月梨花白”，与此适差一字，不知这里的“宫”字是否后人所改。且以训诂而言，“宫、室”通称，原不限于帝王后妃之所居，梵宇道观亦皆可称宫。教坊中人按月令承应，须承值到宫中，北里中人则到处宴游，此处泛泛言及，竟不知在什么地方，必欲因此一句坐实宫词，亦甚勉强。《北梦琐言》虽说到令狐绹曾把飞卿词进献于唐宣宗，却是因为宣宗爱唱《菩萨蛮》词调，并非宣宗要令狐绹作宫词而令狐绹假手于温飞卿。凡宫中所唱词曲，题材不一，不必皆是宫词，我们通常称为宫词者，单指宫怨一类题目的诗词，或者是描写宫闱琐事的连章，如王建、花蕊夫人等的宫词。至于一般的艳体诗词，可以称为宫体，这是南朝以后的习惯通称，却不能一齐称为宫词。《花间集序》说明词的体制有“自南朝之宫体，扇北里之倡风”那两句话，飞卿词正是如此，是渊源于南朝的宫体诗，而作北里的新歌曲的一种词章。这种歌曲的内容题之为“闺情”已伤忠厚，毋宁称之为“倡情”，更为恰当。

本来乐府篇章出于伎乐，所以这“倡情”也是千百年来文学上的一个大传统。古诗：“青青河畔草，郁郁园中柳。盈盈楼上女，皎皎当窗牖。娥娥红粉妆，纤纤出素手。昔为倡家女，今为荡子妇。荡子行不归，空床难独守。”是可以代表倡情文学的名篇，恐怕是汉代伎乐的歌词。温飞卿的《菩萨蛮》与之一脉相承，十四篇反复所叙亦只此意。古诗朴实，唐词艳丽，可以看出乐府文学的变迁，同时也可以看出文学的题材都有一个遥远的传统。

飞卿的长处在乎能体会乐府歌曲的作法。有些地方得力于南朝乐府，去古未远。南朝乐府中多谐音双关语，如莲借为怜、藕借为耦、棋借为期、碑借为悲之类、飞卿亦偶用此，而自然高雅，不落俚俗。“满宫明月梨花白”，梨借为离别之离，所以下面紧接“故人万里关山隔”，有这谐音的联想，更觉语妙。“心事竟谁知，月明花满枝”“鸾镜与花枝，此情谁得知”，枝、知亦是谐音双关语，《诗经》云“譬如坏木，疾用无枝，心之忧矣，宁莫之知”，《说苑·越人歌》云“山有木兮木有枝，心悦君兮君不知”。这种诗词的特殊的语言是直接从民歌里来的，飞卿熟悉这一类乐府歌曲中的用语，不期然而然的用了出来，意味非常深厚。陈廷焯《白雨斋词话》曾指出“鸾镜与花枝，此情谁得知”，谓含有深意，却不曾说明深意究竟何在。或者是仁者见仁、智者见智，陈氏的了悟怕是主观的吧。我们参较乐府歌曲的用语，所能见到的比较的清楚，也比较的客观。换言之，即这一类的句法的脉络，不在思想因素上，也不在境界上，而在于语言本身的关联上。所谓“无论识与不识，解与不解，都知是好言语”者，这一类好言语非必不可识、必不可解也。我爱飞卿词中乐府气氛的浓厚，王静安以“画屏金鹧鸪”品之，似未为平论。

聊为总论如上，余详笺释中。

笺释

第一首

“小山”可以有三个解释。一谓屏山，其另一首“枕上屏山掩”可证，“金明灭”指屏上彩画。二谓枕，其另一首“山枕隐秾妆，绿檀金凤凰”可证，“金明灭”指枕上金漆。三谓眉额，飞卿《遐方怨》云：“宿妆眉浅粉山横。”又本词另一首“蕊黄无限当山额”，“金明灭”指额上所傅之蕊黄，飞卿《偶游》诗“额黄无限夕阳山”是也。三说皆可通，此是飞卿用语晦涩处。

俞平伯《读词偶得》主屏山之说，他说：“‘小山’屏山也，此处律用仄平，故变文耳。‘金明灭’状初日生辉，与画屏相映。日华与美人连文，古代早有此描写，见诗《东方之日》，楚辞《神女赋》，以后不胜枚举。此句从写景起笔，明丽之色，现于毫端。”俞先生从金明灭三字中想象出初日的光辉与画屏交映的美景，是善读词者，令人想及古乐府“日出东南隅，照我秦氏楼”的气象。律用仄平之说，大体不误，飞卿《菩萨蛮》确实如此，惟“南园满地”首为例外，至韦庄《菩萨蛮》则常用平平仄仄起，韦氏律宽而温氏严也。

度，过也，是一轻软的字面。非必鬓发鬅松，斜掩至颊，其借力处在云、雪两字。鬓既称云，又比腮于雪，于是两者之间若有关涉，而此云乃有出岫之动态，故曰欲度。朱孟实先生在《诗论》里说（一七四至一九七页）：绘画是空间的艺术，故主描绘而难于叙述，其叙述也，化动为静，在变动不居的自然中抓住某一顷刻。诗是时间的艺术，故长于叙述而短于描绘，其描写物体亦必采取叙述动作的方式，即化静为动。如“巧笑倩兮，美目盼兮”“池塘生春草”“塔势如涌出，孤高耸天宫”“鬓云欲度香腮雪”“千树压西湖寒碧”，皆是其例。此说本德人莱森之诗画异质说而推阐之者。

古之帷屏与床榻相连，首两句写美人未起。三四始述动态，于不矜持处见自然的美。五六美艳，仿佛见《牡丹亭·惊梦》折杜丽娘唱“袅晴丝吹来闲庭院”一曲之身段。“照花”及“花面”又可有两种解释。一谓美女簪花，对镜理妆；另一解则以花拟人。古人往往以美女比花，虽未免轻薄，于伎家用之，亦不足深责，如韦庄“此度见花枝，白头誓不归”之类，不一而足。故此处言照花者犹言照人，言花面者犹言人面耳。言人则平实乏味，用花字以见其妍丽之姿，而词中主人之身份亦可断定矣。前后镜中人面交相映的美态，在飞卿以前尚无人说过。

襦，上衣，犹今之袄，男女通服。《晋书》：“韩伯年数岁，至大寒，母方为作襦，令伯捉熨斗，而谓之曰：‘且著襦，寻当作复裈。’伯曰：‘不复须。’母问其故，对曰：‘火在斗中而柄尚热，今既着襦，下亦当暖。’母甚异之。”《语林》：“谢镇西着紫罗襦，乃据胡床，弹琵琶，作大道曲。”（并见《北堂书钞》卷一二九引）

鹧鸪，似野鸡而小，近竹鸡之类。按许浑诗：“南国多情多艳词，《鹧鸪》清怨绕梁飞。”又郑谷诗：“离夜闻横笛，可堪吹《鹧鸪》。”是唐时有《鹧鸪曲》也。崔氏《教坊记》有《山鹧鸪曲》，其后词调中有《鹧鸪天》，《宋史·乐志》有《瑞鹧鸪》。又按：鹧鸪是舞曲，其伴曲而舞，谓之鹧鸪舞，伎人衣上画鹧鸪。韦庄《鹧鸪诗》：“秦人只解歌为曲，越女空能画作衣。”元人白仁甫作《驻马听》四首分咏吹、弹、歌、舞，其第四首咏舞云：“谩催鼍鼓品《梁州》，鹧鸪飞起春罗袖。”亦谓伎人舞衫上往往绣贴鹧鸪图案也。故知飞卿所写正是伎楼女子。张惠言谓有《离骚》初服之意，不免令人失笑。近有词学老辈讲此两句，谓飞卿落第失意，此刺新进士之被服华鲜也，更堪绝倒。

此章写美人晨起梳妆，一意贯穿，脉络分明。论其笔法，则是客观的描写，非主观的抒情，其中只有描写体态语，无抒情语。易言之，此首通体非美人自道心事，而是旁边的人见美人如此如此。如照这样说，则翻译成外国诗，“懒起画蛾眉，弄妆梳洗迟”上应补足一主词“她”。但中国诗词向来没有主词，此处竟可两用。“懒起”上也不一定是“她”，也许就是“我”。因为这些曲子是预备给歌伎传唱的，其中的内容即是倡楼生活，所以是“她”是“我”，不容分辨。在听者可以想象出一个“她”，在歌者也许感觉着是“我”。词人作词，只是“体贴”两字，不分主观与客观，如温飞卿十四首《菩萨蛮》以闺情为题，其中有描绘美人体态语，亦有代美人抒情语，只注意在体绘人情，竟不知是谁人的说话，亦不知主词是“她”是“我”也。

第二首

俞平伯云：“以想象中最明净的境界起笔，李义山诗：‘水精簟上琥珀枕’，与此略同。”水精颇黎，亦词人夸饰之语，想象之词，初非写实。颇黎即玻璃，亦即琉璃，为大秦国之艺术品，汉时已入中国。一本作珊瑚枕，意亦相似。鸳鸯锦谓锦被上之绣鸳鸯者。“暖香惹梦”四字所以写此鸳鸯锦者，亦以点逗春日晓寒，美人尚贪恋暖衾而未起。此两句写闺楼铺设之富丽精雅，说了枕衾两事，以文法言，只有名词而无述语。述语可以省略，听者可以直接想象有此闺房，闺房内有此枕衾也。中文往往有此类句法，将“有”字省略，但搬出些名词，岂但诗词如此，辞赋骈文皆然，如庾信《小园赋》云“一寸二寸之鱼，三竿两竿之竹，离披落格之藤，烂熳无丛之菊，落叶半床，狂花满屋”，鱼也，竹也，藤也，菊也，皆不必再加述语。因中文可省略述语，故描写静物、静景较易，上引莱森之《诗画异质说》及朱孟实先生之《诗论》，谓诗人描写景物，必须采取动作的方式，化静为动者，按之中国诗词又不尽然了。

“江上”两句，忽然开宕，言楼外之景，点春晓。张惠言谓是梦境，大误。上半阕虽未说出人，但于惹梦两字内已隐含此主人，与前章相同，亦说美人晓起，惟不正写晓起之情事，写帘内及楼外之景物耳。此章之时令为正月七日，薛道衡《人日诗》：“人归落雁后，思发在花前。”“雁飞残月天”之雁，亦不无来历。

下半阕正写人，而以初春之服饰为言。《后汉书·舆服志》："皇太后入庙，耳珰垂珠，簪以玳瑁为擿，长一尺，端为华胜，上为凤凰爵，以翡翠为毛羽，下有白珠垂，黄金镊。"贾充《典戒》云："人日造华胜相遗，像瑞图金胜之形，又像西王母戴胜也。"《荆楚岁时记》："正月七日为人日，剪彩为人，或镂金箔为人，以贴屏风，亦戴之头鬓，又造华胜以相遗。"陆龟蒙诗："人日兼春日，长怀复短怀，遥知双彩胜，并作一金钗。"《文昌杂录》："唐制，立春赐三省官彩胜各有差。"据此，知胜有华胜、人胜之别，又有金胜、彩胜之分，金胜者镂金为之，彩胜则剪彩为之，人胜像人形，华胜则为别种之图案。立春日或人日以为饰，妇女戴之头鬓，缀于钗上，亦名幡胜，一称春幡。此章之时令，在"人胜参差剪"一句中，盖初春情事也。

俞平伯云："'藕丝'句其衣裳也，'人胜'句其首饰也。"可以如此说。但若说"藕丝"句为剪彩为胜之彩段之色则意亦连贯。这些地方是各人各看，无一定的讲法。"双鬓隔香红"亦然，俞说香红即花，"着一隔字而两鬓簪花如画"。谓簪花固妙，惟"香红"两字，词人只给人以色味之感觉，到底未说明白，不知谓两鬓簪花欤，抑但说脂粉，抑即指彩胜而言，是假花而非真花，凡此均耐人寻味。且吾人对于唐代妇女之服饰妆戴究属隔膜，故于飞卿原意亦不能尽知。"玉钗头上风”，俞平伯云：“着一风字，神情全出，不但两鬓之花气往来不定，钗头幡胜亦颤摇于和风骀荡中。”飞卿另有咏春幡诗云：“玉钗风不定，香径独徘徊。”可谓此句之注脚。

此章亦但写美人之妆饰体态，兼以初春之时令景物为言。

第三首

此章换笔法，极生动灵活。其中有描绘语，有叙述语，有托物起兴语，有抒情语，随韵转折，绝不呆滞。“蕊黄”两句是描绘语，“相见”两句是叙述语，“翠钗”两句托物起兴，“心事”两句抒情语也。

凡词曲多代言体。戏曲之为代言体，最易明白，如莺莺上场唱一曲，乃作者替莺莺说话，张生上场唱一曲，乃作者替张生说话。词在戏曲未起以前，亦有代言之用，词中抒情非必作者自己之情，乃代为各色人等语，其中尤以张生、莺莺式之才子佳人语为多，亦即男女钟情的语言。宫闺体之词譬诸小旦的曲子。上两章但描写美人的体态，尚未抒情，笔法近于客观，犹之《诗经·硕人》之章。此章涉及抒情，且崔、张夹写，生、旦并见，于抒情中又略有叙事的成分。何以言之？“蕊黄无限当山额，宿妆隐笑纱窗隔”，此张生之见莺莺也。“相见牡丹时，暂来还别离”，此崔、张合写也。“翠钗”以下四句，则转入莺莺心事。譬之小说，观点屡易，使苦求神理脉络者有惝恍迷离之感。实则短短一曲内已含有戏曲之意味。故知乐府歌曲，不拘一格，写人、写事、写情、写景均无不宜，如此章者虽只是小旦曲子，但既云隐笑，又云相见，则其中必有一小生在。其与戏曲不同者，戏曲必坐实张某、李某之事，词则但传情调，其中若有故事之存在，但不具首尾，亦譬如绘画，于变动不居的自然中抓住某一顷刻，亦譬如短篇小说，但说一断片的情绪，此情绪是普遍的而非特殊的，谓之崔张之事亦可，谓之霍、李、陈、潘均无不可。词之言情用此种方式表达者甚多。若谓飞卿此词，自记其艳遇，则凿矣。飞卿之艳游尽多，又何必在牡丹、纱窗之间乎？又何必不在牡丹、纱窗之间乎？此亦不过设想有此境界与情调而已。

蕊黄，黄色花粉，用以傅于眉额之间，《木兰诗》："对镜贴花黄。"飞卿诗："额黄无限夕阳山。"（山以拟眉）宿妆者与新妆对称，谓晨起未理新妆，犹是昨日之梳妆也，故谓之宿。翠钗两句是托物起兴。凡诗歌开端，往往随所见之物触起情感，谓之"托物起兴"。此在下片之始，故可用此句法。乃是另一开端。于兴之中，又有比义，钗上双蝶，心事可喻。用以结出离别之感，脉络甚细。知、枝为谐音双关语，《说苑·越人歌》："山有木兮木有枝，心悦君兮君不知。”主要还在说“心事竟谁知”一句，而以“月明花满枝”为陪衬，在语音本身上的关联更为紧凑。在意境上，则对此明月庭花能不更增幽独之感？是语音与意境双方关联，调融得一切不隔。《越人歌》古朴有味，飞卿的词句更其新鲜出色，乐府中之好言语也。

第四首

此章赋美女游园，而以春日园池之美起笔。首句托物起兴。㶉鶒，鸳鸯之属，水鸟也。翘，鸟尾长毛。吴融《咏鸳鸯》诗：“翠翘红颈复金衣，滩上双双去又归。”此言金缕，亦即金衣也。《山堂肆考》：“翡翠鸟尾上长毛曰翘，美人首饰如之，因名翠翘。”韦应物诗：“头上鸳钗双翠翘。”是翠翘本为鸟尾，其后以称钗饰。俞平伯释此词，以钗饰立说，谓“水纹”句不宜连上读，犹之“宝函钿雀金㶉鶒，沈香阁上吴山碧”，两句相连而绝不相蒙。至于首句言妆饰，以下突转入写景，由假的水鸟飞渡到春池春水，此种结构正与作者之《更漏子》“惊塞雁，起城乌，画屏金鹧鸪”同一奇绝。按俞说殆误。飞卿此处实写㶉鶒，下句实写春池，非由钗饰而联想过渡也。俞先生因连读前数章均言妆饰，心理上遂受影响，又“翠翘”一词藻，诗人用以指钗饰者多，鸟尾的意义反为所掩，今证之以吴融之诗，知飞卿原意所在，实指鸳鸯之类，不必由假借立说矣。棠梨为中土所原有，别种来自海外，似棠梨而实异，因以海棠梨名之，犹之今日舶来品都冠以“洋”字，今则简称曰海棠矣。

上半阕写景，乃是美人游园所见，譬如画仕女画者，先画园亭池沼，然后着笔写人。“绣衫”两句，正笔写人。写美女游园，情景如画，读此仿佛见《牡丹亭·惊梦》折前半主婢两人游园唱“原来姹紫嫣红开遍”一曲时之身段。飞卿词大开色相之门，后来《牡丹亭》曲、《红楼梦》小说皆承之而起，推为词曲之鼻祖宜也。

作宫闺体词，譬如画仕女画，须用轻细的笔致，描绘柔软的轮廓。“绣衫遮笑靥”之遮字，“烟草黏飞蝶”之“黏”字，“鬓云欲度”之“度”字，“暖香惹梦”之“惹”字，皆词人炼字处。

此十四章非宫词，乃是通常之闺情，作北里之歌曲，已详前论。“青琐”虽为汉代宫中门窗之饰，惟其后豪贵之家多僭用之，词人用此，亦不拘于宫闱，与“绮窗、绣闼”同义。求之于古，则《晋书·贾谧传》记贾充女于青琐中窥韩寿，求之于近，则元人郑德辉有《迷青琐倩女离魂》杂剧。琐者连环为文，门窗刻镂回文，傅以青绿之色，曰青琐。此章言美女游园，而以一人独处思念玉关征戍作结，此为唐人诗歌中陈套的说法，犹之“忽见陌头杨柳色，悔教夫婿觅封侯”之类也。

凡诗词不用主词，而诗词中之主人或其他人物可以明白者，从其字面及词藻中可以看明。例如此首开始铺设一个园池的背景，到底谁人出来游园，尚未分晓，及至“绣衫遮笑靥”句，方知是莺莺、霍小玉辈，不是张君瑞、李益。绣衫者举服色以知人，青琐者举居处以知其主人，用此类字面，不必说“她”或“她们”了。再例如张芸叟的《卖花声》“醉袖抚危阑，空水漫漫”说“醉袖”两字即代替“我”字，不必再加“我”字。上文云：“十分斟酒敛芳颜。”用“芳颜”字面，知旁边有一个“她”。秦少游的《满庭芳》：“山抹微云，天黏衰草，画角声断谯门。”先铺设背景，到“暂停征棹”方始出人，此人乃即要棹船出游的自己。下面用“香囊暗解，罗带轻分”句，方始知道上面所说的“聊共饮离尊”不是同僚男友的饯别。凡此皆是举衣服、居处、体貌等以代表说人物之办法也。读旧诗词可用此例以求，盖旧诗词之语言，乃一不用主词亦不常用代名词之语言也。

《诗经·硕人》之章赋一美人，说明齐侯之子，卫侯之妻。汉诗《青青河畔草》，说明“盈盈楼上女，皎皎当窗牖”，皆是客观的写法，易言之，即讲说一个人，主词是“她”。飞卿十四首《菩萨蛮》皆赋美人，却不曾提出美人或女子字样，但举妆饰、居处、体态、心事为言，其写法在客观、主观之间，主词可以是“她”，亦可以是“我”，此因为歌伎而作而又使歌伎歌唱之曲子，故描绘语与抒情语糅合在一起。以观点而论，实不清楚。盖自南朝女伎之乐舞发达以后，采取民间艳歌与文人所写描写女性的艳诗，制成歌曲，又伴以舞蹈，主观、客观渐渐糅合，她即是我，我即是她，故抒情语与描绘语融合一起，脉络更难分析也。如此首，写美女游园，可以作旁人的口气，而同时又可作美女游园自己歌唱的抒情曲子，若加以舞蹈的身段，即是《牡丹亭·惊梦》折之《游园》一段。所以词与戏曲实先后相承，本是一物，今人不见当时菩萨蛮队舞等之身段，乃以抒情诗看之，不免隔膜了。

至于小令之作法，各各不同。通常多一口气抒情者，例如温飞卿之《望江南》：“梳洗罢，独倚望江楼，过尽千帆皆不是，斜晖脉脉水悠悠，肠断白苹洲。”此是抒情小曲，主词是“我”，且为女性的我。此小旦曲子也。如秦少游之《江城子》：“西城杨柳弄春愁，动离忧，泪难收，犹记多情曾为系归舟。碧瓦朱桥当日事，人不见，水空流。”（其一）“韶华不为少年留，恨悠悠，几时休，飞絮落花时候一登楼。便做春江都是泪，流不尽，许多愁。”（其二）此亦为抒情小曲，主词亦是“我”，为男性的我。此小生曲子也。以前所讲假托李白之《菩萨蛮》：“平林漠漠烟如织，寒山一带伤心碧，暝色入高楼，有人楼上愁。玉梯空伫立，宿鸟归飞急，何处是归程，长亭连短亭。”此词既非小旦曲子，亦不像小生曲子，其中不涉风情，是诗人之情味借曲调中达出者，题意是旅客登楼，望远思归，可以作为正生之曲子。只因通行本改玉梯为玉阶，于是有题为“闺情”者，其实非是。虽登楼旅客可男可女，但题作“闺情”实无根据，纯系玉阶两字引起“玉阶怨”等宫闺之联想，由字面之推寻，遂而坐实女性。一字之差，遂使词中主人发生男女性别之疑问，甚矣，词之难读也。

第五首

此章亦写美人晓起。惟变换章法，先说楼外陌上之景物。“杏花、绿杨”两句虽同为写景，而“团香雪”给人以感觉，“多离别”给人以情绪。团字炼。月胧明，唐五代词中数见，如顾敻《浣溪沙》云“小纱窗外月胧明”，薛昭蕴《小重山》云“玉阶华露滴，月胧明”，乃唐时俗语，疑胧与笼通，即照着之意，犹“烟笼寒水月笼沙”之笼也，不必作朦胧讲。笼有笼罩、笼盖之意，月光笼罩，则是明月，非朦胧的月色也。求之于古，则潘岳诗“岁寒无与同，朗月何胧胧”，此处之胧胧，即明朗之意。旧眉，昨日所画之眉，晨起犹是宿妆，故曰薄。蝉鬓，拢鬓如蝉翅之状，此是轻妆。轻，亦薄也。

以层次而言，先是美人闻莺而醒，残灯犹在，晓月胧明，于是搴幙以观，见陌上一片春景。看了半晌，方想到理妆，取镜过来，自觉旧眉之薄，蝉鬓之轻，复帖念于昨宵的残梦，心绪亦不甚佳。散文的层次，应是如此，诗词原可参差错落地说。

以诗词作法而论，则先以写景起笔，而杏花、绿杨亦是托物起兴，乐府之正当开始也。先说春天景物，容易唤起听曲者之想象，至“灯在月胧明，觉来闻晓莺”，则若有人焉，呼之欲出。至下半阕则少妇楼头，全露色相，明镜靓妆之际，略窥心事。章法是一致的由外及内。

以观点而论，亦在客观、主观之间。如由“觉来闻晓莺”句看，则主词似是“我”，通首可看成美人之自言自语。其实飞卿心中，无此成见，仍是描绘体贴的笔墨，作为客观地说一美人，亦可通得。此十四章均写美人，主词即是美人，无论作第三人称的她或第一人称的我，均可省却，而又可两面看，此乐府歌曲之特点也。词中凡说及人处，即直举服色动作等代替之，如前章“绣衫遮笑靥”，举绣衫即说到人，此章直说“觉来”“褰翠幙”，更不必用主词。褰与搴通。“玉钩”非主词，乃名词之在“用格”（instrumental case），谓其人用玉钩以搴翠幙也。

第六首

此章独以抒情语开始，在听者心弦上骤然触拨一下。此句总提，下文接叙惜别情事。举玉楼，可见楼中人之身份。玉楼本道家语，谓神仙所居，古人每以北里艳游，比之高唐洛水，不啻仙缘，故此所谓玉楼者即青楼、秦楼之比，诗人所用之词藻也。云“长相忆”者，此章言美人晨起送客，晓月胧明，珍重惜别，居者忆行者，行者忆居者，双方的感情均在其内。曹子建诗：“明月照高楼，流光正徘徊。”在行者则此景宛然，永在心目，能不相念，在居者则从此楼居寂寞，三五之夕，益难为怀。故此句单立成一好言语，两面有情。

“柳丝”句见春色，又见别意。“春”字见字法，若云“风无力”则质直无味。柳丝的袅娜，东风的柔软，人的懒洋洋地失情失绪，诸般无力的情景，都是春的表现。楚辞云“王孙游兮不归，春草生兮萋萋”。君，男子美称。从草萋萋三字上可以联想到王孙，加以骄马之嘶，知此玉楼中人所送者为公子贵人也。

凡乐府古诗中用“君”字通常指女子之对方，即是男人。如古诗：“行行重行行，与君生别离。相去万余里，各在天一涯。道路阻且长，会面安可知。胡马依北风，越鸟巢南枝。相去日已远，衣带日已缓。浮云蔽白日，游子不顾返。思君令人老，岁月忽已晚。弃捐无复道，努力加餐饭。”这首诗托为女子口气，是主观的抒情诗。“行行重行行”说的是男人远行，但这是一首歌曲的开头，提了那么一句，犹之此首飞卿词中之“玉楼明月长相忆”，难以安上一个主词。下面“与君生别离”起，方才可以安上主词“我”，这里“我”乃是女子，“君”指对方。抒情诗并不真是对话，那个君不在对面，这首诗是男人出门已久，“相去日已远”，“岁月忽已晚”，女子一人在家感叹地自言自语。“游子不顾返”的“游子”与“思君令人老”的“君”是一人。君字的意味在第二人称与第三人称之间。“思君”译作“想念你”也可以，“想念他”也可以，不过把前后两个“君”字译作“你”，似乎活泼一点。再如：“冉冉孤生竹，结根泰山阿。与君为新婚，兔丝附女萝。兔丝生有时，夫妇会有宜。千里远结婚，悠悠隔山陂。思君令人老，轩车来何迟。伤彼蕙兰花，含英扬光辉。过时而不采，将随秋草萎。君亮执高节，贱妾亦何为。”此诗是一女子已订婚，男人好久没有来娶她，自己感伤的话。“君”

指未婚夫而言，亦不在面前。意味亦在“你”“他”之间，以译作“你”字为活泼。“贱妾”等于第一人称。

古诗：“客从远方来，遗我一书札。上言长相思，下言久离别。置书怀袖中，三岁字不灭。一心抱区区，惧君不识察。”此处之“君”亦为女子所结想的对方，“你”亦可，“他”亦可，“他”字的意味多些，全诗是一个女子的自言自语。曹植《七哀诗》：“明月照高楼，流光正徘徊。上有愁思妇，悲叹有余哀。借问叹者谁，言是客子妻。君行逾十年，孤妾常独凄。君若清路尘，妾若浊水泥。浮沉各异势，会合何时谐。愿为西南风，长逝入君怀。君怀良不开，贱妾当何依。”此诗是客观的观点传述了一个女子的抒情的话。“明月照高楼”起至“言是客子妻”是叙述语，“君行逾十年”起到结尾是抒情语，这些抒情语，可以放在引号中作为直接传述语。若说这些话是女子对着借问的人说的，那末君字既然指男人，而又是对旁人诉说，岂不是第三人称的“他”吗？事实上并没有那个借问的人，那是个虚拟，因此下面一段话是高楼上的女子一人独叹，所以“君”字乃是此女子默语中的对方，所以也是“你”。

根据上述的研究，古诗乐府中之“君”指男人，指女子所结想的对方。此字原是一个实在的名词，由国君、君侯、主人等的意义转变而为男子的尊称，再由男子的尊称转变而为人称代名词的性质。在这种自言自语的歌曲中，其意味在第二人称、第三人称之间。古诗观点清楚，即何者是旁人的话，何者是女子一人自说，结构分明，温飞卿的《菩萨蛮》观点不清楚，这些《菩萨蛮》中有描绘一个美人的话，也有女子自己抒情的话，而这些女子自己抒情的话又是夹在那些描绘语中间的，像是作者体贴女子的心境，代她说出。好比小说作家，写了一个女子，又加以心理描写，或者加入些自言自语的句子，不是真正的对话，论理说一个人的心境以及自言自语，别人何从知道，小说家等于上帝一样无所不知，诗词作家也是如此。飞卿只知道体贴女子，并没有懂得现代文法，也不懂西洋诗及白话诗，所以作法有点特别。要之，“送君闻马嘶”之“君”，即是古诗乐府里的“君”，指一男人。也就是当晓月胧明、柳丝袅娜的一个春天早晨里步出玉楼与美人相别的那个人。你要说是“你”呢，那末整首词成为一个女子的自言自语，所以是主观的观点，是主观的抒情诗，你要说送一个男人呢，那末也可以说是叙述语、描写语，是客观的观点。这些地方飞卿都弄不清楚，他也不要弄清楚，恐怕弄清楚了也写不出《菩萨蛮》了。

最公平的话，就是君是男人，其意味在第二人称、第三人称之间。“送君闻马嘶”者犹“送郎闻马嘶”也。近代歌曲中之“郎”字，亦不知是“你”是“他”，有时是“你”，有时是“他”，有时在“你”和“他”之间。

凡读词曲，觉脉络不清，谁说的话也看不清楚，实因古人未有现代文法之训练，文言本无主词，因此观点不定，一齐是作者体贴人情处，想象人情处，其描写、叙述、抒情三者混成模糊之一片也。

下片言送客归来。“画罗金翡翠”言幔帐之属。金翡翠，兴而比也，触起离绪。烛泪满盘，犹忆长夜惜别之景象，而窗外鸟啼花落，一霎痴迷，前情如梦。举绿窗以见窗中之佳人，思忆亦曰梦。往日情事至人去而断，仅有断片的回忆，故曰残梦。迷字写痴迷的神情，人既远去，思随之远，梦遥天涯，迷不知踪迹矣。

第七首

此章写别后忆人。“凤凰”句竟不易知其所指。或是香炉之作凤凰形者，李后主词“炉香闲袅凤凰儿”，“金缕”指凤凰毛羽，犹前章之“翠翘金缕双鸂鶒”也，或指香烟之丝缕。或云，“金缕”指绣衣，凤凰，衣上所绣，郑谷《长门怨》：“闲把罗衣泣凤凰，先朝曾教舞霓裳。”不知孰是。

“牡丹”句接得疏远，参看《忆秦娥》讲解中趁韵之法。歌谣之发句及次句有此等但以韵脚为关联之句法。另说，“牡丹”非真实之牡丹花，亦衣上所绣，“微雨”是啼痕。

“意信”《彊邨丛书》本作“音信”，是。《四印斋》本误，当据改。燕以春社日来，秋社日去。曰“双燕回”，见人之幽独，比也。

第八首

此章写春光将尽、寂寞香闺之情事。飞卿《酒泉子》：“背兰釭。”《更漏子》：“红烛背，绣帘垂，梦长君不知。”顾夐《甘州子》：“山枕上，灯背脸波横。”尹鹗《临江仙》：“红烛半条残焰短，依稀暗背银屏。”毛熙震《菩萨蛮》：“小窗灯影背。”顾夐《木兰花》：“背帐犹残红蜡烛。”皆言灯烛之背，是唐时俗语。临睡时灯烛未熄，移向屏帐之背，故曰背。或唐时之灯，有特殊装置，睡时不使太明，可以扭转，故曰背，今不可晓。

翠钿即花钿，唐代女子点于眉心。“金压脸”疑即金靥子，点于两颊者，孙光宪《浣溪沙》云“腻粉半粘金靥子”是也。“泪阑干”谓泪痕界面横斜也。

第九首

或谓温庭筠之“菩萨蛮”为宫词者，此论非也，辨已见前。通常所谓宫词如王建宫词、花蕊夫人宫词之类，指记叙宫闱中琐事，描写宫中美人之生活者。至飞卿所写乃倡楼之女，荡子之妻，历来乐府中通用之题材，有关于女性而已，不涉宫闱中事，故不能称之为宫词。此处“满宫明月梨花白”句，稍起疑问，前已言之，古者宫室通称，不必指帝王所居，而梵宇道观亦均可称宫，飞卿另有《舞衣曲》，其结句云“满楼明月梨花白”，与此仅差一字，今云“满宫”，是文人变换词藻，不可拘泥。此章如咏宫中美人，则不应有“故人万里关山隔”之句，岂必如刘无双王仙客之故事乎，此不可通者也。

顷细思其事，更进一解。盖飞卿所制实为教坊及北里之歌曲。教坊中之妓女常应节令入宫歌舞。崔令钦《教坊记》云：“妓女入宜春院谓之内人，亦曰前头人，常在上前。”此处所说妓女，系指教坊中一般妓女，其入宜春院者谓之内人，指教坊妓女之甄选入居宫苑中者。惟此类妓女数额有限，其余多数妓女则留居左右两教坊，可通称为教坊中人，或两院人，遇宫中宴庆或月令承应亦征入宫中歌舞。《教坊记》

云："进点戏日，内伎出舞，教坊人惟得舞《伊州》《五天重来》，不离此两曲，余尽让内人也。"又云："内伎歌则黄幡绰赞扬之，两院人歌则幡绰辄訾诟之。"知教坊人或两院人与内伎或内人有别，惟同为歌舞之伎，又幼时同在教坊学习歌舞则一也。今飞卿此章所写之伎，其已入宜春院中为内伎，或仅为教坊两院中人，所不可知，要之均可有入宫歌舞之事，如此则所谓"满宫"者或实指宫苑而言。

首句托物起兴。见梨花而忽忆故人者，"梨"字借作离别之"离"，乐府中之谐音双关语也。夫明月之下，若梅若杏，若桃若李，芳菲满园，何必独言梨花，此词人之剪裁，从梨花而触起离绪，乃由语言之本身引起联想也。故人者即旧情人，教坊姊妹自有婚配，亦可有情人，如《教坊记》所载，"裴承恩妹大娘善歌，兄以配竿木侯氏，又与长入赵解愁私通"之类，不一而足，与其他宫中之美人不同。

"金雁"从"关山"带出，雁而曰金，岂非秋之季候于五行属金，谓金雁者犹言秋雁乎？曰，梨花非秋令之物，不应作如此解。或云，金雁即舞衣上所绣，犹之第一章之"新贴绣罗襦，双双金鹧鸪"，"金雁一双飞"言舞袖之翩翻，亦犹郑德辉咏舞之曲"鹧鸪飞起春罗袖"也。此可备一说。另解，金雁者言筝上所设之柱，筝柱成雁行之形，故曰雁柱，亦有称金雁者，温飞卿咏弹筝人诗云："钿蝉金雁今零落，一曲《伊州》泪万行。"与此词意略同。以此解为最胜。崔氏《教坊记》有云："平人女以容色选入内者，教习琵琶、三弦、箜篌、筝等者谓搊弹家。"又云："开元十一年初制《圣寿乐》，令诸女衣五方色衣以歌舞之，宜春院女教一日便堪上场，惟搊弹家弥月不成，至戏日，上令宜春院人为首尾，搊弹家在行间，令学其举手也。"今飞卿此词所写，殆搊弹家之弹筝者也。

此章上下两片，随意捏合，无甚关联。"小园芳草绿"之"小园"，与"满宫明月梨花白"之"满宫"是否为一地，抑两地，不可究诘。由小园芳草之绿，忆及南国越溪之家，意亦疏远，参看《忆秦娥》讲解中所论以韵脚为关联之句法。"家住越溪曲"暗用西施典故，用一历世相传美人之典故，见此妓容貌端丽，亦为一美女子。"杨柳色依依，燕归君不归"，是敷衍陈套语。"君"字已见前解，为女子所想念之对方，亦即上片中之"故人"也。

第十首

宝函者，奁具，盛镜、钗、耳环、脂粉之盒，嵌宝为饰。钿雀，钗也，镂金以为各样花式曰钿，钿雀是金钗，上有鸟雀之形以为饰。鸂鶒，鸳鸯之属。上言钿雀，下言金鸂鶒，实只一物，盖“钿雀”但说金钗之上有鸟饰者，至“金鸂鶒”方特说此鸟饰之为一对鸳鸯也。

首句“宝函钿雀金鸂鶒”，托物起兴。鸂鶒，兴而比也。下接“沈香阁上吴山碧”，意甚疏远，亦韵的传递作用。以词意言之，则首句言女子所用之奁具及钗饰，次句写女子所居之楼及楼外之景。《天宝遗事》：“杨国忠尝用沈香为阁，檀香为栏槛，以麝香乳香筛土和为泥饰阁壁，每于春时木芍药盛开之际，聚宾于此阁上赏花焉。禁中沈香之阁，殆不侔此壮丽也。”小说所载如此，知唐明皇时宫中及杨国忠宅皆有沈香之阁。今温飞卿词中所云，乃文人之夸饰，不过言楼居之精美，非真有沈香之阁矣。“吴山碧”是楼外所见之景，吴地诸山，概可称为吴山。此词上片言“吴山碧”，下片言“芳草江南岸”，假定此词之背景在吴地。只要一首词中所设之地点不互相冲突，是可以单立者，但并不能据此以谓其余十三首所写皆吴地之女子，亦不可因其余所写背景或在长安遂嫌此首之不相称也。飞卿在长安时好游北里，其后至扬州，又多作冶游，见《旧唐书》本传。至此十数章《菩萨蛮》则泛泛为教坊及北里中人制歌曲，非特为某妓而作。另说，吴山指屏风，飞卿春日诗：“一双青琐燕，千万绿杨丝。屏上吴山远，楼中朔管悲。”

"杨柳又如丝，驿桥春雨时"，写景如画。句法开宕，与"江上柳如烟，雁飞残月天"绝类，皆晚唐诗之格调也。

上片言楼内楼外，下片接说人事。言画楼以见楼中之人，此女子凭楼盼远，但见江南芳草萋萋，兴起王孙不归之感叹，故曰"音信断"。单说"画楼音信断"可有两义，一意是说画楼中人久无音信到来，是男子想念女子的话，一意是说远人的音信久不到画楼，是女子想念男人的话，今此词中所说是后面一层意思。鸾镜亦宝函中之物，镜背有鸾凤之花纹，故曰鸾镜。此句远承第一句，脉络可寻，知此女子晨起理妆，对镜簪花插钗而忆念远人。诗词不照散文的层次说，因诗词的语言要顾到语言本身的衔接，不照意义的承接也。枝、知同音双关语，例见《诗经》及《说苑·越人歌》，飞卿于此《菩萨蛮》中两用之，皆甚高妙，已见前"心事竟谁知，月明花满枝"句之笺释。飞卿熟悉民歌中之用语，乐府之意味特见浓厚，《白雨斋词话》特称赏此两句，谓含有深意，初不知深意之究竟何在，盖陈氏但从直觉体味，尚未抉发语言中之秘奥耳。

第十一首

《菩萨蛮》律用仄平平仄起者为工，此章用平平仄仄起，稍疏。一霎，当时俗语，冯延巳《蝶恋花》：“红杏开时，一霎清明雨。”词是唐五代之俗曲，比诗较能容纳当时之俗语，且以运用若干俗语为流动也。“清明雨”三字成为一个词藻，在诗人的语言中，除了“小雨、大雨、暴雨”之外，尚有一种雨，名曰“清明雨”。到底如何是“清明雨”，读者自能想象，盖当寒食清明之际，春光明媚之时，一阵小雨，密密蒙蒙，收去十丈软尘，换来一片新鲜的空气，然而柳絮沾泥，落红成阵，使人感着春光将老，引起伤春的情绪，这“清明雨”三字就可以带来这些个想象。

匀，匀拭。“匀睡脸”，谓午后小睡，睡起脂粉模糊，又加匀拭。张泌《江城子》：“睡觉起来匀面了，无个事，没心情。”牛峤《菩萨蛮》：“愁匀红粉泪，眉剪春山翠。”牛希济《酒泉子》：“梦中说尽相思事，纤手匀双泪，去年书，今日意，断人肠。”

第十二首

此章脉络分明，写美人春夜独睡情事，自午夜至天明。韦庄诗：“午夜清歌月满楼。”“午夜”犹言子夜，夜中半也。皓月中天是半夜庭除之景。“重帘悄悄”言院落之幽深。重帘深处即是卧室。麝烟，焚麝香之烟缕。薄妆者与秾妆相对，谓秾妆既卸，犹稍留梳裹，脂粉匀面。古代妇人秾妆高髻，梳裹不易，睡时稍留薄妆，支枕以睡，使髻发不致散乱。

流光如水，一年又是春残，静夜独卧，不禁追思往事，自惜当年青春美好，匆匆度过，有不堪回忆者。“花落月明残”，赋而比也。花落月残是庭中之景，此人既独卧重帘之内，何由见此，此句亦只虚写，取其比兴之义，以喻往事难回，旧欢已坠，起美人迟暮之伤感。言锦衾见衾中之人，一夜转侧，难以入睡，骤觉晓寒之重。“知”字有力。以仄平平仄平结句，《菩萨蛮》之正格，此第三字宜用平声字，不同于五律中之句法也。

第十三首

夜合者，一名合欢，亦曰合昏。木似梧桐，枝甚柔弱，叶似皂荚槐等，极细而繁密，互相交结，每一风来，辄自相解，了不相牵缀。其叶至暮而合，故曰夜合。五月花发，红白色，瓣上茸丝茸然。俗呼绒树，一名马缨花。此言“雨晴夜合玲珑日，万枝香袅红丝拂”，则是五月盛夏景象。萱草，即萱花，一名宜男，一名忘忧花，草本，五月抽茎开花，有红黄紫三色，六出四垂，朝开暮蔫，至秋深乃尽。《诗·卫风》：“焉得谖草，言树之背。”谖草谓即萱草，背，北堂，妇人所居。此词首言夜合，继言萱草者，嵇康《养生论》云：“合欢蠲忿，萱草忘忧。”昔人往往以此两种植物联举，举其一联想其二，又此两种花木皆于五月盛开也。夜合花与萱花，皆日中盛开者，一本作玲珑月，涉下章而误，非是。

词人言夜合，言萱草，皆托物起兴，闺怨之辞也。杜甫《佳人诗》：“合昏尚知时，鸳鸯不独宿。”《诗经·伯兮》：“焉得谖草，言树之背，愿言思伯，使我心痗。”两处皆叙妇人离索之感。“闲梦忆金堂”句，颇为费解，俞平伯《读词偶得》中有云：“吾友更曰：飞卿《菩萨蛮》中只‘闲梦忆金堂，满庭萱草长’，是记梦境。”平伯之友都不信张惠言之说，一一驳倒张氏之所谓梦境者，但留此些微余根未薙。余谓“闲梦忆金堂，满庭萱草长”亦非梦境也。何以言之？萱草与夜合同为阶除间物，五月盛开，岂可分别作一是实境，一是梦境乎？“金堂”者即妇人所居，亦即《诗经》北堂之意，词人夸饰之言。美人之楼居则以“玉楼、香阁”等词藻称之，今夜合萱草等皆堂庭阶砌间物，故用“金堂”一个词藻。要之“玉楼、金堂”等皆举居处以言人，中国诗词避免人物之称谓，往往但举居处服饰而言，前已详论之矣。故“闲梦忆金堂”者，即金堂中人有所闲忆，亦即美人有所想念之意。此女子见夜合萱草之盛开，不能忘忧蠲忿，反起离索之感，忆者忆念远人，梦者神思飞越，非真烈日炎炎，作南柯之一梦也。闲思闲想，无情无绪，亦可称梦，亦可称忆。金堂是闲梦之地，在文法上为位置格（locative case），非闲梦之对象，此句因押韵之故，作倒装句法，意谓人在金堂中闲梦，非梦到一金堂也。而夜合之玲珑与满庭之萱草，皆此金堂中所有之实物。

罽毵，下垂貌，李长吉《春坊正字剑子歌》："挼丝团金悬罽毵。"眉黛句接得疏远，亦递韵之法。"春水渡溪桥，凭阑魂欲销"情词俱美，惟究与上文作如何之关联乎？勉强说来，则"春水"从上句"远山绿"三字中逗出，但远山是比喻，从虚忽度到实，其犹"惊塞雁，起城乌，画屏金鹧鸪"之从实忽度到虚之一样奇绝乎？此皆可以联想作用解释之。但上片言盛夏之景，此处忽曰春水溪桥，究嫌抵触。飞卿《菩萨蛮》于七八两句结句有极工妙不可移易者，如"双鬓隔香红，玉钗头上风""花落子规啼，绿窗残梦迷"之类，有敷衍陈套语如"杨柳色依依，燕归君不归""时节欲黄昏，无憀独倚门"之类。亦有语句虽工，但类似游离的句子，入此首固可，入另首亦无不可者，如"人远泪阑干，燕飞春又残""春水渡溪桥，凭阑魂欲销"之类是也。

第十四首

俞平伯云：“隐当读如隐几而卧之隐。”“绿檀金凤凰”即承上山枕而言。檀木所制，绿漆，凤凰花纹。“故国吴宫远”用西施之典故，不必指实，犹上章之“家住越溪曲”也。“春恨正关情”较前章之“春梦正关情”仅换一字，此十数章本非接连叙一人一事，故亦不妨重复。前章言晨起，故曰春梦，此章向未入睡，故云春恨。春恨者，春闺遥怨也。画楼残点，天将明矣，见其心事翻腾，一夜未睡，故乡既远，彼人又遥，身世萍飘，一无着落，不胜凄凉之感。飞卿特以此章作结，不但画楼残点，结语悠远，而且自首章言晨起理妆，中间多少时日风物之美，欢笑离别之情，直至末章写夜深入睡，是由动而返静也。

后记

《菩萨蛮》为唐代教坊及北里之小曲，飞卿逐弦管之音，为此侧艳之词，是以文词施贴于音律者，今唐宋词曲之音奏久亡，惟有平仄律可以考见，则据飞卿之词，除少数之例外，《菩萨蛮》之律应为如下之方式：

仄平平仄平平仄，仄平仄仄平平仄。平仄仄平平，仄平平仄平。　　仄平平仄仄，平仄平平仄。平仄仄平平，仄平平仄平。

其五七言之句法，较之五七言律诗中之平仄律稍有不同。韦庄以下所作之《菩萨蛮》则较飞卿之律又有出入矣。

飞卿制曲，其题材取历世相传乐府中通用之题材，远继古诗“青青河畔草”之篇，近取南朝《子夜》《懊侬》之歌，词中之主人则为倡楼之女、荡子之妻，亦有可指为教坊之伎者，或教坊之伎入宫为内人者。要之题材空泛，不能特指为宫词。十数章亦非一伎一人之事。

以观点而论，则描绘女子之语句，与女子自己抒情之口吻，夹杂调融而出，在客观描写与主观抒情之间，此种写法，确然不合逻辑，但词曲往往如此，因制词者是文人，而歌唱者是女子，且不但歌唱，又往往带舞蹈，若现身说法者然。中国之艺术，有共同之特点，如山水画之不讲透视，词曲之不论观点，皆不合科学方法，而为写意派之作风。如飞卿词之迷离恍惝，读者觉其难解，张惠言辈遂以梦境两字了之。要之词曲比诗又不同，皆因与音乐歌舞相拍合之故，其一则描写、叙事、抒情三者融成一片，故而难明，其二则语言本身之承接，音律之连锁常重于意义之承接也。

张惠言以《长门赋》比拟之，其失有二：一则题材并非宫怨，二则十四章非通连成一大结构者，前论已辨明之。此十四章如十四扇美女屏风，各有各的姿态。但细按之，此十四章之排列，确有匠心，其中两两相对，譬如十四扇屏风，展成七叠。不特此也，章与章之间，亦有蝉蜕之痕迹。首章言晨起理妆，次章言春日簪花，皆以楼居及服饰为言，此两章自然成对，意境相同，互相补足。三章言相见牡丹时，四章言春日游园，三章有“钗上双蝶舞”之句，四章言“烟草粘飞蝶”，亦相关之两扇屏风也。而二三两章之间有“双鬓隔香红，玉钗头上风”，与“翠钗金作股，钗上双蝶舞”作为蝉联之过渡。第五章言“杏花含露团香雪，绿杨陌上多离别”，第六章言“玉楼明月长相忆，柳丝袅娜春无力”，意境相同，而其下即写离别情事，此两章成为一叠。第七章“牡丹一夜经微雨”，第八章“牡丹花谢莺声歇”，亦互相关联者。而六七之间，以“玉楼明月长相忆”与“画楼相望久”、“柳丝袅娜春无力”与“阑外垂丝柳”作为蝉联之过渡也。九章“小园芳草绿，家住越溪曲”，十章“画楼音信断，芳草江南岸”，九章“杨柳色依依”，十章“杨柳又如丝”，此两章互相绾合。十一章“时节欲黄昏，无憀独倚门”，十二章“夜来皓月才当午，重帘悄悄无人语”，亦自然衔接。而十章与十一章之间，一云“驿桥春雨”，一云“一霎清明雨”，亦不无蝉蜕之过渡。第十三章“雨晴夜合玲珑日”，第十四章“珠帘月上玲珑影”，第十三章“眉黛远山绿”，第十四章“两蛾愁黛浅”，此两章自然成对。而第十二与第十三之间则以“重帘悄悄”与“绣帘重罘罳”作为蝉蜕。由此言之，则连章之说亦未可厚非，但作者若不经意而出此。其中所叙既非一人一日之事，谓为相连成一整篇即不可，盖歌者歌毕一章，再歌一曲，正如剥茧抽丝，不觉思绪之蝉联不尽耳。如《菩萨蛮》可以作为队舞之曲，则此十四章自适宜于连章歌唱。南朝之《子夜歌》亦连章歌唱者，如今《乐府诗集》所存不免残缺杂乱，惟如首章之“冶容多姿鬓，芳香已盈路”，次章之“芳是香所为，冶容不敢当”，自然成对，两两相合，盖亦出于男女酬唱之民歌。飞卿《菩萨蛮》之两两成对，其渊源甚远，于此可见乐府之传统，读者不可不察焉。

（《国文月刊》28，29，30，33，
34，35，36，38期，1944—1945年）

附录　就李白《菩萨蛮》答学生问

讲解李白《菩萨蛮》后，归纳学生读此词后之感想及问题作此答疑。

一、〔菩萨蛮〕既由女蛮进贡、唐人奇之而制成之乐调，则最早之词应有音乐情调。今李白词系旅人乡思，全系表示个人心情，故此词非原始的作品。是否据此可证明此词非李白所作?

答：可以据此证明。说〔菩萨蛮〕是因女蛮国进贡服装奇异而制成此乐，出于苏鹗之《杜阳杂编》，此是〔菩萨蛮〕乐调考源之一种说法。虽未必可信，但其说是“大中初”之事，与《北梦琐言》述唐宣宗爱唱〔菩萨蛮〕之事合。此为此词出于晚唐之证。李白时代太早耳。且知〔菩萨蛮〕是舞曲，是伎乐，故最早的词，必写女子装饰，且为通常为闺阁题材，如温飞卿之作是也。相传李白之词，情调不合。

二、此词写愁，愈后愈加重。由轻微到浓重是渐进的，不像“大江东去”，开口便豪放。

答：确是如此。所以说结构完整严密，由外景而到内心，由写景至抒情，愈后愈重。

三、“碧”是写茂盛的景色，与旅愁不能调和。

答：“碧”并不真可以译成“碧绿”，不包含茂盛的意思。“碧”是山之色。“寒山一带伤心碧”，即是寒山一带伤心色。“碧”字包含一切山之色，词人不想特写某种颜色，而以一个“碧”字了之。“碧”字比“色”字来得活跃些。那些山也许是褐色的、灰色的、青色的、绿色的都有，词人浑言之曰“碧”，“碧”不一定有茂盛的联想、给人以茂盛的感觉，反之如“碧血”之类的“碧”，确是有沉黯的色彩的。这里写秋景，偏于黯淡的色彩。“伤心碧”并非伤春。

四、“伤心碧”一语道出，似乎不妥。

答：妙处正在此。这一句句子是两句话并合在一起说。一句话是那一带山是碧色的，另一句话是那一带的青山看了使人伤心。在语序方面作者愿意前面一种说法，因为这地方主要还在写景，但是他要着重“融情于景”，把主观的情感表达出来，方始使得写景不死板，那样便组合成功这样一句词句了。这是诗人的语言经济而精彩的地方。

五、“寒山”二字作何解释？

答：“寒山”造成一个词藻，犹之“平林”，但“寒”字的形容词性比“平”字强。寒山说：（1）荒寒的山。那一带的山是郊外的野山，并无亭台楼阁之胜。（2）山意寒冷，是秋天以及夕阳西下的气象。

六、“梯”与“阶”字的优劣。

答：“梯”字见《湘山野录》及《唐宋名贤词选》。古本如此。“阶”字俗人所改。虽一样是石砌，“梯”字有高的联想，一层层的石砌，从平地到高楼、高台的。“阶”不过是平地的石砌而已。

七、“连”与“更”。

答：此两字无优劣可言。“连”写一望不断之景，“更”字有层出不穷之妙。前者但从静观所得，后者兼写心理上的感觉。除“连”“更”两字外，尚有作“接”的本子。以音律而论，〔菩萨蛮〕末句，律用仄平平仄平。作平平仄仄平，或平平平仄平者，皆变格也。

（据讲稿抄录并加题目）

洪昇的《长生殿》

清初戏曲，吴伟业的剧本充分表现他自己的感慨，高雅不通俗，供阅读。李渔的戏剧很通俗，缺乏思想性，热闹取乐。在康熙朝，出现了两本规模巨大的历史剧本——《长生殿》与《桃花扇》，标志着传奇（南北曲）文学发展的顶点。这类历史剧本的出现是和明朝亡国、清朝统治，经过社会政治的一个大变动，文人作家充满了家国兴亡的感慨，对于社会矛盾有进一步的认识分不开的。

去年的大纲，将充分表现遗老思想更为具体的《桃花扇》放在前面讲；今年考虑到《长生殿》比《桃花扇》早出现于剧坛，按历史次序，先讲《长生殿》。

一、洪昇及《长生殿》的创作与演出

《长生殿》作者洪昇（昉思），约生于顺治二年，卒于康熙四十三年（1645？—1704），浙江钱塘人。能诗。除戏曲作品外，尚有《稗畦集》。

洪昇出生于一个没落的世族家庭。他的曾祖父在明朝做过右都御史。洪昇的妻子黄兰次是康熙朝吏部尚书黄机的孙女。他们同年同月生（洪生前一日），原是表兄妹。黄兰次亦通文墨，识音乐，夫妇感情极笃。洪昇以家难，移家北京，颇贫困。所谓家难，是他的父亲洪景融因某案被诬牵连，得罪充军边疆。或据推测是为庄廷钺的明史案转辗牵连（从陆圻的关系牵涉，此尚为臆测）。他从王士祯学诗，为渔洋门人，又从施闰章得诗法，而与赵秋谷（执信）为友。他们夫妇的贫困生活及伉俪感情之笃见于渔洋另一门生吴雯的诗，诗从侧面描写，颇得其实：

洪子读书处，静依秋树根。车马何曾到幽巷，肮脏亦不登朱门。坐对孺人理典册，题诗羞道哀王孙。长安薪米等珠桂，有时烟火寒朝昏。拔钗沽酒相慰劳，肥羊谁肯

遗鸱蹲。呜呼贤豪有困厄，牛衣肿目垂涕痕。……（吴雯《莲洋诗钞》卷二《贻洪昉思》）

足见洪昇在京中颇为困厄，而伉俪之感情甚笃也。同书卷三又有《怀昉思》云：

洪子谋生拙，移家古蓟州。身支西阁夜，心隐北堂忧。卑己延三益，狂言骂五侯。林风怜道韫，安稳事黔娄。

亦着重在家贫而夫人贤且有文才也。

洪昇虽为渔洋门人，对诗学则接近于赵秋谷之见解。其诗才不甚高，而专精曲学。此时为京中昆曲全盛时期。洪昇夫妇都爱好文艺，想来也都会唱曲的。

洪昇所作戏曲多种，可考者有：《回文锦》《回龙院》《锦绣图》《闹高唐》《节孝坊》《沉香亭》《舞霓裳》《长生殿》（以上传奇），《四婵娟》（杂剧），《天涯泪》《青衫湿》（不明）。今仅存《四婵娟》与《长生殿》两种。《四婵娟》为四个短剧，每剧一折：（1）《咏雪》，谢道韫事；（2）《簪花》，卫夫人事；（3）《斗茗》，李清照事；（4）《画竹》，管夫人事。后两剧为赵明诚、李清照与赵孟頫、管夫人两对夫妇之韵事。

洪昇在作《长生殿》前，先写《沉香亭》一剧，取明皇贵妃事（中间有李白事）。其后又去李白，加入李泌辅肃宗事，改名《舞霓裳》。更删杨妃、安禄山秽事，增其归蓬莱、唐明皇游月宫事，专写两人生死之情，遂定名为《长生殿》。前后增改，十余年凡三易稿（见《长生殿》作者《例言》）。足见其辛勤、严肃，不轻易如此。《长生殿·自序》作于1679年，而流行于剧坛在1688年，比《桃花扇》早出十一年（《桃花扇》成于1699年）。据说《长生殿》剧本的创作，是受庄亲王世子所请。

当时北京的戏班子以内聚班为第一。《长生殿》付内聚班演之。内聚班进宫供奉及为诸藩府演出，《长生殿》为贵族们所赏识，得到赏赐极厚。伶人因得钱极多，感激洪昉思。某日宴请洪昉思（可能是他的生日），大会北京名流文人，在生公园宴会唱戏，演《长生殿》（生公园或内聚班演戏之所，据说就是查楼，即广和楼）。有未被邀请的，挟嫌报复，遂以此日是国忌日犯禁演戏为由告发。于是按律治罪。由洪昇之友赵执信（秋谷）首认其罪。赵官赞善，革职。洪昉思除名于国子监弟子员。海宁诗人查嗣琏亦除名（其后改名慎行，再登第）。一时士大夫文人得罪者几五十人。京师人咏此事曰："秋谷才华迥绝俦，少年科第尽风流。可怜一曲《长生殿》，断送功名到白头。”

洪昇一生不得志。从北京回南后，又十余年，一日游浔溪，饮客舟中，醉后失足，溺水死。（据云，一仆溺水，洪救之，亦没顶）

二、《长生殿》的题材与主题思想

《长生殿》以李隆基、杨玉环为主角，演出他们帝王夫妇的一段悲欢离合与人间天上的因缘。所以主题是杨李情爱。第一出《传概》云：

> 今古情场，问谁个真心到底？但果有精诚不散，终成连理。万里何愁南共北，两心那论生和死。笑人间儿女怅缘悭，无情耳。感金石，回天地。昭白日，垂青史，看臣忠子孝，总由情至。先圣不曾删《郑》《卫》，吾侪取义翻宫徵。借太真外传谱新词，情而已。

始终不脱离一个情字。

不过《长生殿》是把天宝年间的政治和军事战争局面作为

背景，展开了天宝时期动乱的全貌。场面阔大，人物众多，长到五十出，是一部大历史歌剧。

《长生殿》取材广博。它有文学上的传统：（1）白居易《长恨歌》、陈鸿《长恨歌传》。（2）元白仁甫之《梧桐雨》。（3）王伯成《天宝遗事诸宫调》。

首先，他取材于白居易的《长恨歌》，就是把《长恨歌》一首诗变成一个大剧本。“长生殿”的名称就是从“七月七日长生殿，夜半无人私语时”两句诗里取得来的。《长生殿》剧后半部仙界复圆，也从《长恨歌》“昭阳殿里恩爱绝，蓬莱宫中日月长”来，因两句诗的暗示而加以实写。他把《长恨歌》的诗演成剧本，一句诗可以做成一幕戏，例如“夜雨闻铃肠断声”，便做成《闻铃》这一幕，写唐明皇在剑阁避雨的情景。除了《长恨歌》《长恨歌传》，主要吸收了《杨太真外传》（乐史）的材料，也吸收了《连昌宫词》（元稹）（加入李謩偷曲），以及唐代历史小说笔记加以剪裁安排。他吸收元人《梧桐雨》杂剧，把第一折写成《密誓》，第二折写成《惊变》，第三折写成《埋玉》，第四折写成《雨梦》。不过他把杨贵妃和安禄山的秽事删掉了（元人《天宝遗事》也有此情节，且着重唱出）。净化了剧本，使读者对于杨玉环始终保持同情，成为正面人物。《长生殿》所写历史上的大事情都是唐史上所有，而这些历史人物的活动细节和其内心生活则是洪昇的艺术创造，但又是极其符合当时唐代社会情况的，因而成为历史剧本的典范作品。

《长生殿》的结构谨严。除了后半部略嫌太长而外，在结构上毫无缺点。《长生殿》问世后，曾有人说它是“一部闹热《牡丹亭》”。这评语不很恰当。第一，《长生殿》不专谈爱情；第二，《长生殿》有热闹的场面，也有冷静的场面（即独唱的、抒情诗的场面）。

这样一个历史大歌剧，题材丰富，规模巨大，表现出这个封建时代社会生活的各种矛盾斗争，以展开剧情。

剧本首先描写宫廷生活中爱情方面的矛盾斗争，帝妃爱情的不平等。从《定情》起，直到第二十二出《密誓》止，写杨贵妃与虢国夫人、梅妃间的矛盾冲突。《定情》一幕，杨玉环被册封为贵妃。唐明皇对她十分宠爱，可是不久又爱上了虢国夫人。在贵妃与虢国夫人的矛盾中，贵妃失宠，被谪出宫，悲哀伤心。通过剪发表示深情，复召入宫。此后她又有与梅妃之间的矛盾，经过《絮阁》，终于争取到平等的专一爱情。《献发》《夜怨》《絮阁》等出，曲折展示女性心理，也真实于宫廷环境。直到《密誓》这一幕，才把愿生生世世为夫妇的恩情，在牛郎织女天上双星证盟的七夕，固定了下来。

在爱情的波澜曲折的矛盾统一过程里，伏下两个更大的矛盾，慢慢地发展起来。一为统治阶级内部的矛盾，安禄山与杨国忠的争权。它的爆发是《陷关》与《惊变》。“渔阳鼙鼓动地来，惊破霓裳羽衣曲。”在《惊变》一出里，明皇贵妃正在御花园赏秋景，小宴，而杨国忠仓仓皇皇来报告安禄山造反、杀过潼关的坏消息，惊破了明皇的胆，不能不计划逃避到四川。二为统治阶级与人民的矛盾，它透露于《疑谶》《进果》，而爆发于《埋玉》。作者将这一矛盾在第十出《疑谶》中由郭子仪唱出：

可知他朱甍碧瓦，总是血膏涂！

说杨国忠和韩国、虢国、秦国三位夫人竞造新第，各竞豪奢，这些都是人民的血汗、民脂民膏所涂成的朱甍碧瓦！和杜甫诗“朱门酒肉臭，路有冻死骨”同义。第十五出《进果》，写贵妃要吃荔枝，万里迢迢要从四川、海南飞马送到长安，整日整夜快马加鞭不知踏坏了人家多少田地，踏死了多少人。先由老田夫、算命瞎子、女瞎子上场。那个算命瞎子当场便被一匹马冲倒，另一匹马把他踏死了。接着渭城驿的驿子上场，诉说驿官已经跑掉了，本驿只有一匹瘦马。原来渭城驿的驿马，连年都被进荔枝的爷们骑死了。这样指出了明皇与贵妃的欢乐生活建筑在人民的苦难上。这个矛盾冲突在《埋玉》这一出爆发了。“六军不发无奈何，宛转蛾眉马前死。”先是陈元礼等为士兵请命，要杀奸贼杨国忠。说杨国忠专权召乱，私通吐蕃，六军喧闹起来，就把他杀了。唐明皇无可奈何。其次，内又喊：“国忠虽诛，贵妃尚在。不杀贵妃，誓不扈驾。”这时就非常紧张，明皇不肯答应，军队就把驿亭围了。结果是贵妃自愿一死：“臣妾受皇上深恩，杀身难报。今事势危急，望赐自尽，以定军心。陛下得安稳至蜀，妾虽死犹生也。”而唐明皇说：“你若捐生，朕虽有九重之尊，四海之富，要他则甚！宁可国破家亡，决不肯抛舍你也！”在难分难解之际，贵妃固请“望陛下舍妾之身，以保宗社”。这是一个矛盾的顶点。杜甫《北征》诗“不闻夏殷衰，中自诛褒妲（一作妹妲）”，归美玄宗之识大体，是复兴之兆。《哀江头》“血污游魂归不得”，贬杨贵妃。但是在《长生殿》的剧本里，以传情为主，同情女性，写贵妃愿意自杀，也赢得观众的眼泪。唐明皇也重情，不肯割爱。由此矛盾冲突达到顶点。他们从定情开始，一直是欢情，乐极悲来，有了生离死别。矛盾冲突发展到贵妃的自杀。于是杨玉环这块玉在马嵬坡的泥土中被埋葬了，这幕戏叫作“埋玉”。这是第二十五出，结束了前半部《长生殿》。

前半部《长生殿》是热闹的，有《闻乐》《制谱》《舞盘》等宫廷歌舞的场面。后半部则是凄凉惨淡的了。《献饭》与《进果》对照，发表人民对统治者的意见。《骂贼》很重要，在洪昇所处的清朝贵族统治时代，尤为大胆。剧本展开了民族矛盾，长安沦陷，胡骑来了，安禄山做了皇帝。在描写许多官僚无耻无气节地投降效顺的同时，表扬了一个乐工——雷海青的骂贼死节（此是传奇的正旨，传奇要表扬奇节、不平凡的事）。第二十八出《骂贼》中雷海青道：

> 那满朝文武，平日里高官厚禄，荫子封妻，享荣华，受富贵，那一件不是朝廷恩典！如今却一个个贪生怕死，背义忘恩，争去投降不迭。只图安乐一时，那顾骂名千古。唉，岂不可羞，岂不可恨！我雷海青虽是一个乐工，那些没廉耻的勾当，委实做不出来。今日禄山与这一班逆党，大宴凝碧池头，传集梨园奏乐。俺不免乘此，到那厮跟前，痛骂一场，出了这口愤气。便粉身碎骨，也说不得了。

骂了一场，结果是把琵琶抛过去打安禄山，被杀了。而降顺的官员们却说：

杀得好，杀得好。一个乐工，思量做起忠臣来，难道我每吃太平宴的，倒差了不成！

这是明亡国后三四十年，南明被灭后二十多年、反满势力并未完全消灭的时候。所以《长生殿》这个剧本也是可能触清廷的忌讳的，尽管亲王们欢迎它的演出。国忌日犯禁演戏，大罪士大夫文人也许是借题发挥。

后半部夹杂写一点政局，如《收京》，但主要写唐明皇的悲痛。《闻铃》《哭像》《见月》《雨梦》同《梧桐雨》《汉宫秋》一般。忏情，自己觉得薄情。《闻铃》凄凉，点点滴滴断人肠的雨声。《哭像》悲痛，深悔负情："如今独自虽无恙，问余生有甚风光！只落得泪万行、愁千状！……人间天上，此恨怎能偿！"《闻铃》《哭像》近于抒情诗。

杨贵妃自杀，还使人同情。织女是见到马嵬坡冲起一道怨气，知道贵妃死得可怜，想到当初七夕曾为他们证盟，也很抱歉。于是奏明玉帝，杨贵妃得以尸解，超度到仙界去（《尸解》）。唐明皇得临邛道士通幽觅魂（《觅魂》），经《补恨》《寄情》《得信》，终于在八月十五日夜，由道士通幽搭仙桥指引到月宫与杨贵妃相会。各出金钗钿盒半片，重合。织女传玉旨使两人居忉利天宫，永为夫妇。

后半部比较冗漫。但是还有不少精彩的地方，如第三十八出《弹词》，为一部传奇的总结。皆无史料而是洪昇的虚构。至于以后的《补恨》《重圆》，不过是归结牛女证盟一重公案。如作者序中所说：

> 第曲终难于奏雅，稍借月宫足成之。要之广寒听曲之时，即游仙上升之日。双星作合，生忉利天，情缘总归虚幻。……

这是不是反人民的立场呢？把唐明皇、杨贵妃太美化了吗？不是的。是温情主义，忠厚缠绵。不以悲剧结束，多少给了人一点安慰。《长生殿》是将李、杨帝妃之爱情作为一般人的爱情一样处理的，弥补了无可弥补的恨。所以有《补恨》一出。洪昇的夫人是黄兰次，吏部尚书黄机的孙女，亦善音乐。他们的生日只差一日。一对好夫妻，也有同生同死之情的。洪昇《稗畦集》有《七夕，时新婚后》诗："忆昔同衾未有期，逢秋愁说渡河时。从今闺阁长携手，翻笑双星惯别离。"此诗可证《长生殿·密誓》乃有谓而作。文学以情感为主。到后半部，读者就同情于唐明皇了。

《长生殿》怀念故国之思不如《桃花扇》之显著，但如《骂贼》的激昂、《弹词》的凄凉，也泄露了不少遗民思想。历史剧不免是家国兴亡的感慨。这种家国兴亡的感慨是时代激成的。要是洪昉思不处在他那个时代，他也没有这种感慨。他和孔尚任同时，他们的剧本中同有这种家国兴亡的感慨。“留得白头遗老在，谱将残恨说兴亡”，《弹词》的感慨苍凉，也有《桃花扇·余韵》的情味。但是《桃花扇》更其显露。《长生殿》流行在清朝贵族之间，其他内容也还没有什么，但如《骂贼》一出怕也要触清廷之忌讳（有人认为国忌演戏，士大夫遭贬者五十余人，或因此剧本触时忌之故，此说不免穿凿）。虽清廷也无可奈何，因为历史剧就是历史剧，历史上的忠奸善恶有定评，历史的传统是现实主义的，而我国的春秋笔法也是民主的（是统治阶级的史臣的民主精神）。

一说因为洪昇的所谓家难，是父亲洪景融的被充军，或为文字狱，或为反清什么狱的牵连，所以洪昇也有反清思想。其实不必以其个人的身世来解释，我们只需以时代来解释。洪昇的反清思想，并不显著。他主观上不见得要在剧作中装进反清思想。例如《长生殿》是应庄亲王世子所作，其不排斥清朝是显然的。不过在创作实践中获得了高度的民族意识。这种民族意识继承杜甫、陆游、辛稼轩以及宋末遗民的传统，而与其同时代所流行的遗老派文艺思潮相配合，自然有反清思想在内。而美好的文学作品，以及公平的史学，都要求有正义的褒贬的。汉文化、汉文学的传统，本来是爱国主义的，表扬民族气节的，也非这样不可的，不期然而然的。我们珍视文学遗产，其意义也在爱国主义教育，不是教条，是通过艺术作品的欣赏而达到目的。

《长生殿·自序》说：

> 借天宝遗事，缀成此剧。凡史家秽语，概削不书，非曰匿瑕，亦要诸诗人忠厚之旨云尔。然而乐极哀来，垂戒来世，意即寓焉。且古今逞侈心而穷人欲，祸败随之，未有不悔者也。玉环倾国，卒至殒身。死而有知，情悔何极。苟非怨艾之深，尚何证仙之与有。孔子删《书》而录《秦誓》，嘉其败而能悔，殆若是欤？第曲终难于奏雅，稍借月宫足成之。要之广寒听曲之时，即游仙上升之日。双星作合，生忉利天，情缘总归虚幻。清夜闻钟，夫亦可以蘧然梦觉矣。（康熙己未仲秋稗畦洪昇题于孤屿草堂）

可知《长生殿》意在垂戒后世，并非一味言情，为杨李荒淫张目。其后月宫复圆，乃是悔情以后，稍慰人意，本旨在于情缘总归虚幻。洪昇所处时代，与孔尚任同时，国家受清朝贵族统治，人世无可执着，均以入道、仙界结束人间之爱（均有《红楼梦》之色空观念），亦是时代所驱使。

三、《长生殿》集南北曲之长，兼音律、文采两派之美

《长生殿》的思想倾向虽不及《桃花扇》鲜明，不过也处理了许多复杂矛盾的场面，组织成一部大历史歌剧。音律好，文词好，结构好，比之《桃花扇》更盛行于剧坛，它在艺术上比《桃花扇》更成功，至今还有不少出可以演出。梁廷枏《曲话》云："钱唐洪昉思昇撰《长生殿》，为千百年来曲中巨擘。以绝好题目，作绝大文章，学人、才人，一齐俯首。"叶堂谓："词极绮丽，宫谱亦谐，但性灵远逊临川。"洪昇的诗才不高，而曲词则极为工稳。曲律极讲究，时人捧它为"一部闹热《牡丹亭》"（言情）。他自己说："予自惟文采不逮临川，而恪守韵调，罔敢稍有逾越。"洪昇自己通曲律，又得到徐灵昭的指点，审音协律，无一字不慎。故王季烈将其评为"近代曲家第一"，并说："曲牌通体不重复。前一

折宫调与后一折宫调，前一折主要角色与后一折主要角色，决不重复。……其选择宫调、分配角色、布置剧情，务合离合悲欢、错综参伍。搬演者无虑劳逸不均，观听者觉层出不穷之妙。自来传奇排场之胜，无过于此。”

《长生殿》出现在昆曲全盛时期，洪昇的创作配合当时的需要，在一个剧本里，总结南北曲的艺术成就。他参看前人剧本，参看当时昆戏演出，采取美好的场面与曲调，集南北曲之长。剧中多数是用南曲，但不少出也用北曲，雄壮秾丽兼美。如《疑谶》《骂贼》《弹词》皆北曲，老生唱，雄壮、悲壮、苍凉。《絮阁》《惊变》是南北合套，不单调。全剧几乎把南北曲调美听者都组织在内，五十出无重复之曲调，是苦心镂血之作。而且这样大的一部传奇，极便于歌伶演习。因为他采取了许多习唱之曲，近似的场面，善于脱胎换骨。例如《弹词》一出用［九转货郎儿］，是从元曲中《货郎旦》一剧而来（虽生旦不同，都是总叙故事的弹词说唱体）。《定情》一出用［念奴娇］［古轮台］，脱胎于《琵琶记·中秋望月》全场合唱的场面。《密誓》一出用［商调］［二郎神］曲，此脱胎于《拜月亭》之《拜月》，此曲商调，昆曲中之六字调，细腻慢曲，一般用之于配合黄昏夜晚的情景。诸如此类，选调很讲究。

《长生殿》全本五十出，如不加删节，全本演出需要四天方能演完。不过当时剧坛习惯，演出时挑选若干出演，不演全本的。全本供阅读吟诵。《长生殿》演出时是歌剧，阅读则也富于抒情诗的意味。他的曲文，到处有美好的诗句。宾白亦不俗。在明代讲音律的是沈璟一派，讲文采的是汤显祖一派，洪昇能集合两派之长，《长生殿》不愧为古典文学中的一部名著。

今昆戏中还能演出十几幕。以后还可加多。

今也有英文译本：*Palace of Eternal Youth*，*1955*，*Peking.*

（据文学史讲稿整理）

后记

这是一本献给青年学子的书。中国古典文学浩如烟海，这本选讲侧重的是诗歌。先父浦江清先生早年研修西洋文学，后又长期从事中国文学史的教学与研究，他习惯于中西文化的比较，将中国文学纳入世界文学的系统中加以考察。在《浦江清中国文学史讲义（宋元部分）》中，他曾用西方Poetry（诗歌）的概念将诗、词、曲（散曲、剧曲）、小说联为一体。他说："诗、词、曲都是韵文，也都是诗，结合音乐，便是歌曲。""叙事诗，先有散文夹杂着，比如变文和弹词，后来索性变成纯散文的小说。词曲联章叙事，夹着说白，加上搬演，融合的结果，产生了戏曲。所以小说和戏曲，来源都是诗。纯文艺是艺术形象的创造，都是从诗出来的。"在本书的《"词曲选"引言》一文中，他又说："词的名称，在唐宋时尚不确定……到了后来，以'乐府'称汉魏以来迄于唐之歌曲，以元明以后之新声歌曲称为‘曲’，于是专以唐代新声及两宋歌曲称为‘词’。实则词只是文辞的意义，其音乐部分，整个东西应该称为歌曲也。可惜词到了元代以后也不能歌唱了，只有文词方面供后人欣赏及拟作。”“故诗词皆指文章而言，歌曲皆指合乐而言。”

依照这一观念，我们特选他论及诗、词、曲、剧的部分文稿编成此书，内中主要是他的讲稿，别有几篇深入浅出的专论。所论既均可纳入广义的“诗歌”范畴，故名《中国古典诗歌讲稿》，希望读者不要囿于狭义的“诗”的概念而产生疑惑。

我们将全书分为三编。第一编讲述中国诗歌体制的发展变化；第二编作家介绍；第三编作品赏析。每一编中依时代先后顺序排列，虽不能全面反映中国文学史的轮廓，却力求贯穿史的线索。

书中有十篇是第一次面世。其中《“词曲选”引言》与《就李白〈菩萨蛮〉答学生问》来自先父“词选”课的讲稿和札记，其余八篇出自我们正在整理的先秦两汉和魏晋南北朝隋唐五代两段文学史。多少年来，我们一直有一个宏愿，要继承先父的遗志，将他的讲稿整理成一部中国古典文学通史。2007年，《浦江清中国文学史讲义（宋元部分）》出版，

2009年，《讲义（明清部分）》出版；2014年，北京出版社又以《浦江清讲宋元文学》和《浦江清讲明清文学》为题再版了这两本书。但是面对先秦至五代的文学史讲稿，我们不免望洋兴叹。这是因为，先父这部分遗稿时间跨度很大，从20世纪30年代初直至新中国成立后，有数种讲稿及一些零散篇章，内容详简不一，各有侧重，体例各异，文笔也有很大不同，取舍统一之间，恐有学力不逮之虞。更不要说，讲稿中引用资料数量之多、范围之广，要一一查对引文出处，加以校核，也是一个大工程。另一方面，我们已年近八秩，时有疾病困扰。2013年年初，书麟因肿瘤而手术，后又不断定期复查。在度过了恢复期后，他很快又投入了工作，并从中获得了极大乐趣。事实上，整理遗稿，在我们是与父亲的对话和交流，既是再学习的过程，也是荡涤心灵的过程。我们共同解决了一个个难题，也分享着心得、感悟、赞叹、欣喜……情感的升华应该有利于健康，那么，这也可算是一种养生之道了吧。不知不觉间，前段文学史已整理出了不少篇章。现决定选入一小部分，使读者得以先睹为快，也盼望得到反馈意见，以便改进。

父亲终身执教，为培养学生呕心沥血，鞠躬尽瘁。他热爱青年，因为青年是民族的未来。在抗战的艰难岁月中，他的关注更由课堂扩展到社会，倡议创办了《国文月刊》，并为之撰写了《词的讲解》等一系列普及性的文章，既弥补课堂教学之不足，又使许多因战乱不能入学的青年在自修中得到指导。这些文章不是单纯地传授知识，字里行间饱含着眷眷的爱心。他期望后辈提高文化素养，汲取祖国优秀文化遗产中的精华，陶冶自己的道德情操。在《从正始玄风到竹林七贤》一文中，他语重心长地说："'陶性灵、发幽思'为一切文学之功用，尤其是诗，尤其是中国诗。我们所以要一点文学修养，要多读一些诗，希望能陶养性灵，不使身心完全汩没在尘俗之中。"在当今浮躁的社会中，有些人已把学术、文艺当成了追名逐利的工具，但是，总还有眼光远大、怀抱理想的人，真正因渴求知识与自身修养而读书。那么，沉下心来，"多读一些诗"，尤其是古典诗歌，以摆脱尘俗的袭扰，使生活充满诗意，岂不是很美妙的吗？

浦汉明

2014年9月于范阳

国家新闻出版广电总局
首届向全国推荐中华优秀传统文化普及图书

大家小书书目

国学救亡讲演录	章太炎　著　蒙　木　编
门外文谈	鲁　迅　著
经典常谈	朱自清　著
语言与文化	罗常培　著
习坎庸言校正	罗　庸　著　杜志勇　校注
鸭池十讲（增订本）	罗　庸　著　杜志勇　编订
古代汉语常识	王　力　著
国学概论新编	谭正璧　编著
文言尺牍入门	谭正璧　著
日用交谊尺牍	谭正璧　著
敦煌学概论	姜亮夫　著
训诂简论	陆宗达　著
金石丛话	施蛰存　著
常识	周有光　著　叶　芳　编
文言津逮	张中行　著
经学常谈	屈守元　著
国学讲演录	程应镠　著
英语学习	李赋宁　著
中国字典史略	刘叶秋　著
语文修养	刘叶秋　著
笔祸史谈丛	黄　裳　著
古典目录学浅说	来新夏　著
闲谈写对联	白化文　著
汉字知识	郭锡良　著
怎样使用标点符号（增订本）	苏培成　著
汉字构型学讲座	王　宁　著

诗境浅说	俞陛云 著
唐五代词境浅说	俞陛云 著
北宋词境浅说	俞陛云 著
南宋词境浅说	俞陛云 著
人间词话新注	王国维 著 滕咸惠 校注
苏辛词说	顾 随 著 陈 均 校
诗论	朱光潜 著
唐五代两宋词史稿	郑振铎 著
唐诗杂论	闻一多 著
诗词格律概要	王 力 著
唐宋词欣赏	夏承焘 著
槐屋古诗说	俞平伯 著
词学十讲	龙榆生 著
词曲概论	龙榆生 著
唐宋词格律	龙榆生 著
楚辞讲录	姜亮夫 著
读词偶记	詹安泰 著
中国古典诗歌讲稿	浦江清 著 浦汉明 彭书麟 整理
唐人绝句启蒙	李霁野 著
唐宋词启蒙	李霁野 著
唐诗研究	胡云翼 著
风诗心赏	萧涤非 著 萧光乾 萧海川 编
人民诗人杜甫	萧涤非 著 萧光乾 萧海川 编
唐宋词概说	吴世昌 著
宋词赏析	沈祖棻 著
唐人七绝诗浅释	沈祖棻 著
道教徒的诗人李白及其痛苦	李长之 著
英美现代诗谈	王佐良 著 董伯韬 编
闲坐说诗经	金性尧 著
陶渊明批评	萧望卿 著

古典诗文述略	吴小如　著
诗的魅力	
——郑敏谈外国诗歌	郑　敏　著
新诗与传统	郑　敏　著
一诗一世界	邵燕祥　著
舒芜说诗	舒　芜　著
名篇词例选说	叶嘉莹　著
汉魏六朝诗简说	王运熙　著　董伯韬　编
唐诗纵横谈	周勋初　著
楚辞讲座	汤炳正　著
	汤序波　汤文瑞　整理
好诗不厌百回读	袁行霈　著
山水有清音	
——古代山水田园诗鉴要	葛晓音　著
红楼梦考证	胡　适　著
《水浒传》考证	胡　适　著
《水浒传》与中国社会	萨孟武　著
《西游记》与中国古代政治	萨孟武　著
《红楼梦》与中国旧家庭	萨孟武　著
《金瓶梅》人物	孟　超　著　张光宇　绘
水泊梁山英雄谱	孟　超　著　张光宇　绘
水浒五论	聂绀弩　著
《三国演义》试论	董每戡　著
《红楼梦》的艺术生命	吴组缃　著　刘勇强　编
《红楼梦》探源	吴世昌　著
《西游记》漫话	林　庚　著
史诗《红楼梦》	何其芳　著
	王叔晖　图　蒙　木　编
细说红楼	周绍良　著
红楼小讲	周汝昌　著　周伦玲　整理

曹雪芹的故事　　周汝昌　著　周伦玲　整理
古典小说漫稿　　吴小如　著
三生石上旧精魂
——中国古代小说与宗教　　白化文　著
《金瓶梅》十二讲　　宁宗一　著
中国古典小说十五讲　　宁宗一　著
古体小说论要　　程毅中　著
近体小说论要　　程毅中　著
《聊斋志异》面面观　　马振方　著
《儒林外史》简说　　何满子　著

我的杂学　　周作人　著　张丽华　编
写作常谈　　叶圣陶　著
中国骈文概论　　瞿兑之　著
谈修养　　朱光潜　著
给青年的十二封信　　朱光潜　著
论雅俗共赏　　朱自清　著
文学概论讲义　　老　舍　著
中国文学史导论　　罗　庸　著　杜志勇　辑校
给少男少女　　李霁野　著
古典文学略述　　王季思　著　王兆凯　编
古典戏曲略说　　王季思　著　王兆凯　编
鲁迅批判　　李长之　著
唐代进士行卷与文学　　程千帆　著
说八股　　启　功　张中行　金克木　著
译余偶拾　　杨宪益　著
文学漫识　　杨宪益　著
三国谈心录　　金性尧　著
夜阑话韩柳　　金性尧　著
漫谈西方文学　　李赋宁　著
历代笔记概述　　刘叶秋　著

周作人概观	舒　芜　著
古代文学入门	王运熙　著　董伯韬　编
有琴一张	资中筠　著
中国文化与世界文化	乐黛云　著
新文学小讲	严家炎　著
回归，还是出发	高尔泰　著
文学的阅读	洪子诚　著
中国文学1949—1989	洪子诚　著
鲁迅作品细读	钱理群　著
中国戏曲	么书仪　著
元曲十题	么书仪　著
唐宋八大家 ——古代散文的典范	葛晓音　选译
辛亥革命亲历记	吴玉章　著
中国历史讲话	熊十力　著
中国史学入门	顾颉刚　著　何启君　整理
秦汉的方士与儒生	顾颉刚　著
三国史话	吕思勉　著
史学要论	李大钊　著
中国近代史	蒋廷黻　著
民族与古代中国史	傅斯年　著
五谷史话	万国鼎　著　徐定懿　编
民族文话	郑振铎　著
史料与史学	翦伯赞　著
秦汉史九讲	翦伯赞　著
唐代社会概略	黄现璠　著
清史简述	郑天挺　著
两汉社会生活概述	谢国桢　著
中国文化与中国的兵	雷海宗　著
元史讲座	韩儒林　著

魏晋南北朝史稿	贺昌群　著
汉唐精神	贺昌群　著
海上丝路与文化交流	常任侠　著
中国史纲	张荫麟　著
两宋史纲	张荫麟　著
北宋政治改革家王安石	邓广铭　著
从紫禁城到故宫 ——营建、艺术、史事	单士元　著
春秋史	童书业　著
明史简述	吴　晗　著
朱元璋传	吴　晗　著
明朝开国史	吴　晗　著
旧史新谈	吴　晗　著　习　之　编
史学遗产六讲	白寿彝　著
先秦思想讲话	杨向奎　著
司马迁之人格与风格	李长之　著
历史人物	郭沫若　著
屈原研究（增订本）	郭沫若　著
考古寻根记	苏秉琦　著
舆地勾稽六十年	谭其骧　著
魏晋南北朝隋唐史	唐长孺　著
秦汉史略	何兹全　著
魏晋南北朝史略	何兹全　著
司马迁	季镇淮　著
唐王朝的崛起与兴盛	汪　篯　著
南北朝史话	程应镠　著
二千年间	胡　绳　著
论三国人物	方诗铭　著
辽代史话	陈　述　著
考古发现与中西文化交流	宿　白　著
清史三百年	戴　逸　著

清史寻踪	戴　逸　著	
走出中国近代史	章开沅　著	
中国古代政治文明讲略	张传玺　著	
艺术、神话与祭祀	张光直　著	
	刘　静　乌鲁木加甫　译	
中国古代衣食住行	许嘉璐　著	
辽夏金元小史	邱树森　著	
中国古代史学十讲	瞿林东　著	
历代官制概述	瞿宣颖　著	
宾虹论画	黄宾虹　著	
中国绘画史	陈师曾　著	
和青年朋友谈书法	沈尹默　著	
中国画法研究	吕凤子　著	
桥梁史话	茅以升　著	
中国戏剧史讲座	周贻白　著	
中国戏剧简史	董每戡　著	
西洋戏剧简史	董每戡　著	
俞平伯说昆曲	俞平伯　著	陈　均　编
新建筑与流派	童　寯　著	
论园	童　寯　著	
拙匠随笔	梁思成　著	林　洙　编
中国建筑艺术	梁思成　著	林　洙　编
沈从文讲文物	沈从文　著	王　风　编
中国画的艺术	徐悲鸿　著	马小起　编
中国绘画史纲	傅抱石　著	
龙坡谈艺	台静农　著	
中国舞蹈史话	常任侠　著	
中国美术史谈	常任侠　著	
说书与戏曲	金受申　著	
世界美术名作二十讲	傅　雷　著	

中国画论体系及其批评　　李长之　著
金石书画漫谈　　启　功　著　赵仁珪　编
吞山怀谷
——中国山水园林艺术　　汪菊渊　著
故宫探微　　朱家溍　著
中国古代音乐与舞蹈　　阴法鲁　著　刘玉才　编
梓翁说园　　陈从周　著
旧戏新谈　　黄　裳　著
民间年画十讲　　王树村　著　姜彦文　编
民间美术与民俗　　王树村　著　姜彦文　编
长城史话　　罗哲文　著
天工人巧
——中国古园林六讲　　罗哲文　著
现代建筑奠基人　　罗小未　著
世界桥梁趣谈　　唐寰澄　著
如何欣赏一座桥　　唐寰澄　著
桥梁的故事　　唐寰澄　著
园林的意境　　周维权　著
万方安和
——皇家园林的故事　　周维权　著
乡土漫谈　　陈志华　著
现代建筑的故事　　吴焕加　著
中国古代建筑概说　　傅熹年　著

简易哲学纲要　　蔡元培　著
大学教育　　蔡元培　著
北大元培学院　编
老子、孔子、墨子及其学派　　梁启超　著
春秋战国思想史话　　嵇文甫　著
晚明思想史论　　嵇文甫　著
新人生论　　冯友兰　著

中国哲学与未来世界哲学	冯友兰　著
谈美	朱光潜　著
谈美书简	朱光潜　著
中国古代心理学思想	潘　菽　著
新人生观	罗家伦　著
佛教基本知识	周叔迦　著
儒学述要	罗　庸　著　杜志勇　辑校
老子其人其书及其学派	詹剑峰　著
周易简要	李镜池　著　李铭建　编
希腊漫话	罗念生　著
佛教常识答问	赵朴初　著
维也纳学派哲学	洪　谦　著
大一统与儒家思想	杨向奎　著
孔子的故事	李长之　著
西洋哲学史	李长之　著
哲学讲话	艾思奇　著
中国文化六讲	何兹全　著
墨子与墨家	任继愈　著
中华慧命续千年	萧萐父　著
儒学十讲	汤一介　著
汉化佛教与佛寺	白化文　著
传统文化六讲	金开诚　著　金舒年　徐令缘　编
美是自由的象征	高尔泰　著
艺术的觉醒	高尔泰　著
中华文化片论	冯天瑜　著
儒者的智慧	郭齐勇　著
中国政治思想史	吕思勉　著
市政制度	张慰慈　著
政治学大纲	张慰慈　著
民俗与迷信	江绍原　著　陈泳超　整理

政治的学问	钱端升 著	钱元强 编
从古典经济学派到马克思	陈岱孙 著	
乡土中国	费孝通 著	
社会调查自白	费孝通 著	
怎样做好律师	张思之 著	孙国栋 编
中西之交	陈乐民 著	
律师与法治	江　平 著	孙国栋 编
中华法文化史镜鉴	张晋藩 著	
新闻艺术（增订本）	徐铸成 著	
经济学常识	吴敬琏 著	马国川 编
中国化学史稿	张子高 编著	
中国机械工程发明史	刘仙洲 著	
天道与人文	竺可桢 著	施爱东 编
中国医学史略	范行准 著	
优选法与统筹法平话	华罗庚 著	
数学知识竞赛五讲	华罗庚 著	
中国历史上的科学发明（插图本）	钱伟长 著	

出版说明

“大家小书”多是一代大家的经典著作，在还属于手抄的著述年代里，每个字都是经过作者精琢细磨之后所拣选的。为尊重作者写作习惯和遣词风格、尊重语言文字自身发展流变的规律，为读者提供一个可靠的版本，“大家小书”对于已经经典化的作品不进行现代汉语的规范化处理。

提请读者特别注意。

北京出版社